NO-NO BOY

ノーノー・ボーイ

ジョン・オカダ

川井龍介 訳

旬報社

妻、ドロシーに捧ぐ

ノーノー・ボーイ

ことのはじまり

日本の爆弾がパールハーバーに落ちたのは、一九四一年一二月七日のことだった。この瞬間からアメリカ合衆国の日本人は、生まれつきの黄色い肌と吊り上がった目――よく見れば決して吊り上がっているわけでもないけれど――のためにほかのアメリカ人とは別の種類の動物になってしまった。数百万のラジオを通じて厳粛に伝えられた言葉が衝撃をもたらした瞬間、日本的なものすべてと日本人のすべてが卑しむべきものになった。

大学教授は、礼儀正しく真面目だがいかにも日本人的な優等生の目を、突然まともに見られなくなった。パイプをくわえて咳き込みながら、まったく困ったことになってしまったとその学生に言った。教授は、情勢についてなにか気の利いたことを言って安心させてやろうとしたのだが、自分自身確信が持てなかったのでうまくいかなかった。事態はいずれどうにかなるだろうといったことを口ごもるのに精一杯だった。以前からあまり笑顔をみせず、これからはおそらく一生笑うことはないだろう小柄なその青年が、立ち上がって部屋を出ていくと、教授は思わず安堵のため息をついたものだった。

酒場では、ひとりの酔っ払いが、底なしの胃袋に酒をたっぷり注ぎ込みながら、みんなに言いまわった。ジャップっていうやつはけっこう卑劣なことをすると思ってたが、それがいま正しかったってわかったぞ。

この男は、日本人の大家に三週間分家賃の借りがあった。勤勉な日本人の大家は、しばしばこの男が道端で酔いつぶれていると、抱き起して部屋まで連れて行き、寝かせてあげたものだったが、そんなことは関係ないというわけだった。誰かがその場にいたみんなにビールをふるまうと、さらに力を得たのか、男はアルコールがまわって、愛国的であることを示す震える声で、明日の朝になったら志願兵登録事務所の前にできる列の一番前に並ぶぞと宣言した。その夜、日本人の大家は、男を道端から抱き上げてベッドまで連れて行った。

売春婦のジャッキーは、パールハーバー奇襲の知らせを聞いて残念でならなかった。彼女は二ドルで客をとっていたが、日本人は清潔で思いやりがあった。好色だがすぐに終わってくれたこともよかった。商売上の損得は別としても、彼女は本当に日本人が好きだった。だから同情のあまり悲しくなり、日本人のことを思うと少し辛かった。

一台のトラックと巧みな商売上の駆け引きを武器に稼いできたハーマン・ファインは、けっこうな暮らしをしてきた。彼はおもに日本人のホテル経営者や食品雑貨商と商売をしてきた。取引きではいつも相当な値引き交渉と巧妙な策略を仕掛けていた。日本人はだいたいが商売上手で、日本人と真面目な約束を取り交わしても、結局それがもっと手の込んだ商売の手口のもとになって、最後はうまくやられて儲《もう》けそこなってしまった。

ハーマン・ファインはラジオを聞いて、日本人のために涙こそ流さなかったが嘆いた。人間の長い歴史からしたらほんの一瞬のうちに日本人はユダヤ人と並ぶ地位を占めた。ユダヤ人は苦しみに慣れていた。ユダヤ人の運命の記録は、数えきれないほどの世代にわたって、乾き固められたその血に刻まれた。しかし、日本人にはわからなかった。日本人は誇りが高かった。高すぎたのだ。野心があった。あり過ぎたのだった。パールハーバーに爆弾が落とされると、カリフォルニアの日本人農夫の妻が、働きづくめのなかで、畑から家に駆け込んで子どもを産むほどの時間もかからないうちに、日本人はすぐに刻印を押された。パールハーバーが攻撃された日曜日、夜になって鏡を見た日本人は、自分がジャップ・ユダ公になっているのがわかった。

アメリカ人は怒りと憎しみと愛国心に燃え、国土を汚した日本人をあらん限りの声で非難した。アメリカに生まれても祖先が違うのなら愛国心があるとはみなされない。だから、アメリカ人として生まれた日本人は、もはや自分がジャパニーズ・アメリカンなのかアメリカン・ジャパニーズなのか思い悩む必要はなかった。彼らは日本人だった。ちょうど日本人である彼らの母親や父親や兄弟、姉妹と同じように日本人だった。ラジオもまたそう言っていた。

最初に正真正銘の日本人、ジャパニーズ・ジャパニーズがかき集められた。彼らは、折悪しくこのときアメリカに在留していた、日本国籍を持つ外交官やビジネスマンや客員教授などだった。彼らは船に乗せられ日本へ送り返された。

その次が、アメリカに二〇年、三〇年、さらには四〇年いるような在留外国人としての日本人で、こうした人間は調べられたうえで日本人社会のために積極的に活動しているとわかれば、海岸から離れた奥地へ輸送されて収容所へ入れられた。

さらにアメリカにとって危険かどうかの調査が綿密に行われて、そのうえでさほど大物ではない人間も同じようにかき集められ収容所に送られた。体の弱そうなひどく怯《おび》えていた老人もこの網にひっかかった。老人のポケットのなかには小さな黒い手帳があった。老人は、日本人の貧困者やホームレスや障害者などを援助するといった団体の集金人をしていた。ヤマダさん50セント、オカダさん2ドル、ワタナベさん24セント、タキザキさんは、今月息子が脚を折ったので集金なし――などと延々書かれていた。手帳に載っていたヤマダさん、オカダさん、ワタナベさん、タキザキさんなどの家族は、悲しみに暮れて、涙がすっかり乾くまで泣いているうちに家から追い立てられ、それからもっと泣いた。

このころになると、日本人を追い立てる動きはどんどん大きくなり、「日本」は消えてなくなりそうだった。本家本元の日本が屈服するまでは時間がかかるだろうが、ワシントン、オレゴン、そしてカリフォルニアといった太平洋沿岸の州にある数えきれない日本人コミュニティーという「日本」は、簡単に消し飛んでしまいそうだった。アメリカは可能な限り巨大な組織力を生かして、日本人をかき集めてアイダホ、ワイオミング、アリゾナの奥地まで輸送した。そこは、ハリウッドですら撮影の背景に使いたがらないような場所で、不気味な監視塔のある収容所が建設され、有刺鉄線や完全武装した兵隊が配置された。

というわけで、一二月七日から数ヵ月たつと、アメリカ合衆国の西海岸に残った唯一の日本人は、イナブクロ・マツサブロウだけだった。ジャパニーズ・アメリカンかアメリカン・ジャパニーズなのかはわからないが、彼は「私は中国人です」と言った。アメリカ人でもなければアメリカン・チャイニーズでもないしチャイニーズ・アメリカンでもなく、「私は中国人です」というバッジをつけて、カリフォルニアの造船所の仕事にありついた。

二年後、軍隊に志願したひとりの善良なジャパニーズ・アメリカン（日系アメリカ人）が日本への偵察飛行を終えてグァムへ戻る途中、Ｂ－24の機体胴部の中で座ってタバコを吸っていた。彼の仕事は、短波受信機に取りつけられたイヤフォンを通して、日本の軍用機と地上の日本基地との間で、日本人が日本語で交わすメッセージを傍聴し書き留めることだった。

レーダー探知装置を操作する中尉は、ネブラスカ出身のブロンドの大男だった。ネブラスカの中尉は言った。「出身はどこだ」

アメリカ軍の兵士であるその日系アメリカ人は答えた。「とくにどこというわけでも……」

「家族はいるのか」

「はい、います」

「どこにだ」

「ワイオミングの砂漠のど真ん中です」

「農業をやってるのか」

「そういうわけじゃ」

「どういうことだ」

「その、実はこういうわけで……」

日系アメリカ人兵士は、ネブラスカ出身のブロンドの大男に、自分の家族は今も正真正銘の日本人で、そのためにライフルを抱えた兵隊のいる、監視塔と有刺鉄線のある収容所にいると話し、避難と称した太平洋沿岸からの日本人の強制移動について、そして転住センターという名の強制収容所のことを説明した。

中尉はずっと話を聞いていたが信じなかった。

「おかしなことだ。もう一度話してみてくれ」

日系アメリカ人の兵士はもう一度、一言一句変えずに話した。

中尉は今度は彼の言っていることを理解した。「なんてこった」と、大声で言った。「もし、おれにそんなことをしたら、偵察任務で日本まで行ってグァムに戻ってくるこんなおんぼろのB‐24なんかに乗っちゃいないぞ」

「私には理由があったんです」と、日系アメリカ人の兵士は静かに言った。

「冗談じゃない」と、ネブラスカの中尉は言った。

「私には理由があったんです」日系アメリカ人の兵士は落ち着いて言い、そしてたくさんのことを考えていた。そのほとんどは友人についてだった。友人の父親は二回目の選別検査で連れて行かれ、友人やその母親や二人の姉妹がすでに入っている収容所とは別の収容所に入れられた。そのうちに軍は収容所にいる友人を徴兵しようとした。友人は裁判官の前に立つことになり言った。父を今いる収容所から母のいるところへ移してほしい、母は年老いているが、父と寝床をともにしたいほど淋しく思っている、そうしてくれれば軍の制服を着ますと言った。しかし裁判官はそれはできないと言い、それなら友人も兵役につかないと言うと、友人は今いる連邦刑務所に送られた。

「クソ、おれたちはなんのために戦っているんだ」と、ネブラスカの中尉は言った。

「私には理由があったんです」その日系アメリカ人の兵士は静かに言った。そして、父親が母親や娘たちと同じ収容所に入ることを許されなかったために、別の種類の制服を着ることになった友人についてもう少し考えた。

1

二五歳の誕生日から二週間が過ぎた日のこと、イチローはシアトルの二番街とメイン通りの角でバスを降りた。帰ってくるのは四年ぶりのことで、この間二年は収容所に、もう二年は刑務所にいた。

小さな黒いスーツケースを一つ持って、秋の朝を歩いていくと、自分は、なんの権利もない世界へ入り込んだ闖入《ちんにゅう》者のような気がした。そう感じるには十分な理由があった。自分自身の自由な意志で、裁判官の前に立ち、軍隊には入らないと言ったからだ。あの時ほかに選択肢はなかった。二三歳の時だった。二三歳のいい大人だった。今は二つ歳をとってもっと大人になった。

チクショウ。イチローは思った。おれはただのガキだったんだ。自分の鼻さえふけやしなかった。おれはいったいなにをしてきたんだ。ここに戻ってなにをしているんだ。一番いいのは、どこかの野郎を殺して刑務所に戻ることじゃないか。

イチローは、四面が時計になっている塔が立つ、鉄道の駅に向かって歩いた。古びた煉瓦《れんが》でできた薄汚れた塔だった。街も汚れていた。たった四年しかたっていない割には間違いなく汚れ過ぎていた。

信号が青に変わるのを待ちながら、イチローはバス停の前に立っている人たちを見回した。スーツ姿の男が二、三人と、長いこと女っ気のない生活をしてきたあとなのに、その気にもさせないような女が五、六人。それからもうひとり、ランチボックスを持った若い日本人がいた。イチローはその男を観察し、丸いにきび面《づら》と短く刈り込んだ髪から、あれこれ名前を思い浮かべた。にきびは消え、顔はいかつくなっていたが、髪は相変わらず刈り込んでいる。男はグリーンの戦闘ズボンとアイゼンハワー・ジャケットを着ていた。エト・ミナトだ。その名前を思い出したと同時に、軍服の恐ろしい意味を思い出した。パニックになってイチローは角を曲がろうとした。が、遅すぎた。すでに見られていた。

「イッチー！」。それはイチローのニックネームだった。

逃げようとして、イチローは必死に通りの反対に歩を進めた。

「ヘイ、イッチー」声の主の足が駆けてきた。背中をぽんと叩かれた。イチローは立ち止まって、自分とは別の日本人と向き合った。そして笑おうとしたが笑えなかった。もはや逃げ場はなかった。

「エトだよ、覚えてるか」と、エトは笑顔で手を差し出してきた。イチローも仕方なく手を出して相手が握手をするのにまかせた。

その丸い目をした丸顔は、銀縁のメガネを通してイチローをじっと見つめた。「どうしたんだよ。久しぶりだけど、それほどじゃないよな。どうしてたんだ。今はなにしてんだ」

「うん、それが……」

「最後に会ったのは、パールハーバーの前だったよな。おい、ずいぶんたつよな。三年、いや四年近いだろ。大勢のジャップが太平洋岸に戻ってくるぜ。シアトルにもたくさんのジャップだ。まわりじゅうにいるぞ。ジャップってやつはおもしろいな。米食べて酒飲んで、ほかのジャップといつも一緒なんだ。ばからしい。利口なやつはシカゴやニューヨークや東部のほかの場所に行ったぜ。でも、まだたくさんこんなふうに戻ってきてるんだ」

エトは胸のポケットからタバコを取り出して、箱ごと差し出した。「どうだ。おれは一服させてもらうぜ。軍隊で覚えてやめらんなくなってな。ちょっと前に戻ってきたところなんだ。きつかった、でもなんとかやったぞ。今学期には間に合わなかったけれど、学校に行こうかと思っている。ところで帰ってきてどのくらいになるんだ」

イチローはスーツケースにつま先で触れた。「今ちょうど帰ってきたところで、まだ家には戻ってないよ」

「いつ、除隊したんだ」

少し離れたところで車がギアをギギッと鳴らして走り出した。イチローはできることならそれに乗っていたかった。「おれは、入ってないんだ」

エトは機嫌よく、イチローの腕をパチッと叩いた。「そんな、不機嫌な面することないだろ。そうか、軍にはいないでそれでどうしてたんだ。ずっと収容所にいたのか」

「いや」イチローはエトの質問からなんとか逃れようとした。まるで、狭い部屋にいて壁がゆっくりと近寄ってくるように感じた。「ほんと久しぶりだよな、でも、はやく家族に会いたいんだよ」

「なんだよ、なあ飲みに行こうぜ。おごるよ。仕事に遅れたってどうってことねえ。家族にだって直に会えるだろ。飲もうぜ、え?」

「いや、今はだめだ」

「おいおい」エトはがっかりして、ランチボックスを持ち替えた。

「ほんとにもう行かなきゃ」

丸顔はもはや笑っていなかった。考え込んでいた。イチローへ向けた戸惑いのまなざしは、やがて何かを察知し、そして気づいた。

「ノーノー・ボーイってわけか」。その言葉で親しみは消えた。

イチローはそうだと言いたかった。蔑《さげす》むような憎悪のまなざしに応え、ただひと言「そうだ」と言いたかった。だがとても言えなかった。壁があちこちから迫ってきて体にぶつかり、口から出かけた言葉を腹の中へ押し戻してしまった。一度首を振った。目をそらしたかったわけではなく、目を合わせていられなくなったのだ。肝心なところが弱かったから小さな弱さが枝分かれするように伸びている。そこには、自分が勇気がないために、向かい合うことができない相手の目があった。もし自分自身の目玉を抉《えぐ》り出せたなら、とっくの昔にそうしただろう。容赦ない断罪という烙印とともに、憎しみが渦巻く相手の目は、イチローが背負っていく十字架であり、釘《くぎ》は自分自身の手で打ち込んでいたのだ。

「バカ野郎のくそったれ」エトは、口いっぱいに唾《つば》を吐き出して言った。「まったく、だめな野郎だ」。

驚いたことにイチローは安堵した。エトが怒りをぶつけてくれたことで、むき出しの緊張は解きほぐれた。イチローがスーツケースを持ち上げようと手を伸ばすと、その手の上で湿った塊《かたまり》がバチャッと跳ね、黒い革の上に滴《したた》り落ちた。目の前に自分を非難する者の両脚が見えた。アメリカ軍のグリーンの野戦服を着た神様だった。イチローに刑を宣告した陪審の脚だ。私に泣きつきなさい、私の膝にすがりついて顔をうずめなさい、お前の大きな罪の許しを請いなさい。両脚はそう言っているようだった。

「次に会ったら、小便をひっかけてやるぞ」エトはえらい剣幕だった。

イチローはスーツケースを持ち上げてエトに背を向け、逃れられはしないその両脚と両目から急いで立ち去った。

ジャクソン通りは、海沿いからはじまって鉄道の駅を二つ越えて丘をのぼり、そのずっと先の湖に通じていた。そこまでくると家々も大きくきれいで、ガレージには最新型の車が納められていた。

イチローにとって、ジャクソン通りといえば、線路の向こうの五番街から一二番街までの間の区域だけを意味した。そこはかつて事実上日本人町といってよかった。チャイナタウンに隣接していて、ギャンブラーや売春婦や酔っ払いたちが好んで集まるような地域だった。

駅の汚れた時計塔のように、ジャクソン通りは以前にもまして汚れていた。イチローは路地に入る角でほんの少し立ち止まり、屋根がたわんだ二棟のビルに挟まれた通りを覗《のぞ》き込んだ。かつてそこにはひとつドアがあった。たった五セントの入場料の映画館への裏口だ。イチローが七歳か九歳、あるいは一一歳だったころ五セントは大金だった。そのドアがまだそこにあるのかどうか見ようと路地に入ってみたくなった。

馴染《なじ》みの商店の店先や飲み屋やレストランは、戦争が残した傷跡でなにか変わっていた。そんなジャクソン通りにいると、夢を見ているようだった。ほとんど現実のようだが現実ではない、そんなふうに思えてしまうから、そこから抜け出そうとしてしまう。戦争は人々にとてつもない変化をもたらし、その反動で人々は必死に働き、必死に生き、たくさんの金を稼ぎ、手に入れられるものならなんにでも金をつぎこみ、その結果ジャクソン通りの姿もこうしてすっかり変わってしまった。通りには、縁日のなり損ないみたいな雰囲気があった。洋服屋だったところには射的場が建ち、宝石店はフィッシュ&チップスの店に変わり、たくさんの黒人たちが集まって、玉突き場の前で騒がしく遊びまわるようになった。すべてが古び、汚れ、みすぼらしくなった。

イチローは玉突き場を通り過ぎ、以前はほんの数人しかいなかった黒人たちの間を用心深くそーっと歩いて行った。黒人たちは、今という時がすべてのようだった。タバコをふかし、大声を張りあげ、悪態をつき、飲んで騒いでいた。歩道は彼らの唾でぬるぬるしていた。

「おい、ジャップ!」

イチローは無意識に早足になった。しかし、好奇心か恐れか憤怒からか、振り返ってみると、限りなく黒に近い、いやらしいこげ茶色に縁どられた白い歯を見た。

「トーキョーへ帰れよ、おまえ」。迫害されてきた者が発する、迫害する声だった。

白い歯を見せて睨《にら》みをきかせた茶褐色の男が、調子を合わせて「ジャップ・ボーイ、トーキーヨー、ジャップ・ボーイ、トーキーヨー」と、リズミカルに唱えた。

くそったれ、ニガーめ。イチローは激しく怒りまじりのひとりごとを吐いた。イチローの心の奥には日本人であるからこそ、白人で中流階級の民主党員やリベラル寄りの共和党員より、黒人やユダヤ人やメキシコ人や中国人やチビやデブや醜いやつらに対する寛容の精神があった。しかし、その同じ心の奥底から容赦なく恐ろしいまでの憎しみが沸き立った。

気がつくとイチローはわが家に着いていた。狭くて薄汚い家で、わずかな棚板や限られたスペースに、几帳面にだが溢れるほどぎっしりと食料品が押し込められていた。イチローには家に入る前から中の様子はわかっていた。父親が手紙の中で書いていてくれたからだった。イチローが読めないといけないので、手紙では漢字は易しいものを使っていた。

手紙には、イチローが家の場所を見つけるのに困らないようにと、繰り返し入念に細かいところまで書かれていた。イチローの家の食料品店は、オザキさん一家が長年経営してきた場所にあった。父はそう言えばよかっただけのことだった。以前オザキ家がやっていた食料品店にきなさいと。手紙は、イチローが読めるようにと簡単な日本語で書かれ、彼が初めてこの町にやってくる外国人とでもいうように、何枚にもわたってあれこれ説明していた。

手紙のことを考えると、イチローは頭にきて黒人のことは忘れてしまった。イチローはドアを開けた。家族が以前ここからずっと下ったところに住んでいたころ、オザキさんの店にパンやビン詰のらっきょうを買いに行き、何千回と同じようにしたものだった。すると思っていたようにドアのベルがチリンチリンと鳴った。イチローが知っている食料品店はみんなベルがあって、誰かがドアを開けるとチリンチリンと鳴った。その馴染みの音で不安は和らいだ。

「イチローかい」店の奥のカーテンから現われた小柄で小太りの男は、おばあさんのように、わざとはっきり名前を口にした。「やー、イチロー、帰ってきたんだね。お前が帰ってきてよかったよ」。長いこと耳にしていなかった、やさしい響きの日本語は奇妙に聞こえた。家に帰ってきたからには、これからいやというほどこいつを聞くことになるだろう。両親は、歳のいったほとんどの日本人と同じで、実際のところ英語はまったく話さないからだ。一方、イチローのような子どもたちはほとんど日本語を話さなかった。だから意志の疎通には、年寄りはときどき変な発音の英語がひと言ふた言混じった日本語を話し、若いものは、無理しなくても口を突いて出てくるような簡単な日本語の単語や句のほかは、両親が避けている言語をほとんどいつも使っていた。

父はスリッパを履《は》いて板張りの床を音を立てず、弾むように息子の方にやってきた。やさしく気遣いながら、ぽちゃっとした手をイチローの肘《ひじ》にあて、息子を見上げた。イチローは、日本人だが高校時代はフットボールをやれるくらいがっちりしていて、バスケットボールをやれるくらい背が高かった。父はイチローの肘を押して奥へと促した。そこにはキッチンとバスルームと寝室がひとつあった。イチローは寝室を見回して吐きそうになった。きちんと整理され、清潔に磨かれていた。母が気をつかったんだろう。みんながこのひとつの部屋で寝るというのか……。両親はまだ肉体関係があるのだろうか。

イチローは寝室から出て、スツールにどんと腰を下ろした。「母さんはどこなの」

「母さんはパン屋へ行っているよ」父は、大きく背の高い息子をにこやかにじっと見ていた。それから水道の蛇口を閉めると金属製のティーポットをレンジにかけた。

「なにしにだい」

「パンだよ」と父は答えた。「店で売るパンを買いにだよ」

「配達してくれないの」

「してくれるよ」父は、染みひとつないテーブルの上を湿った布で拭いた。

「いったい母さんはパン屋でなにをしているの」

「いいお金になるんだよ、イチロー」そう言って父は食器棚のところで、湯飲み茶わんや茶托やクッキーをあれこれいじっていた。

「トラックが朝来るから、朝売る分はそこでもらっておくんだよ。午後の分は、また柔らかい焼きたてのパンを手に入れるんだ。母さんがパン屋へ行くんだ」

イチローは、家の近くにパン屋があったかどうか思い出そうとしたができなかった。坂道をのぼったところの一九番街には、大きなワンダーブレッドというパン屋があって、かつて五セントで前日のパンが袋一杯買えたものだった。一三ブロック半も離れた丘の上のパン屋だ。イチローはそれがどのくらい遠いのかすぐにわかった。小学校に通っている間は毎日二度その距離を歩いていたからだ。学校はパン屋の半ブロック先にあり、家からは一四ブロックも離れていた。

「どこのパン屋なんだい」

レンジの湯が沸騰しはじめ、父はポットの蓋《ふた》をひょいとずらして、ひと摘みお茶の葉を入れた。「ワンダーブレッドだよ」

「あそこは一九番街じゃないか」

「ああ」

「パンを売っていくらになるんだい」

「そうだな」父はお茶を注ぎながら言った。「うーん、場合によるが、三セントか四セントだ」

「母さんはいくつパンを買うの」

「一〇個か一二個だよ、場合によるがね」

一個三セントか四セントの利益だから一〇個で三〇セントか四〇セント。三五セントとして考えて、イチローは次に尋ねた。「バス代はいくらかかるの」

「うーん、そうだな」父は音を立てお茶をちびりちびりすすり、それからすーっと飲み込んだ。「そうだな、一回一五セントだが、トークンを使えば二つで二五セントだ。一二セント半ということになる」

三五セントのもうけになる一〇個のパンを手に入れるのにバス代が二五セントかかる。行って帰ってくるのにどうやっても一時間はかかるだろう。イチローは声を張り上げるつもりはなかった。が、そうしてしまった。「なにやってんだい、父さん。どういう商売してんだよ」

父は、無邪気に驚いて茶碗をじっと見つめた。

イチローはいっそう腹立たしくなった。「計算してごらんよ、ちょっと計算すればいいんだ。一〇個のパンで三五セントもうかるって言ったよね。バスを使って行き帰りして二五セントだ。残りは一〇セントだね。そのうえ一時間かけて。なんのために商売をしてんだよ。健康のためかい」

歯の隙間を通ってお茶がぴちゃぴちゃと音を立てた。「母さんは歩いて行ってるんだよ」父は慈悲深いブッダの仏像のように、息子を見ながら座った。

イチローは茶碗を手にすると、熱いお茶を飲み込んだ。「母さんは歩いてるんだ」と父は言った。だから問題ないんだと。その説明のあまりの単純さに、呆れて笑いがこみ上げてきそうになった。許されるなら、ヒステリーを起してしまうかもしれない。拳を握りしめて気持ちを押し殺した。

テーブルの端にいた父は、お茶をぴちゃぴちゃと飲み干すと、もうカップを洗いに流しまで歩きはじめた。

「なんだよ、父さん、座りなよ」イチローは父がひどく神経質になっているのに気づいた。父はイチローが家に帰ってきてから、ひっきりなしになにかしていた。わけがわからなかった。ここにいる父は、ずんぐりと太っていて陽気に見えるが、まるでズボンの中でアリが這っているように絶え間なく動き回っている。

「そうだ、イチロー、お前が帰ってきたばかりなのを忘れてたよ。いろいろ話をしようじゃないか」父はテーブルに戻って座るとマッチ箱を指でいじりまわした。

イチローはキッチンから出ると、レジ機のうしろにあるタバコに気づき、キャメルをひと箱持って戻ってきた。父はマッチを擦ると、火のついたマッチをもったまま息子が箱を開けてタバコをくわえるまで待っていた。火が指を焦がしそうだったので慌ててマッチを落とすと、マッチ箱をとって自分で火を点けるイチローを気弱そうにちらっと見た。

「イチロー」父の声にはおどおどしたところがあった。それは謝罪の意味だったのか。

「なんだい」

「大変だったかい」

「いや、おもしろかったよ」イチローは皮肉で言ったのだが、父には通じなかった。

「後悔してるかい」真っ暗な夜に岩場をよたよた歩くような嫌な訊《き》き方だった。それがイチローには気に入らなかった。

「おれは大丈夫だよ、父さん。終わったことだ。済んだこと、終わったことだ。話すことはないよ」

「確かに」父は大げさな言い方をした。「終わったことだ、話す必要はないな」。ベルが鳴ると、父は椅子から飛び上がってキッチンを出て行った。

最初のタバコの吸いさしをつかって、イチローは別の一本に火を点けた。店にいる父の声が聞こえた。

「母さん、イチローだよ、イチローがいるよ」

わずかな沈黙のあとに、かん高いが一本調子な母の言葉が聞こえた。母さんは変わっていないなとイチローは思った。

「パンを店に出しておかなくちゃ」

よその家なら母親も父親も息子も娘たちも、週末離れ離れになっていただけでも、再会したときは、なによりもまず思い切り抱き合い、愛情たっぷりのキスをし、互いに安堵するものだ。最後にイチローが母に会ったのは二年以上も前だった。イチローはその場で、パラフィン紙のこすれる音を耳にし、やせて骨ばった女が棚の上にきちんとパンを積み上げていくのを想像しながら待った。

父は、もうそれほど足を弾ませずにキッチンに戻り、茶碗を洗いはじめた。母は数分後カーテンの向こうからやってきた。小柄で、平べったい胸をした棒のような体形の女は、髪をひっ詰めてきつく束ねていた。体は不格好でやせていて、まるで一三歳の体のまま女性として成長せずに、何十年かたち干からびて固くなってしまったようだった。父と母は、二人の息子を持つほどどうやってベッドをともにしてきたのかと、イチローは不思議に思った。

「お前が戻ってきてくれて鼻が高いよ。お前のことを自分の息子と呼べることもね」と、母は言った。これは母流の言い草で、ほんとうはこう言いたいのだ。今日の息子があるのは母がいたからで、息子が裁判官の前で「ノー」と言い、二年間刑務所に行ったのは、母という木から生まれた種が成長した結果であり、自分こそが息子の中にそれを植えつけた母親なのだ。これまで息子がしたことと言ったことはすべて、まさにそうすべきだったことであり、こうしたことこそが息子を自分の息子たらしめているものなのだ。心の中に誇りを感じさせてくれるのは、このほかにはないのだ。

イチローは母を見て苦々しく思った。そして母ではあるが自分にとって見知らぬ存在である女のことを理解しようという一縷《る》の望みを断ってしまいそうな、この苦々しさをなんとか飲み込んだ。実際のところ、イチローには日本人であることがどういうことかわからなかった。日本人はアメリカの空気を吸っていながら日本という国から足を離してはいなかったのだ。

「いま、父さんと話していたんだ」なぜそんなことを言ったのかわからなかったし、そんなことはどうでもよかった。ただ、なにか言わなければと思い言ったまでだった。

「あとで、おまえと私とで話そうね」母はキッチンを通って寝室に行き、通信販売でシアーズ・ローバック社から買った段ボール製の洋服ダンスにコートと帽子を掛けた。それからキッチンに戻り店に出て行った。

父は、したり顔で静かにイチローに言った。「母さんは自分が外に出ているときに、私が店にいないのが気に入らないんだ。ベルが鳴るからと言ってあるんだが、わからないんだ」

「まったく」うんざりしてイチローは言った。乱暴に椅子から体を起こし、大股で寝室に行き、ダブルベッドのひとつにどすんと身を投げ出した。横になりながら、いっそのこと屋根が落ちてきて、体中の毛穴に染み込んだ苦悩を永遠に覆い隠してくれればいいのにと思った。横になると自分の背負う重荷と闘った。タバコに次々と火を点け、灰と吸い殻をわざと床に落とした。尊厳、敬意、目的、それに名誉が剝《は》ぎ取られてしまったという気持ちだった。これらは全部合わさって学校教育、結婚、家族、仕事、そして幸福につながるものなのだ。

母を喜ばすためだったと、イチローは歯を食いしばって声に出さずに言った。だから胸の内で絶えず湧き上がる、狂おしく意味をなさない絶望的な叫びを抑え込んだのだ。父さんはいい。いないに等しい。ただのでぶで、にやにや笑う軟弱な人間なだけだ。母さんは石で、控えめだが固い決意で狂信的に、叩いて、壊して、壊して、おれの個性というものをつぶした。母はおれに、意地悪く目には見えない憎しみで呪いをかけたんだ。おれの口を開かせ唇を動かさせた。そのためおれは二年間を刑務所で送ることになり、地獄の洞窟よりも恐ろしくからっぽな空虚を味わうことになった。母の意地悪さや憎しみがおれを殺した。母はそれで満足なんだろうか、おれは、二度と幸せの意味を知ることがないのに。

「イチロー」

肘をついて体を起こし、イチローは母を見た。母は以前とほとんど変わっていなかった。母にだってきっと笑うときがあったはずだ。だが、イチローには思い出せなかった。

「なに？」

「お昼ごはんができたよ」

イチローはベッドから起き上がって母の前を通りキッチンに入ると、母はイチローが散らかしたあとをホウキとチリトリできれいにしていた。醤油のかかった目玉焼きに薄切りのハムとゆでたキャベツ、それにお茶とご飯があった。ベルの音に一度も邪魔されることなく、みんな黙って食べた。食べ終わると父はテーブルを片付け、仕事だと言わんばかりに店番をしに行った。イチローが三本タバコを吸い終わったころ母が沈黙を破った。

「おまえは学校に戻りなさい」

イチローは戦前にそんな時代があったことをほとんど忘れていた。そのころは大学に二年間通っていて、工学部でまじめに授業に出ていたものだった。母の言葉に動揺した。それですべてかたがつくんだろうか。この四年間のことをあっさりと忘れるべきだと母は言いたいのか、この四年間はなかった、戦争もなかった、おれがしでかしたことで唾を吐きかけたエトのことも、みんななかったかのように人生を再スタートさせるべきだ、そう言っているのか。

「学校には、行く気にならないな」

「どうするつもりなの?」

「わからない」

「教育を受けていれば、日本でおまえのチャンスはいくらでもあるんだよ。おまえは学校に行って勉強を終えなさい」

「母さん」と、イチローはゆっくり言った。「母さん、おれは日本には行かない。誰も日本には行かないんだ。戦争は終わって、日本は負けたんだ。わかってる？　日本は負けたんだ」

「おまえはそれを信じてるのかい？」

もうとても子どもとはいえない子どもに、本当にサンタクロースがいるのを信じているのか、と尋ねるときの大人の言い方だった。

「ああ、信じているとも。おれにはわかっている。アメリカは依然としてここにこうしてあるだろ。母さんには、立派な日本軍が通りを行進するのが見えるっていうの？　日本軍なんてもうなくなったんだ」

「船が来ることになっているんだよ。支度しなくちゃいけない」

「船？」

「そうだよ」母はポケットに手を伸ばすと、しわくちゃの封筒を取り出した。

手紙はブラジルのサンパウロからで、イチローには覚えのない名前の人に宛てられたものだった。封筒の中には、仰々《ぎょうぎょう》しく込み入った日本語で書かれた一枚の薄っぺらな紙が入っていた。

「なんて書いてあるの」

母はその手紙を取り出すまでもなく言った。「忠君にて名誉ある日本人である貴下へ。この極めて重大な書信をお渡しできることを心よりお喜び申し上げます。勝利をおさめた日本政府は、目下天皇陛下に不動の忠誠を保持してきた海外在住者を日本に送還する船舶を派遣する準備をしているという報せが、我々の下に届きました。日本政府は勝利によって生じた諸事への責任で、船舶の派遣が遅れざるを得なかったことに遺憾の意を表しています。この名誉を享受する少数者のひとりでいられることは、ありがたいご配慮によるものです。虚言で人々に連合軍勝利を信じさせようと躍起になるラジオや新聞の宣伝工作は無視すべし。特に故国を裏切った国賊的な同胞や、反逆的な行為によって罰せられるだろう同胞の嘘は無視すべし。勝利の日は目前です。我々の思いもよらぬ素晴らしい報いが訪れるでしょう。我々がなし得たことは日本人として当然のことですが、日本政府はこれに感謝しています。胸を張って出航の準備を。船は間もなくやってきます」

「誰からきたの、それは」イチローは疑うように尋ねた。不気味な悪夢のようだった。家族に広まった鎮めようもない張りつめた狂気や、手を伸ばしてもつかめないところで揺れながらあざ笑うような得体のしれない恐怖に出合ったようだった。

「南米の友達からだよ。私らはひとりぼっちじゃないんだよ」

「おれたちはひとりぼっちだ」と、イチローはすさまじい勢いで言った。「全部が狂ってる。母さんも狂ってる。おれも狂ってる。ああそうだ、おれたちは間違ったんだ。認めるしかないんだ」

「間違いなんかありゃしない。その手紙が証拠です」

「そのとおりだよ。おれたちのほかにも狂った人間がいるってことを証明しているんだ。もし日本が戦争に勝ったのなら、ここでおれたちはなにをやってるっていうんだ。食料品店をしながら母さんはなにしてるんだい。筋が通らないじゃないか。おれたちみんなが間違っているから筋が通らないんだ。おれたちが間違いを認めた瞬間に、すべてはかたがつくんだ。おれはずっとこのことを考えてきた。それで思ったんだよ、いつも出る答えは同じだって。もうこれを認めなきゃならないんだよ」

母はかすかにため息をついた。「おまえの気分がもっといいときにまた話し合おうね」そーっと手紙をたたんで封筒に戻すとポケットにしまった。「船が来ると言っているのは私じゃない。手紙に書いてあることでしょ。もしおまえが自分の母親を疑うなら、ほんとに残念だよ。まあ、おまえが弱気になっているからで、きっと本気じゃないとは思うけれどね。二、三日休みなさい。もっとよく考えれば、疑いも消えるでしょうよ。おまえは私の息子なんだから、イチロー」

違う、イチローは自分に言い聞かせ、母がカーテンを開けて店に入っていくのを見ていた。おれがあなたの息子だったときはあった。おれにはもう思い出せないが、あなたはかつて母親のほほえみを見せて物語を聞かせてくれたことがあった。主君を輝く鉄の刀で守る雄々しく獰猛《どうもう》な戦士の話や、おばあさんが川で桃を見つけて家に持って帰り、おじいさんがそれを二つに割ると、元気のいい小さな男の子が転がり出て、二人とも大喜びするという話。おれは、桃の中の男の子で、あなたはおばあさんで、おれたちは日本人の感覚と日本人の誇りと日本人の考えを持つ日本人だった。そのころは、たとえアメリカに住んでいても、日本人のままでいて、なにもかも日本人と同じように感じたり考えたりしてもよかったんだ。それからおれは半分だけ日本人になった。誰だってアメリカで生まれ、アメリカで育ち、アメリカで教育を受け、ここアメリカでアメリカの町のアメリカ人の住む家の中で話しをしたり、悪態をついたり、酒を飲んだり、タバコを吸ったり、遊んだり喧嘩をしたり、いろいろなことを見聞きすれば、アメリカ人になってアメリカを愛するようになるからだ。しかし、おれは百パーセント愛するようになったわけじゃない。あなたがおれの母親であることに変わりはなく、おれはまだ半分日本人だったからだ。戦争が起きてアメリカのために日本と戦えと言われたとき、おれはあなたと戦えるほど強くはなかった。おれの半分、つまりそれは母さん、あなたなんだけれど、その半分をもう一方の半分であるアメリカより大きくしている苦渋と闘うほど、おれは強くはなかったんだ。アメリカである半分とは、本当はおれの全体のはずなんだけれど、おれはそれを見ることも感じることもできなかったんだ。ほんとうのことがわかったときはもう遅すぎた。おれの中にあるあなたという半分のおれはもうない。だから残りの半分がおれということになるが、それは法的にアメリカ人だということだ。アメリカ政府は物分かりがよく国力に余裕があるから、おれがアメリカのために戦えない事情を察して、おれがアメリカで生まれたことによる権利を奪いはしなかった。けれども法的な意味でアメリカ人だというだけじゃだめなんだ。半分だけアメリカ人で、しかもそれが形だけの空疎なものでは十分じゃないんだ。おれはもうあなたの息子じゃない。日本人じゃない。そしてアメリカ人でもない。どこかに行って、おれは、胃は逆さまだがアメリカ人だから忠誠を誓ってアメリカ万歳と言う。けれどもその胃のせいで軍隊はおれを採用しなかったんだという芝居を、やろうと思えばできないことはない。ただ、自分自身をまず納得させなきゃならない。でもおれにはできない。おれは心から自分が日本人か、でなければアメリカ人ならよかったのにと思う。でもどちらでもない。おれはあなたを責め、自分自身も責める。そして、世界を責める。互いに戦い、殺し、憎み、破壊しながらもまだやり足りないので、殺し、憎み、破壊することを何度も何度も繰り返している多くの国々からなる世界をだ。こういう世界はあまりに簡単で単純過ぎて、おれにはそれがまったく理解できない。その理由は、かつて自分の半分であったが、いまは存在しないあなたを理解できないからであり、また、アメリカ人であるおれの半分をおれに破壊させたものはなんだったのか、そして、もしおれが、自分が信じ、求め、大切にし、愛するがゆえにアメリカの軍隊で戦いますと言っていたら、おれのすべてになっていたかもしれないその半分がなんだったのかを理解できないからだ。

打ちひしがれて、イチローはタバコの吸いさしを押しつぶし、吸い殻がいっぱいの灰皿に入れ、もう一本吸おうと箱に手を伸ばした。空だったが、父の顔も母の顔も見たくなかったので店にとりに行く気にはならなかった。寝室に行き寝返りをうち、うめき声を上げると、うとうと眠ってしまった。


数時間後、誰かに揺り起こされた。母ではなく父でもなかった。陰気な暗闇の中でイチローを見下ろしたのは、弟の顔だった。

「タロー」イチローは穏やかに言った。弟のことをすっかり忘れていた。

「ああ、おれだよ」弟はいかにもきまりが悪そうに言った。「出てきたって聞いたよ」

「どうしてた?」イチローは弟をじっくり見た。自分と同じくらい背は高いがやせていた。

「別に。めしだよ」タローが行こうとした。

「タロー、待てよ」

弟は戸口の明かりに照らされて立ち、イチローと向かい合った。

「どうしてた?」イチローが繰り返した。それからタローが行ってしまわないようにすぐに言葉をつないだ。「いや、それはもう言ったよな。そういう意味で言ったんじゃないんだ。いろいろ話そうじゃないか。長いこと会ってなかったしな」

「ああ、ずいぶんたつね」

「どうだ、学校は」

「別に」

「高校はそろそろ卒業だろ」

「六月さ」

「それから大学へ行くのか」

「いや、軍に入る」

イチローは、弟の顔が見えたらいいのにと思った。まるで他人同士のように話をする弟の顔が。とはいえ、実際他人同士のようなものだった。

「徴兵までに、学校へ行ってまだ一、二年勉強できるだろう?」イチローは兄弟を隔てた壁を壊そうと必死になっている自分自身に気がついた。「試験を受けられるところがあって、もし成績がよければ、徴兵が猶予されるってなにかで読んだぞ。できるだけ教育は受けておくべきだからな、タロー」

「猶予なんていらないよ。おれは軍に入りたいんだ」

「母さんは知っているのか」

「知ったことか」

「きっと反対するぞ」

「かまうもんか」

「どうして、そんなに軍にこだわる。待てないのか。どうせもうすぐ行かなきゃならなくなるだろ」

「それじゃ遅いんだよ」

「理由はなんだ」

イチローは答えを待ったが、それがなんなのか知りながらも聞きたいとは思わなかった。

「おれのせいなのか。おれがしたことが原因か」

「腹が減った」と、弟はキッチンに戻って行った。

母はすでに食べ終え、店番をしていた。イチローはタローの反対側に座った。タローはイチローを見もせずにがつがつと食べた。数分もたたずにタローは立ち上がり、壁に掛かっていたジャケットをつかむと席を離れた。ベルがチリンと鳴ってタローは出て行った。

「あの子のことは気にするな」父が申し訳なさそうに言った。

「タローは若くて落ち着きがない。食べるときと寝るとき以外は家にいたことがないんだ」

「いつ勉強してるんだよ」

「しちゃいないよ」

「なんとかしたらどうなんだい」

「私も言っているし、母さんも言っているが、変わりはない。あんなふうにしたのは戦争だよ。みんなそう言っている。戦争と収容所の生活。それが若い者をめちゃくちゃにしちゃったんだ。わけがわからん」

「そうだよな」と、イチローは言ったが、おれはわかっている、と呟いた。タローが息子でなく弟でもない理由は、タローが若くてアメリカ人で両親にとっては異邦人だからだ。両親は三五年以上アメリカで暮らしながら日本人のままで、片言英語を話すだけでまったく書くことはできない。もう一つの理由は、兄が抱える問題を憎んだからだった。兄のせいでタローは、自分だけの問題として考えられなくなったのだ。この憎しみのゆえに兄を嫌い、また両親のことを嫌った。というのは両親は、まるで一日たりとも日本から離れたことがないかのように徹底的にアメリカを拒否して、そのアメリカという国で三五年間も日本人として見て、感じて、考えてきたその目と手と心で、この問題をつくりあげてきたからだった。それが理由だった。信じ難いがそのとおりだったのだ。タローは日本とアメリカの間にあってカラッポだったので、両親にとっての真実と兄にとっての真実という二つの光りが見えたのだ。

「父さん」とイチローは言った。

「なんだい、イチロー」父はお湯の入った金盥《かなだらい》の中で布巾をすすぎ皿を洗っていた。

「なんで父さんと母さんはアメリカに来たのかな」

「みんなアメリカに来たんだよ」

「来なくちゃいけなかったの?」

「いや、金を稼ぐために来たんだよ」

「それだけ?」

「ああ、そうだと思うがね」

「なぜ、金を稼ぐために?」

「私らの村に、アメリカに行って大金を稼いで帰ってきて、広い土地を買って楽をした人がいたんだ。だから私らも来た。金を稼いで帰って、土地を買って同じように楽に暮らすためだ」

「ここでずっと暮らして、帰るのはやめようって考えたことはなかったの」

「ないな」

イチローは父を見た。年老いて頭もはげ、みすぼらしい食料品店の奥のキッチンで皿を洗っている。

「いま、どう思っているの」

「なにについてだい」

「帰ることだよ」

「ああ、帰るよ」

「いつ」

「もう、すぐだ」

「すぐっていつさ」

「もうすぐだよ」

これ以上質問をしても要領を得られそうもなかった。イチローは店に行ってタバコをひと箱とってきた。母は、入り口の脇にある野菜の棚を一生懸命洗い流していた。やせた腕が力一杯、すごい勢いで緑色に塗られた板を布で拭いていた。針金のように丈夫な茶色の腕には力がみなぎり、丈夫な竹のような血管の中を、目に見えないが計り知れないほどの激しい力が駆けめぐっていた。母はその仕事を終えると、水の入ったバケツを歩道の端まで運んで通りに水を撒いた。それから店を通りリビングの方に戻り、今度はコートを羽織り、帽子を被って現われた。

「イチロー、来なさい」と母は言った。「クマサカさんとアシダさんのお宅に挨拶に行かなくては。おまえが戻ってきたことをみなさん知りたいでしょうからね」

挨拶に行くということの意味がイチローにはよくわからずただ戸惑っていた。唖然として逆らう言葉も出なかった。クマサカさんもアシダさんも同じ村の出身だった。三家族はイチローが覚えている限り、とても親しくしてきた。さらに言えば、日本人の間では日ごろ親しく付き合っている家には、さまざまな場合に儀礼として訪ねるのが習慣になっていた。とくに、家族の誰かが、これから長らく不在となる場合や、いつになく長期にわたって留守をして戻った場合は必ずだった。

たしかにイチローは長いこと留守にしていた。だが、それは違った意味でのことだ。戦争に行っていて無事に帰ってきたとか、あるいは別の町のどこかの大学に通っていて、最優秀で卒業して帰郷したというわけではなかった。イチローは混乱してこのおかしな決まりごとを理屈づけようとしたがうまくいかなかった。

「父さん」母が叫ぶように呼びつけたが、実際は叫んだわけではなかった。父はキッチンから急いで出てきた。イチローは、訳のわからぬ怒りのまま母親のあとをよろよろとついて行った。この人は憎しみと狂信的な頑迷さの塊でしかなく、いまや女でも母でもなかった。

母子は夜の街を歩いて行った。とりあえずもうしばらくは母と子の関係だった。家族のつながりはしぶとくて簡単には切れなかったのだ。母が先を行き、息子があとに続いた。二人の間に言葉はなかった。六ブロック歩き、さらに六ブロック、そしてもう六ブロック行くと、三階建てのビルの中に入った。

そこはアシダさんの家で、両親と三人の娘が二階の四部屋に暮らしていた。

「ママー」ノックに応え、金切声を上げたのは一〇歳の娘だった。「ヤマダさんだよ」

太った元気のよさそうな女が急いでやってきた、立ち止まると驚いて目を輝かせた。「イチローさん、帰ってきたのね」

イチローはうなずき、母がまぎれもない喜びようで「今日です、アシダさん、今日帰ってきたところです」と言うのを聞いた。

アシダ夫人に促され、二人はがらんとした居間で腰かけた。夫人は反対側の背もたれのあるキッチン・チェアに座ってほほえんだ。

「ずいぶん大きくなったわね。よくきてくれたわね、イチローさん」そう言うと夫人は、母親の陰からイチローをぽかんと見ていた一〇歳の娘の方を向いた。「レイコにお茶とクッキーを持ってくるように言いなさい」

「いま勉強しているよ、ママ」

「そのままにしてあげて」イチローの母が言った。

「行きなさい、ただラジオを聴いているだけなんだから」。女の子は部屋を出て行った。「よかったわ、久しぶりねイチローさん。友達もうたくさん帰ってきているから、会えるわよ。二度とシアトルに戻ってはこないだろうって言っていた人たちがみんな戻ってきているわ。ほとんど戦争前と同じね。あのアキラさんね、あなたとは学校が一緒だった思うけれど、彼はちょうどイタリアから帰ってきたところで、ワタナベさんのところの子は先月日本から戻ってきたのよ。戦争が終わってすべてが以前のようになってきてよかったわ」

「あの写真を見ましたか」イチローの母が尋ねた。

「なんの写真です?」

「まだ、ワタナベさんのお宅に行っていないのね」

「ああ、日本の写真ね」夫人は鼻先でせせら笑った。

「まじめな子で、私に日本で撮ったっていう写真をみんな見せてくれたの。広島や長崎の写真もたくさん持っていてね。だからあの子に、あなたは間違っているのよって言ったんです。あなたが信じているように日本は戦争に負けていないし、あなたが写真を撮りに行けるはずがないってね。だって、もし日本にいたのなら生かしておかれるわけないんだからね。そしたらあの子は反発してわめくんで、母親がたしなめたんだけど、さらに食ってかかってきて。だから私が、あの子に日本にいたことがあるのかどうか、実際にそこにいたと証明できるのかどうかって訊いたの。そしたらもう一度写真を見ろって言うのよ。それで私が、あなたがどこかほかの場所にいたときに、アメリカ軍があなたにそこは日本だと言ったからそう思っただけだったたっていうのが本当じゃないのかって、宣伝工作を信じるなんてとんでもないって言ったの。それからあの子は烈火のごとく怒って、顔が青ざめてきて言うのよ。『あんたがあんたであることをどうやってわかるんだい。あんたがあんただってどうやってわかるのか言ってみろ』ってね。もし母親があの子を部屋から追い払わなかったら、あの子は私を殴っていたかもしれない。伯父や従兄弟や兄弟姉妹に弓を引くだけじゃ済まなくて、年寄りを敬うこともないのね。もし、息子が日本と戦うためにアメリカ軍に入ったら、私は恥ずかしくて死にますよ」

「あの子たちは自分のしていることがわからないんだけど、あの子たちのせいじゃない。親の責任なんです。私はいつも言ってたんです。ワタナベさんのご主人はどうしようもない人だってね。ギャンブルとお酒ばかりで、あの人たちが友達だなんて恥ずかしいですよ」。イチローの母は彼を見たが、その目はこう言っていた。私は日本人で、おまえは私の息子で、おまえは日本人らしく振る舞った。私はほかの親と違って恥ずかしいことはこれっぽっちもない。ほかの人の息子はきっとほんとうの息子じゃないんだよ。ほんとうの息子なら日本と戦ったはずはないんだから。

イチローは立ち上がって夜の中に駆け出したかった。母の狂気を分かち合う仲間がいた。イチローはやさしく親切そうなアシダ夫人に嫌悪以外のなにものも感じなかった。夫人は非営利で中古品を販売するグッドウィル・インダストリーの五〇セントの椅子に座っていた。その間夫は、ホテルの夜勤をして大嫌いな金持ちのアメリカ人から一〇セントや二五セントをもらうためににっこり笑って頭を下げていた。そして、家族を連れてタコマまで行くバス賃もないくせに、日本からの船を祈るような気持ちで待ち望んでいた。

レイコが小さなティーカップと薄く丸いクッキーの入った器を持ってきた。彼女は一七歳くらいで、胸は少し盛り上がっているだけでセーターを着ても目立たなかった。唇には濃い赤の口紅をたっぷりと塗っていた。イチローに「ハーイ」と言った。そのあとで、私のことを見て、前にあなたと会ったときは子どもだったけれど、いまはひとりの女よ、女としての欲望やあなたのような男をみる目もあるのよ、と言いたがっていることが黙っていてもわかった。レイコはテーブルの上にお皿を置くと、イチローに向かって笑みを投げかけ出て行った。

イチローの母は、サンパウロからの手紙を服のポケットから取り出してアシダ夫人に渡した。

「南米からです」

アシダ夫人は、それをさっと取るとすぐに読みはじめた。夫人の顔が得意げになり紅潮してきた。一心に読むその唇は動き続け、しばしば呟く声が聞こえてきた。「素晴らしい知らせだわ」夫人は、その手紙を読むことで、心を深く揺り動かされる体験をしたとでもいうように、息もとぎれとぎれにため息をついた。

「オカモトの奥さんもこれを見たがるでしょうね。彼女のご主人は、私が行くといつも外出していて、奥さんに、もし日本についてのばかばかしいことを信じるのをやめないのなら、別れるぞなんて脅しているんです。ばかばかしいことって、そう言ったのよ。中国人も同然ね。でもこれであの人もわかるでしょう。ほんとうに奥さんが気の毒ですよ」

イチローの母がこれに応えた。「大勢の人が信じていないんだから難しいですね。でも、そういう人は私たちのような日本人じゃないですから。そう自分たちで言っているだけです。テラダさんのところも同じです。私はもうあの人たちには会いません。最後にテラダさんのお宅に行ったとき、テラダさんのご主人は、金切り声をあげて私に出て行けと言ったんです。日本が戦争に負けなかったってことが理解できないだけなのよ。とうてい負けるはずはないんですから。あの人たちのことは憎まないようにしていますけど、船が迎えにきたら、日本のしかるべき人にこのことをあからさまにするしかないです」

「もう、いい時間だよ、母さん」イチローは立ち上がると胃が痛くなり、ごまかしに満ち、ねじまがった妥協のない世界からとにかく飛び出したかった。その世界の中で、イチローの母親やアシダ家のような打ち負かされた人々は、危険な綱渡りをして、ぴんと張った細い綱をいつも注意して見ていなければならなかったからまわりを見ることができなかった、いや見ようとしなかった。

「そうだね」母はすぐに返事をした。「あわただしくてすいません。お宅におじゃまするのが一番楽しいんですが、クマサカさんのところにもちょっと寄らないといけないんで」

「わかってますよ。もう少しいてくださればいいんですけど、でもこれからはいつでも会えるでしょうからね。また、いらしてね。・イチローさん」

お茶のお礼をもごもごと言いながら、イチローはかたちばかりのお辞儀をして急いで階段をおりた。外に出ると、タバコに火を点け母がやってくるまでひっきりなしに吸った。「立派な人だね」足を止めずに母は言った。

イチローはあとに続き、母のうしろから話しかけた。「母さん、おれは今晩はクマサカさんには会いたくない。今晩は誰にも会いたくないいんだ。別のときにしようよ」

「そんなに長くかかりませんよ」

二人は数ブロック歩いて行き、ペンキを塗ったばかりの木造の家に着いた。きれいに手入れされた芝の奥に、家は建っていた。

「いい家だね」と、イチローが言った。

「先月、買ったんだよ」

「買ったのかい」

「そうですよ」

クマサカさんは戦争前はドライクリーニング店を経営していた。商売はうまくいっていて、お金を貯めているとうわさされていたが、店の二階の狭苦しいところに住んでいた。ほかのたいていの日本人と同じで、彼らもいつか日本に帰ろうと考えていた。だから三〇年、四〇年アメリカにいても一時的に滞在しているような気持ちでいた。当面暮らすことができればいい、という考えだったから店の二階の場所が、住まいにはちょうどよかった。イチローはなるほどと思った。だから日本人はまだ日本人なんだと。日本人は、日本に帰って十分な生活を送ることができるほどの財産をつくる、というたった一つの目的のために勇んでやってきたのだ。財産が、求めれば簡単に手に入るというものじゃないことや、滞在期間が数年ではなく何十年にもわたることに気がついても関係なかった。また、家族が増えてお金がかかり、そして災難や病気や低賃金やまったくの不運が、絶え間なく夢を阻むことになっても気にしなかった。日本人は、アメリカの言葉を話すことや書くことを学ぶのを拒むことによって、また、同胞の中でのみ生活することや、家を買うといった長期にアメリカと関わることを必死に避けることで、自分たちの夢を維持しようとしてきた。しかし、いまクマサカさんはこの家を買ったようだ。イチローは感心した。クマサカさんは希望を現実と交換し、遅きに失したかもしれないが、ついに、当初は生活を育むことよりお金だけを求めていたこの国に、いま根を生やそうとしていることだけは明らかだった。

クマサカ夫人はドア口までやってきた。背が低く太っていて、男のように構えた足でしっかりと立っていた。夫人は温かく迎えてくれたが、墓場まで抱えていきそうな悲しみを湛《たた》えて二人に挨拶した。イチローが最後に夫人に会ったとき真っ黒だった髪が、いまはすっかり白くなっていた。居間では、陽気な笑顔の小柄なクマサカさんが、ゆったりと布張りの椅子に腰を沈めて日本語の新聞を読んでいた。居心地のいい部屋で、敷物の上に落ち着いた家具とランプとサイドテーブルが置かれ、壁紙を張り替えたばかりの壁に絵が掛かっていた。

「イチローだね、立派になったね」クマサカさんは椅子からようやく立ち上がり、親しみを込めて手を差し出した。「どうぞ、座って」

「いいお住まいですね」イチローは、思ったままを言った。

「ありがとう」と、小柄なクマサカさんが言う。「母さんと私は、アメリカもそんなに悪くはないってようやくわかってね。ここが気に入っているんだ」

イチローは母の隣のソファに座ると、場違いな感じがした。アメリカにある何百万というほかの家と同じであるこの家をうらやましいと思いながらも、自分には絶対手に入りそうもないものだったからだ。

クマサカ夫人は、夫の隣の大きな丸い腰かけに座って、さみしそうな目でイチローを見たので、イチローはなぜか不安を覚えた。

「イチローは今朝帰ってきたんです」そう言った母の声は、わざとなのか大きくて傲慢にも聞こえたので、イチローは戸惑った。「息子は苦しみました。でも私はこの子にも自分自身にも謝《あやま》るつもりはありません。この子が日本のために命を捧げてくれていたのだったら、これ以上ないほど誇らしかったんですけどね」

「母さん」と、イチローは口を挟みたかったが、母の言葉が場違いだったという以外、言いようがなかった。イチローを無視して母は続けた。クマサカさんの方は見ないで夫人を見た。夫人はうなだれて座り、その目は空虚にカーペットの花柄を見つめていた。「母親であることはたやすくはありません。男と寝て子どもをつくるのはなんでもありません。子どもを育てて自慢できる一人前の男にするのは遊び半分じゃできません。私たちの中にそうできる人もいます。もちろん失敗する人もいます。残念なことです。でもそれが人生です」

「そうだとも、ヤマダさん」クマサカさんは、がまんできず言葉を遮《さえぎ》った。それから笑顔でイチローの方を向いた。「大学に戻るんだろう?」

「考えなくちゃいけないと思っています」と、イチローは答え、自分の父親がクマサカさんのように、自分の激しく揺れる心の内をぶちまけたくなるような人だったらいいのにと思った。

「新学期がはじまったらこの子は学校に通います。私がこの子に優れた教育の重要性をしっかり教えてきましたから。大学教育を受けていれば、日本ではかなりのところまで行けます」と、母はしたり顔で言った。

「そうだな」と、クマサカさんはイチローの母の話を聞いていなかったように言った。「ボビーも大学に行って医学を学びたがっていたな。立派な医者になっただろうな。いつも勉強して本を読んでいたからね。そうじゃないかい、イチロー」

イチローはうなずき、口数の少ないクマサカさんの息子を思い出した。ボビーは、ほかの子どもたちと路上でフットボールをすることもなければ、ダンスにも顔を出さなかったが、化学や動物学や物理学など、高校時代に夢中になっていたほかの教科のことなら、何時間でも話し続けられるような青年だった。

「そのとおりですね、ボブはいつも勉強熱心だったから」なんとなく言ってはいけないような気がしたが、イチローは続けた。「ボブはどこにいるんですか」

イチローの母はじっとしたままだった。クマサカ夫人は、どうしようもなくなって泣き出し、震える唇を噛んだ。

小柄な主人は、顔じゅうを哀れみと悲しみで覆われ、口ごもりながら言った。「イチロー、君は、君は誰からも聞いていないのかい？」

「いいえ。なにをです。誰からもなにも聞いてません」

「お母さんからも手紙で知らされていないのかい？」

「いえ、なんのことですか」イチローにはその答えがなにかわかった。それは、ボブという名の若者の母親である悲しい女の髪の白さと、父親の愛想のいい明るさ――といっても本当は明るい気分でいるわけではなく、子を亡くした親だけが知る深い悲しみと喪失感が諦めに変わって生まれた明るさだったが――を見ればわかるのだった。それからイチローは、暖炉の上の写真を見た。軍服姿で笑っている若者のスナップ写真で、何倍にも引き延ばされたものだった。若者は自分の親に改まった写真を残すことなど思いも及ばなかったのだ。というのも、自分が死ぬなんて思ってなかったはずだし、これから写真を撮ったり本を読んだり、ほかにも生きていく上で必要なことをしなきゃいけない時間は山ほどあるだろうと思っていたからだ。

クマサカさんが家の奥に向かって大声を上げたのでイチローは驚いた。「ジュン、来てくれないか」

ドアが開く音がして、ほどなくしてカーキ色のシャツにウールのズボンをはいた若者が現われた。

イチローの知らない人だった。

「なにか邪魔をしてしまったかな、ジュン」とクマサカさんは言った。

「いえ、大丈夫です。手紙を書いていただけです」

「こちらはヤマダさんと息子のイチロー。古くから家族ぐるみのつき合いなんだ」

ジュンはイチローの母親に会釈すると、イチローと握手しようと手を差し出した。

小柄な主人は、ジュンがソファの端に座るまで待っていた。「ジュンはロサンゼルス出身なんだ。軍隊から家に帰る途中で立寄ってくれて、数日ここに滞在しているんだよ。彼とボビーは軍隊で一緒だった。戦友だった、と君は言ったね」

「そのとおりです」とジュンが言った。

「さあ、ジュン」

「はい？」

小柄な主人がイチローを見て、それからイチローの母を見た。母は冷ややかに、とくに誰をというわけでもなく見つめていた。

「ジュン、お願いだ、話しづらいのはわかるんだが、ボビーのことを聞かせてくれないか」

ジュンはすぐに立ち上がった。「いやー、それは、どう言ったらいいか」彼はクマサカ夫人をやさしく気遣って見た。

「いいんだ、ジュン、どうかもう一度だけ頼む」

「ええ、わかりました」彼は再び腰を下ろすと、膝の上で手をすり合わせながら思いにふけった。「どういうことが起きたかって言うと、ボビーと私はちょうど休養地に戻ってきたところでした。ドイツ軍の降伏についてあれこれ話が出ていたので誰もがいい気分になっていました。仲間はみんな装備の手入れをしていました。長い間前線にいたので、すべてがかなりめちゃくちゃになっていました。前線で撃たれるかもしれないとなると、持ち物が汚らしくなっても気にならなくなるんです。でも引き揚げてきた際には、点検をしなくちゃならないんです。そんなわけで、われわれは手入れをしていました。ほとんどの者がライフルの手入れをしていました。ほかのものはともかく、ライフルの手入れだけは、やっておきたくなるようなものだったんです。ボビーは私の隣に座って、医学部に行って医者になるんだって話していたんですが……」

自分の息子がもう一度死んでいく場面を聞かされる母の胸から、悲痛なすすり泣く声が溢れ、真っ白な頭が悲しそうに上下に揺れた。

「続けてくれ、ジュン」クマサカさんが言った。

ジュンは夫人からは目をそらして、暖炉の上の写真を見た。「ボビーはそんな感じでした。私とほかのやつは、話と言えば、酒を飲むことや女の子のことやなんかでした。そういったことをしゃべることが、自力で前線からやっと帰ってきたときには必要だったんです。でも、ボビーは違った。学校へ行くことだけ考えていたんです。私はうなずきながら、そうだよな、そうだよなって言って。それからこんな音がして。ピューンっていうような音で、すぐ近くからでした。一瞬怖いって感じて、思わずこの野郎、くそ、すぐ近くだぜって。それでボビーの方を見たんです。彼は膝の間に頭をうずめて崩れるように座っていました。私は、彼がふざけているんだろうと思って、小突いてやろうと手を伸ばしました。それから私が彼の腕を叩くと彼は倒れました。彼の頭の横に黒い点が見えて、そこを弾丸が貫通していました。これがすべてです。ピューンという音がして、そして彼は死にました。どうしてこんなことになったのか。でもいま言ったようなことが実際起きたんです」

クマサカ夫人は泣いていた。恥じることなく、終わりのない悲しみの中にたったひとりでいた。なにが間違っていてなにが正しいのか、そして誰が日本人で誰がそうでないのかについて区別などできない底なしの悲しみの中で、夫人にはもうひとりの母親のことなどどうでもよかった。その母親は生きている息子を連れて、こう言いにきたのだった。あなたたちは日本人じゃない、だから自分の息子を殺したんだ、恥を知り悲しみを知るべきだ、でも、私の息子は大きく強く、生き生きとしている、それは私が自分の息子を弱虫にしなかったからで、自滅させたり裏切り者にさせたりはしなかったからだ。

イチローの母は立ち上がると、もうこの先二度と言葉を交わす必要はないだろうから、ひと言も発せずアメリカの一部であるその家から出て行った。

クマサカさんは、夫人の丸くなった背中に片手を置いたが、これから先もずっと慰めきれるものではなかった。そしてイチローにやさしく言った。「なにも言わなくていいんだ。君の気持ちはよくわかってるから。君も辛いと思う」

「知らなかったんです」イチローは訴えるように言った。

「いつでも来たいときに来てくれ。君のお母さんの信念は私たちとは違っていても、私たちは語り合える仲だからね」

「母は狂っている。底意地が悪く狂っている。クソいまいましいジャップだ」涙は熱く、刺すように感じた。

「お母さんのこと、わかってやりなさい」

イチローは衝動的に小柄なクマサカさんの手を取ってさっと握った。それから自分には絶対持てないようなその家を急いで出た。

母はイチローを待ってはいなかった。自信ありげに歩いていく母の小さな姿が、街灯の明かりから遠ざかり、暗がりに入っていくのを見たが、イチローは追いかけようとはしなかった。

イチローは坂道を上がりそして下った。どこにいるのかなど気にもかけず、ただ家に帰りたくないと思いながら歩き、クマサカさん一家や自分の母親について考えていた。そして、日本でもなくアメリカでもなく、息子を母親につなぎとめている利己的な絆でもない、もっと大きなもののために戦い死んだボブのような若者のことを考えていた。

ボブにしても、またボブのように失うものも得るものももうなにもない多くの若者にしても、軍隊に行くかどうかを考えなきゃいけないなんて思いもしなかった。そのときが来て、自分にとってなにが正しいのかわかったんだ。そして戦争に行った。

その一方で、イチローのように、裁判官の前に立って次のように言った若者たちがいた。私はアメリカ人ではないのですから、アメリカの軍隊に入れと強制されるはずはありません。それにもしアメリカ人なら、国は私や私の家族を幸福で地道で有意義な生活から引き離して、ドイツでユダヤ人が受けた仕打ちのように、私たちを砂漠のフェンスの中に閉じ込めるようなことはしなかったはずです。

ドイツ人がユダヤ人にしたように殺さなかったのが不思議なくらいです。命以外のものはなにもかも奪ったんですから。

こう言った者もいる。裁判官殿、あんたは正義になり代わっているということになっているけど、ただ、何十万もの命と家と農場と商売と夢と希望を破壊しただけじゃないか。その理由が、何十万というのが日本人で、日本を相手に戦争をすることになったのに祖国に忠実な日本人を抱えておくわけにはいかないから、ということだが、もしそうなら、ドイツ人やイタリア人も、日本人と同じように問題があるんじゃないですか。それともアメリカは、ドイツやイタリアと戦ってないというんですか。彼らをかき集めて、彼らの家や車やビールやスパゲティーを取り上げて、キャンプに入れたらどうです。その上で、生命や自由や幸福の追求を目的とするこの国の軍隊に入れと言って、彼らを徴兵しようとしたら彼らはなんて言うと思いますか。あんたは私を、パールハーバーに爆弾を落とした卑劣な日本人と同類だと思っているのかもしれない。いや明らかに思っているんだ。そうでなけりゃ、なんで私が戦争に行かないのか、あんたたちみたいなくそ野郎どもを守ろうとしないのか、それを説明する必要なんてないはずですからね。まああんたが私をそう思っているなら、あんたは正しいんだろう。私はバンザイを三回して、戦争の間快適な刑務所で過ごさせてもらいますよ。

さらに別の者は、立ち上がって裁判官に神妙な口調で言った。私は兄が日本軍にいるので従軍できません。もし私がアメリカ軍に入って、私を撃ってくる日本軍を撃たなくてはならないとしたら、自分の兄を殺すことがないとは言えないじゃないですか。私は善良なアメリカ人で、この国にいるのが好きですが、だからといって自分の兄を撃つことなんてできませんよ。たとえ兄が日本に戻ったとき私が二歳で、もしまた兄を見てわからなかったとしても、大事なのは気持ちです。だからどうしようもないことなんです。それに、母も父も反対しています。両親が間違っているはずはありませんから。

兄が敵国の軍隊にいるという男が座ったあと、背の高いやせた男が裁判官をあざ笑うように言った。私が軍隊に行かないのはウールの服がとてつもなくだめで、あんたたちが兵士に着用させる軍服なんかを身につけると気が変になってしまうからです。そうなると、ありえないことでしょうが、あんたみたいな味方のくそ野郎どもを銃で撃っちゃったりするでしょうね。それはけっこうなことなんだけど、それだと撃ち返されるでしょ。私は縞の囚人服を着せられてもいいから生きていたいんですよ。囚人服がウールじゃまずいですけどね。イタリア系の顔でドイツ系の名前のその裁判官は、背の高いやせた男がまだなにも答えてなかったかのように質問を繰り返した。背の高いやせた男はもう一度だけ言おうとした。今度はまじめだった。彼は言った。これですっかりわかりましたよ。経済なんですね、問題は。なんとかいう陸軍の将軍が、太平洋岸からジャップを一掃したことで百万ドルもらったそうですね。私たちが治安上の危険分子であるとか破壊活動家であるとか神道狂いであるとか、そんなたわごとは全部ばかげているし愚の骨頂です。これはもうお金の問題だと考えないと説明がつきませんよ。裁判官、あんたはいくらもらっているんですか、つかみきれないほどの金ですか。私も仲間に入れてくださいよ。入れてもらえるなら、ひとりでもあんたの側で戦いますよ。

お願いです、裁判官。次の男が言った。私は軍隊に入りたいんです。ここは私の国ですし、私はずっとここに住んできたし、フットボールの市代表チームでガードにも選ばれました。自分にとってアメリカ人であることの意味について作文を書いたところ先生がそれをコンクールに出してくれて、賞金として二五ドルもらったこともあります。私が善良なアメリカ人だという証拠です。たぶん自分は日本人に見えるし、父も母も兄弟姉妹も日本人に見えます。でも、私たちは普通のアメリカ人より善良なアメリカ人です。なぜって、日本人に見えてもほんとうは善良なアメリカ人であるには、そうしなければならないのが現実だからです。私たちは、善良なアメリカ人じゃないほかの日本人とは違うんです。むしろあなたやほかのふつうのアメリカ人と同じなんです。私たちは、自分の家とお店に戻してもらって、弟は私のように市のチームの代表をさせてもらえさえすればいいんです。誰にもわかるはずはないですから私たちは中国人になります。チンでもヤンでも、そんなような名前で呼ばれてもいいんです。そうしてくれればきっとあなたが下した一番の名判決になるでしょう。それだけです。たいしたことではありません。善良で国思いのアメリカ人家庭のためにそうしていただけませんでしょうか。収容所での二年間のことは忘れます。あれが誤りで、あなた方が本気であんなことをしたわけじゃないのは誰にもわかることですから。私はこの国のためになんでもします。

ほかにも説得力のない非現実的な理由を並べる者がいたが、みんな刑務所に入れられた。刑務所で数ヵ月、数年と過ごすうちに、思慮の浅い敵意も薄れ、現実が見えてきたがもう遅すぎた。日本は両親の祖国だからとアメリカ軍に入らなかった一人に対して一意専心にアメリカ軍に入った千人の〝ボブ〟がいた。これは経済の問題だ、と言い張ったあの長身のやせた男一人に対して、もっと多くのものを失っているにもかかわらず徴兵に応じた者が千人いた。

理由はいろいろあるが、兵役を拒否した者一人に対して、アメリカ人であり続ける権利のために戦争に行く道を選んだ者が千人いた。家や車やお金が取り返せるからだった。しかしそれも、彼らが市民としての権利をまず取り戻してからのことであり、それがすべてだった。

そこでイチローは思った。おれの理由は、すべての理由が一緒になったものだ。おれは弱かったし、なにをすべきかわからなかったから戦いに行かなかった。おれが理解できなかったのは母親じゃない。それはおれ自身だ。過ぎたことだし言い訳はできない。ケンゾーのことは覚えている。母親は入院していてケンゾーを軍に行かせたくなかった。医者はケンゾーに、軍に入ったらそのショックで母親は死ぬかもしれないと言った。ケンゾーは母親のことを愛していたけれど、母親が間違っているとわかったからとにかく軍に入った。その翌日、母親は死んだ。ハリーのことも覚えている。そいつの父親は百万ドルも売り上げる、農産物を扱う会社を経営していたが、トラックやビルや倉庫を実際の価値の四分の一で売るくらいなら、だめにした方がいいと言って、すべてを板で囲ってしまった。ハリーは徴兵の命令がきたとき、ためらうことなく軍に入った。それからヤマグチさんだ。四〇歳に手が届こうという人で、五人の娘がいた。軍が彼を徴兵することはなかったろうに、軍服を着るんだと自分に言い聞かせて志願した。今、おれはたくさんの人々とたくさんのことを思い出す。夜中だから人目を気にすることなくコンクリートの上を歩きながらたくさんの人々とたくさんのことを思い出した。足元の小さなコンクリート面は歩道の一部で、その歩道は町の一部で、その町は、州と国土と国家の一部で、その国家とはアメリカなのだ。この国家のためにおれは戦うつもりだった。でも戦う意味だけが、どうしてもそれが必要なときに見えなくなってしまった。

イチローはジャクソン通りに出て丘を下った。ドラッグストアや玉突き場やカフェや飲み屋の窓の向こうで、若い日本人のグループが夜を無為に過ごしていた。ポケットに小銭を入れて、コカ・コーラやビールやピンボールやスポーツカーやデラックス・ハンバーガーやトランプやサイコロ賭博《とばく》や、すらりとした脚のことに夢中になっているアメリカ人の若者が無為に過ごすのと同じだった。イチローには、見覚えのある顔やほほえみや仕草、それにせせら笑いがあった。でも、それらはイチローに向けられたものではなかった。イチローは歩道を歩いていたし、知っている顔も友人というわけではなかった。イチローは先を急いだ。自分を覚えている誰かに見つかってはいけないというやましさを感じながら。

数分後、イチローは、奥が自宅になっている暗い食料品店のドアを叩いた。一二時近かったが、まだ寝巻に着替えていない父がふらふらとドアの方にやってきて、掛け金をはずそうとするのを見てイチローは驚いた。中に入るや否や酒の臭いがした。父がときどき酒を飲んでいたのは知っていた。しかし、酔っぱらうのを見たことがなかったので動揺した。

「入んなさい、さあ、入って」と、父がもごもごと言ったときには、イチローはもう中に入っていた。

「もう寝てると思ったよ、父さん」

父は何度かがちゃがちゃやったあと、掛け金をかけた。

父はよろめきながらキッチンへ来た。「お前を待っていたんだよ、イチロー。わが家での最初の夜だろ。おまえをちゃんと寝つかせたかったんだよ」

「うん、うん、わかってるよ」

二人はキッチンで座った。間には酒ビンがあった。半分は空だった。テーブルの上には手紙の束もあった。安っぽい、粗末な封筒からしてイチローにはそれが日本からのものだとわかった。一通の手紙が、父の前に広げられたままだった。読んでいる途中でイチローがドアを叩いたようだった。

「イチロー」父がやさしいまなざしで息子にほほえみかけた。

「なんだい」

「飲みなさい。一人前の男なら少しは飲まなきゃだめだよな」

「ああ、父さん」イチローは安いブレンドウイスキーをグラスに注いで一息で飲んだ。「なんだこりゃ」焼けるような液体が喉《のど》の奥の方までずっと下がっていくと、そう言うのがやっとだった。

「よくこんなもの飲めるな」

「ひどいのは最初の一杯や二杯だけだ。あとは平気だ」

イチローはそのビンを、怪しげに見た。「これ全部飲むのかい」

「ああ、今晩な」

「かなり残ってるよ」

「ああ、でも飲み干すんだ」

「なんのお祝いなんだい」

「人生さ」

「なんだって？」

「人生だ。人はクリスマスを祝い、新年、独立記念日を祝う、それもいい、でも父さんはいつも人生を祝っている」グラスに注がずに、父はビンからごくごくと飲んだ。

「どうしたんだ、父さん」

父は、埃を払うような仕草をして手を振った。「別になにもないさ、イチロー。ただお前を祝っているんだ。おまえが家に帰ってきて、喜んで悪いかい。父さんは祝っているんだ」

「商売がうまくいかないのかい」

「いや、いや、金持ちじゃないがやっていくには十分だ」

「自分のことはどうなんだい」

「どうかって？」

「つまりさ、いつもクマサカさんと碁をやっていたじゃないか。母さんに言われていつもおれは父さんのあとを追ってタンドウさんの家まで走ったよね。戦争前は、父さんは家にいなかったよ。まだ今もそんなことしてるの？」

「そんなにはやっていないな」

「でも会いに行っているの？」

「ときどきな」

イチローは父を見た。父は手紙をいじって、イチローの視線を避けた。「多くの人が日本が勝ったと思っているのかい」

「そんなにはいない」

「父さんはどうなんだい」

「思っちゃいない」

「なぜだい」

「読んだり、聞いたり、見たりしているからな」

「なぜ母さんに教えてあげないんだ」

父は突然顔を上げた。イチローは父が急に笑い出すのではないかと思った。が、すぐにしらふの真顔になった。父は手紙の厚い束を取り上げた。「母さんは病気なんだよ。そのせいでお前も気が変になりそうだろ。父さんもそうなんだ。母さんのためになにもできないからな。それにたぶん、そもそも母さんの病気は父さんのせいなんだ。この手紙は、父さんの兄弟や従兄弟や甥や、三五年前日本にいたときの、ほとんど会ったこともなかったような人たちからだ。それと、母さんの兄弟や二人の姉妹や従兄弟や友達や伯父さんたち、それに母さんも全然覚えていないような人たちからのものだ。みんな助けてくれって言ってる。お金、砂糖、着るもの、お米、タバコ、お菓子、なんでも欲しがっている。父さんはこの手紙を読んで酒を飲んでは泣いて、また酒を飲んだ。自分の国の人たちがそんなに苦しんでいるのに自分にはなにもできないからな」

「なぜ、いろいろ送ってやらないんだい」

「母さんは病気だ、イチロー。母さんは、この手紙は日本からじゃない、父さんの兄弟や母さんの姉妹や私らの伯父や甥や姪や従兄弟が書いたものじゃないって言う。母さんは手紙を読みもしない。宣伝工作だって言って、私にお金や食べ物や衣類を送らせないんだ。みんなアメリカ人の策略で、送ったものは取られてしまうってな。母さんに知られずに送ることはできるが、そうはしたくないしな。

母さんが間違っているとわかっていても言えないんだ」

父は酒ビンを取り上げると、酒を喉に流し込んだ。顔はゆがんで目には涙が浮かんでいた。

「おれ寝るよ、父さん」イチローは立ち上がり、いくら飲んでも忘れたいことが忘れられない父を見た。

「イチロー」

「なんだい」

父はテーブルに向かってもごもごと言った。「私らのために刑務所に行くことになって、悪かったな」

「もういいよ、忘れてくれ」イチローは寝室に行った。暗がりの中で服を脱ぎ、弟がなぜ寝ていないのかと思いながらベッドにもぐりこんだ。

2

人は夜眠ってから朝目覚めるまでの間、何時間か死んでいる。夢も見なければ考えもせず、寝返りもせず、憎みもせず、愛しもせずほんの少しの間死んでいる。命というものはまさにそんなふうに進行している。崇高な深淵から、ひとりの異邦人が目を覚まし、瞳を凝らして見知らぬ部屋の壁に焦点を合わせる。ここはどこだ、と自問する。孤独にうろたえ、小さくうめきながら、眠気が残る頭のなかで、ジグソーパズルの重いピースをはめていく。彼は、ベッドが自分のものではなかったので恐怖におののく。彼は瞬間恐怖の中にいる。壁はきれいで飾り気がないし、わが家でする音とも違う音がする。ホテルの地上一五階にある部屋の冷たい空気は、三人共同の寝室での、こもった、むっとするぬくもりとは違う。フライパンでジュージュー音を立てるベーコンと卵の、食欲をそそる匂いが階下から立ちのぼってくることはない。それから彼は、わが家から遠く離れているのを思い出し、わが家はいつまでも自分を待っていてくれるんだと呟きながら、ひとりよがりに笑った。彼は窓辺に行き胸を張って腕を伸ばし、故郷から一〇〇マイル離れたホテルの一室にいて、生きているんだ、幸せだ、わが家にいるようだ、と喜びを思い切り声に出す。故郷は、まるで彼が一度もそこを離れたことがないかのように確実に存在しているのだ。

イチローには、夜の闇の中で大きな不安を鎮めてくれる死という時間帯はなかった。目を覚ますと九時だった。苦痛や冒瀆《ぼうとく》や嫌悪や恐怖に再び襲われることはなかった。どこに、そしてなぜいるのかを自問する必要はなかった。それはどうでもいいことだった。自分はイチローなんだ。裁判官にノーと言い、そのため軍隊と国と世界と自分自身に背を向けた男だった。刑務所で最初の夜を過ごしたあとは、もう変わりはなかったと思うだけだった。あの朝、目覚めて鉄柵を見たとき、そこに鉄柵があることはまったく気にならなかった。今朝は、この二年間で初めて鉄柵のない朝だった。しかし、そのことは同様にたいしたことじゃなかった。自らの愚かさから造りあげた牢獄には、仮釈放も恩赦もなかった。それは永遠に牢獄だった。

「あああ……」腐敗した苦悩する魂から、狂気が病的で異常な叫びとなって噴き出た。あまりの大きさに、その声は隣の部屋まで聞こえてしまった。

「どうしたんだ、イチロー、どうした」父がドアのところで、入っていいものかとたじろぎ、驚いた目でブラインドが下りた薄暗い寝室の中を覗《のぞ》きこんでいた。

「なんでもないよ」イチローは泣きたい気持ちだった。

「具合が悪いのかい」

「いや」

「どこか悪いんじゃないのか」

「クソ、なんでもない。大丈夫だ、父さん、大丈夫」

「それならいいんだが。具合が悪いんじゃないかと思ったよ」

哀れでみじめでバカな年寄り、とイチローは思った。いったいどうしてわからないんだ。「おれは大丈夫だ、父さん」と、やさしく言った。「腹がへった。それだけさ、腹がへって、それに、家に帰ってこられてうれしいよ」

「そうだ、慣れないとな。すぐになにかつくろう」父はにっこりすると、安堵の気持ちを顔に浮かべ、急いでキッチンに戻った。

イチローが服を着てキッチンを通って顔を洗いに行くと、レンジのそばでフライパンを手にして父が立っていた。戻ってきてテーブルにつくとそこに母がいた。

「おはよう、イチロー。よく眠れたかい」母は元気そうだった。

イチローの好みにあわせて、まわりが少し焦げた目玉焼きができていた。父がそれを覚えていてくれたのはありがたかった。「うん、とてもよく眠れたよ」と、卵の黄身をつぶしながら答えた。

「家に帰れてよかったね。おまえが戻ってきて私もうれしいよ」

「もちろんだよ、歌でも歌いたくなる気分さ」

母は膝の上に手のひらを下にして、堅苦しく座っていた。

「クマサカさんの息子のことをおまえに話さなかったのは、大事なことじゃなかったからなんだよ」

「わかってるよ」

「そう、わかっているんだね、よかった」

「いや、わからない、でもどうでもいいことだ」

「おや」母は口をきっとつぐむと顔をしかめた。「わからないってどういうことなんだい」

「いろんなこと、全部だよ」

「いいかい、ドイツ軍はクマサカさんの息子を殺しはしなかった。銃を持って戦争に行ったのはあの子じゃない。ドイツ軍に撃たれたのもあの子じゃないよ」

「もちろん、違うさ。昨日の晩、あいつが言ったのを聞いただろう。事故だったんだ」

話したいのをがまんし、母はイチローが話し終わるまで待っていた。「ドイツ人、アメリカ人、事故、そういうことは重要じゃない。死んだのはあの子じゃなくて、母親です。息子と母親は一心同体だから。悪かったのは母親で、息子はなにも知らなかったんだから死んだのは母親です」

「おれがわかるのは、ボブが死んだってことだ」

「いや、母親だよ。死んだのは母親。あの人は日本人として振る舞わなかった。だから日本人とはいえない。死んだんだよ」

「じゃ、父親は？　クマサカさんはどうなんだい」

「もちろん、死んだのよ」

「じゃ、母さんは？　母さんと父さんはなんだっていうんだ」

「私たちはいまでも日本人さ」

「おれは？」

「おまえは私の息子だし、日本人だよ」

「それで、すべてが収まるっていうのかい。ボブが死んだことも、戦争があって何十万人もが死んだり手足を失くしたことも、おれが二年間刑務所にいて、いまだに日本人だってことも、片がついたって言うのかい」

「そうですよ」

「おれがもし日本人じゃなくなったら、どうなる」

「どういうことだい」

「おれが言っているのは、ボブみたいにってことだよ。もしおれが軍隊に入ってボブみたいに撃たれたらどうなるんだ」

「そのときは、私も死ぬだろうね」

「おれみたいに死ぬのかい」

「そう、おまえがアメリカの軍隊に入ったら私も死ぬよ。アメリカの軍隊に入るって決心しただけでもだよ。おまえが日本人であることをやめて、アメリカの軍隊に入ろうって気を起こさせるような考えを抱いても私は死にますよ。お前が銃弾にあたるよりずっと前に死ぬよ。でも、お前は行かない、私の息子だからね」

「狂ってる」イチローは低い声ではっきりと言った。自分の心にあるありったけの嫌悪を込めていることを母に知ってほしかったからだ。

テーブルの下で母の手は強張《こわば》り、ぴくぴくしながら膝の上数インチまで持ち上がった。顔には、イチローが今まで何度も見たことがある険しさだけが少し浮かんだ。イチローは待った。母が金切り声をあげ、わめき、泣き、自分を非難し、自分たちを今も一体として縛る細い絆を憤怒でバラバラに千切り、自分を自由にしてくれることを願いながら。

「イチロー、おまえが本気で言ったと思ったじゃないか」

「おれは本気だよ、本気だとも」

母は身動きせず肩をすぼめた。「みんなそう言うんだよ。自分たちを日本人だと思っているけど、ほんとうは日本人じゃない人たちはね。顔に書いてあるし、口元でわかるんだよ。みんな私が狂ってるって言うけど本心じゃない。みんな怖いからだ。みんな私の強さが羨ましいんだよ。ほんとうはそれは日本の強さなんだけれどね。国を裏切って自分たちや息子たちをめちゃくちゃにしてしまった弱さからみんなそう言うんだ。みんな、私がとてつもなく強いからおまえも強いっていうことや、自分たちはそういう強さを持てなかったし息子たちもまた持てなかったってことを知っているのさ。だからそう言うんだよ」

「ばかばかしい！」イチローはテーブルの上にのしかかり、不快極まって口元をゆがめ声を荒らげた。

「ばかか、ばかか」かん高い声をあげ、顔をしっかりと母の前に突き出した。

驚きの表情が一瞬表われ、そして恐れに変わった。イチローは母が手で顔を覆う前のほんのわずかな瞬間、母の目の中にそれを見た。二人の間に長い間立ちはだかってきたその手に向かってイチローはわめき続けた。「あんたの強さなんかじゃない、バカ女、母さんはバカだ。おれが受け継いだのはあんたの狂気だ。おれを見ろよ」と、イチローは母の手首をつかみ、顔を覆った手をはぎとった。「おれはあんたと同じように狂っている。狂っている息子を見てみろよ。狂った自分が見えるだろ」

イチローは母親を引っぱってバスルームへと向かったが途中まできたとき、父が急いで割り込んできた。「イチロー、イチロー」父は、弱々しい手を伸ばしながら興奮して息を切らしていた。

吐き気がするほど高まった怒りで、イチローはやせた手首を放し、父に向って自分の腕を乱暴に振り回した。母はぐにゃりと床に倒れ込み、父は一撃をくらって壁にぶつかった。

怒りが体から抜け出てしまい、長いことイチローは両親の間に立っていた。母が起き上がり店へと出て行くのを見ていた。その顔は再び穏やかになり陰険さは消えていた。

「父さん、ごめん、父さん」イチローは、父を赤ん坊のように抱きしめたいと思いながら父の背中に腕を回した。

「ああ、イチロー」と、父は震える声で呟いた。「私も悪かった」

「おれ、どうかしてたよ、父さん」

「ああ、わかってる」父は食器棚から酒ビンをとるとむさぼるように飲んだ。それから座ってイチローにビンを差し出した。

ウイスキーはひどい味だったが、おかげでイチローは落ち着いた。父を見ると、今にも泣きそうな顔だった。「ああ、父さん、父さん。忘れてくれるね。悪かったよ。たまたまだったんだ」

「うん、そうだな」父はにこっとした。

イチローの気分もよくなった。「なにかしなきゃいけないとは思うんだ、父さん。なにもしないでいると、頭が変になる」

「好きなようにすればいい、イチロー。時間はかかるだろうが」

「フレディーはどこにいるかな」

「フレディー?」

「ああ、アキモトさんのとこの息子だよ。どこに住んでいるかな」

「おー、フレディーか。あの子は、うーん、そうだ、一九番街だ。サウスサイドの小さな黄色いアパートだよ」

「会いに行ってくるよ。あいつなら話せる」

「ほら、イチロー」そう言って父はテーブルに二〇ドル札を置いた。

「多すぎるよ、父さん。こんなにいらないよ」

「いいから、いいから。フレディーと映画でも見てきなさい。どこかいいところで食事して、楽しんでくればいい」

「わかった、父さん。ありがとう」イチローはポケットにお金を入れて店を通り抜け、母を見ずに出て行った。


サウスサイドの小さなアパートはバス停から遠くはなかった。バスを降りるとすぐ目についた。がたつく階段を上がって郵便受けを調べると、アキモトは2-B号室だとわかった。各階に二戸で全部で六戸だけだったが、階段右手のドアにある消えかかった2-Bの表示を見るため、暗い廊下でマッチを擦らなければならなかった。軽くノックをして待った。誰も出てこなかったのでもう少し強く叩いた。

2-Aのドアが開いた。ぽっちゃりした若い日本人の女が顔を出して、嫌な感じでもなく聞いてきた。「なんの用」

「フレッド・アキモトを探しているんだけど、ここに住んでいるんですよね」

女はドアをもう少し開けて、部屋から漏れた明かりに照らされたイチローをじろじろ見た。女の長い部屋着はぶかぶかで、汚れ、お腹のところまでファスナーが下りていた。奥の方で赤ん坊が泣いた。

「フレディーは寝てるわよ。いつも遅くまで寝てるから。聞こえるまでドアを強く叩くといいわ、それとも」そう言って女はにこっとしてイチローを見た。「よかったら私のところにこない？　フレディーとはいい友達同士なの」

「ありがたいんだけど、ちょっとあいつに会いたいんだ」

「朝食の支度をしておくからって、フレディーに言って。あんたも一緒にどう」

「言っておくよ」イチローは、女がドアを閉めるまで待って、再び２－Ｂのドアを叩きはじめた。

ようやく部屋の奥の方で音がするのが聞こえた。いやいやながらドアへと歩いてくるような足音が近づいて、鍵が外れる音がした。

「誰なんだ、一体全体、誰だよ」やせた、眠そうな顔のフレディーがドアの隙間からイチローをじっと見あげた。

「ハロー、ショーティー、イッチーだ」

「イッチーか！　出てこられたんだな。やっとだな、おい、やっとだ。おい、やっとのことだ」ドアが広く開いてフレディーが現われた。小柄だが筋張って屈強な体つきだ。しわくちゃになったＴシャツしか着ていなかった。

イチローが相手の手を取ると、二人は親しみを込めて握手をした。「いま、何時だい」と、フレディーが尋ねるうちに、二人して居間を抜けてキッチンを過ぎ奥の部屋に入った。

「一〇時かそこらだよ」

「どうりで眠いはずだ。どうしてたんだ、え？　なにしてたんだよ」

「昨日、家に帰ったばかりだ、ショーティー。おまえはどうしてたんだ。もう出てきて一ヵ月近くになるんじゃないか」

「明日で五週間だ」フレディーは急いで服を着ると、客人と並んでベッドに座った。

「今のとこどうなんだ」イチローはフレディーのとにかく愉快でたまらないといった様子に戸惑って言った。

「どうだって、なにがだ」

「まわりのいろんなことだ。わかるだろう？　気になっていたんだ」

立ち上がるとフレディーはポケットにさっと手を入れ、空のタバコの箱を取り出した。「切れてる、クソ。持ってるか」

イチローはタバコとマッチを渡すとフレディーが火を点けるまで待った。「話してくれよ、ショーティー。知っておきたいんだ」

「うるせえ。やつらにはそう言ってやってんだ。おれはおれで生きているし、おまえらはおまえらで生きてる。やつらはいろいろ言おうとするけどな、うるせえって言ってやるんだ。それでなんとかやってるよ」

「もめなかったか」

「もめごとか？　なんで。おまえとおれは間違った方を選んだ。だからなんだ。生きるのをやめなきゃならないってことはないだろ」

「今までなにをしてたんだよ」

フレディーはいらついているようだった。「さっきも聞いてきたよな」

「そうかな」

「生きてきたさ、楽しくやってきたぜ。二年間腐ってたんだから、自由になった今、好き勝手したくないはずないだろ」

「取り戻してあとはどうなるんだ」

「たぶん、取り戻せないな」

イチローは窓際まで行き、タバコに火を点けた。通りはくずで散らかっていた。猫がゴミの缶を引っかき回していた。窓枠に腰かけるとフレディーに向き直った。イチローはフレディーの話を聞きたかった。フレディーは、昔はあれこれ悩む男だった。ところが今は、うるせえ、どうでもいい、という態度を鎧《よろい》のように身につけている。イチローは、フレディーが身につけた鎧の下にもぐりこんで、隠れている本音を知りたかった。本音が完全に葬られてしまうことなどないはずなのだ。「フレディー」と、イチローは言った。

小さい、筋肉質の肩が少し落ちた。「オーケー、イッチー、たしかにおれもはらわたが千切れそうだよ。おまえが聞きたいのはそういう話だろ。それでおれに会いにきたんだろ。おまえもかわいそうな野郎だよ。ドイツ人の鉄砲玉をキンタマにくらってればよかったんだよ」

「そんなにひどいことになっているのか」

フレディーはイチローを見た。小柄な男の顔には孤独な闘いを物語るやつれた皺《しわ》がいくつもあった。

「おれが最初の一週間なにをしたと思う」

「教えてくれ」

「まさにいましていることだ。一週間ずっとここにケツを据えて、考えてた。それで結論が出た」

「そうなのか」

「おれの脳みそはケツにあって、座ってるしか能がないとわかった。おまえの脳みそも同じだよ」

窓の外を見ると、猫がまだゴミの缶の中を漁《あさ》っていた。イチローはひとり静かに笑うと、フレディーからは期待できるものはないのでがっかりした。しかし、同時に自分だけが荒海でもがき苦しんでいるのではないことがはっきりして安堵した。

「次の週は」と、フレディーが続けた。「隣の部屋にタバコを借りに行った。そこの亭主が帰ってくるまで一日中そこにいた」

「2－Aか」

「え？」

「彼女がおまえに伝えてくれって、朝飯の支度をするってな」

フレディーは顔を赤らめた。「笑えるよな。おれは昔はずいぶんと女性にはうるさかったんだけどな。あいつはただのメスブタだ。貪欲なんてもんじゃない。おまえのこともちゃんと品定めしているはずさ」

「いつまでうまくやれると思ってるんだ。同じアパートの同じ階だぞ。調子に乗るなよ」

「ああ、うるせえ。おまえが考えていることはわかる。おれはあんな女なんとも思っちゃいない。とりあえずつかまえておいてあるんだ」

イチローは小柄なフレディーが2-Aの太った女と寝ているところを想像してにやりとせずにはいられなかった。

「そうだな、ほんとにおかしいぜ、でも賭けてもいいが、おまえだって一週間とたたないうちにあいつのような碇《いかり》が欲しくなるんだ。あいつは、おれが誰でなにをしたかとか、どこにいたかとか気にしやしない。あいつはおれが欲しいだけだ、今のこのおれだ。とやかく言いやしないんだ」

「ああ、言ってることはわかるよ」

「いや、わかっちゃいない。おれは出てきてあちこちに行った。ある日カズに会った。昔は一緒にビー玉で遊んだ仲さ。それぐらい長いつきあいってことだ。あいつは兵隊をやめてGI奨学金で学校へ行くつもりでいる。おれを見てどえらく喜んだよ。手を差し出してきて、こんなふうに。でもちょっと落ち着きがなくてな。急いでいるとかなんとか言って行っちゃったよ。そんな具合さ。連中は随分とお急ぎか他人行儀ってわけさ。立派な人生じゃないか、ええっ？」

「エトに会ったよ」

「あのアホにか。やつがなにかしたか。唾でもかけられたか」

「ああ、どうしてわかる」

「たしかにおれたちは問題を抱えている。だが、あのクズ野郎はもっとだ。なのに、それがわかる頭がないときてる。あいつは六ヵ月軍にいた。知ってるか、たった六ヵ月間のあと傷病除隊したんだ。あいつのうわさは聞いているが、おれにそんなことしやがったらナイフで突き刺してやる」

「でも、あいつにはそうする権利がたぶんあるんだ」

「だれもおまえに唾を吐きかける権利なんてねえぞ」

イチローはポケットを探ってタバコを箱ごと投げた。フレディーはすぐに一本取り出し火を点けた。

「とっておけよ」とイチローが言う。「おれは家に帰る途中で買うから」

「まだ、帰んないだろ。来たばっかりじゃねえか」

「また来るよ、ショーティー。自分自身で見てまわってみたいんだ。わかるだろ? バスにでも乗って町中《まちじゅう》を見てくるよ」

「わかった、わかった。電話をくれ。電話帳に載ってるから。毎週金曜日に仲間とポーカーをやるんだ。六人目が来たってかまやしない」

「どんなやつらだ」

「おまえやおれみたいなやつだよ。決まってるだろ」

「そうか」イチローは失望を隠さなかった。フレディーはそれに気づいてしかめ面をした。

「少し時間をくれ、ショーティー。気持ちを整理してみるよ」

イチローが出て行こうとすると、フレディーがうしろから叫んだ。「二年間あれこれ気をもんできたんだろう。どんだけ時間が必要なんだ。いい加減わかれ、イッチー、賢くなれ」

3

イチローはジャクソン通りの下り坂を駆けおりるように足早に進み、フレディーから遠ざかった。フレディーもたったひとりで自分が喧嘩をしかけた世間と闘っている。だからほかの誰も助けられなかった。

イチローは確証を得たくて出かけてきたのだった。それは見つけられなかったが、絶望が膨らむわけではなかった。フレディーは、世間の連中なんかどうでもいいと突っ張っているが、それほどうまくいっていない。「ここはアメリカで、アメリカ人のための国だ。おまえは二年間刑務所で過ごして、自分が日本人だということを証明したんだろ。だったら日本へ帰れ！」と、言わんばかりに自分を見ている敵とは闘えなかった。こうした暗黙の言葉は拒絶しようがなかった。

自分は今アメリカの都会の通りを歩いている。この町で生まれ、学校に通い、この町が夢や希望を育んでくれた。それなのに自分がこの町を完全に捨ててしまうなんてことがありうるだろうか。自分やフレディーや、四人のポーカー仲間をはじめ、アメリカで生まれ教育を受けたのに、怒りに駆られてアメリカ人らしく振る舞うことを拒否した人間は、もう取り返しのつかないことをしてしまったのだろうか。救済される見込みはないのか。いや、あるに違いない。自分はまだアメリカ市民だ。投票もできる。旅行も行けるし働けるし、学校にも行ければ結婚もできるし、酒も飲めるしギャンブルもできる。人は忘れるものだ。忘れるなかで赦《ゆる》すものだ。時がたてば、アメリカのために戦いアメリカを信じてきたゆえにアメリカ人である若い日本人と、自分との間の断絶も解消されるだろう。そして時とともに、古い日本人は消え去っていくだろう。アメリカで暮らす彼らは市民としての地位を否定されてきたが、それでもしっかりとこの国の一部になっていた。国は、広大さや善良さや公正さや豊かさによって、彼らをこの国の懐に抱え込んだんだ。そうでなければ、彼らは、自分たちと同じように日本人に見える自分たちの息子たちが、日本人ではなくアメリカという国のアメリカ人であるということを、理解しなかっただろう。いつか、とイチローは思った。いつか自分にも再び居場所ができるだろう。家を買い、家族を愛し、息子の手を取って通りを歩くだろう。人々は立ち止まり自分たちと天気や野球や選挙について話をするだろう。自分の家族を連れてフレディーの家族を訪ねることもあるだろう。が、そのフレディーとさっきのような別れ方をしたのは、時がまだその力を発揮していないからだ。しかし、いずれおれとフレディーの家族は一緒になって、今度は別の家族を訪ねるだろう。父親が、二年間刑務所に行く代わりにアメリカの軍隊にいた家族をだ。過去はどうでもよくなるだろう。時はわれわれの記憶からそいつを消し去り、あとは喜びと悲しみと病だけになるからだ。それが世の道理というものだ。

そして、いつの日かイチローのためにしっかりとした場所を用意してくれるだろうアメリカという形の中に、イチローの心がうまいこと希望のブロックを積み上げていると、心は「いや、そうはならない」と言う。そして城は崩れ、心の暗闇に飲み込まれた。時はまわりの人間の記憶を曇らせるだろうが、苦悩は自分の心の中にあり、時はそれを和らげてくれそうもなかった。

イチローは一四番街にいた。ここはジャクソン通りが一ブロックほど平らになっていて、そこからまた湾に向かって徐々に下っていく。一台のバスが停留所に着くと、イチローは飛び乗った。席がガラガラだったのでほっとした。人混みは耐えられそうになかったからだ。窓際に座って人々や家並みや車を見ていると徐々に心が落ち着いてきた。ジャクソン通りを進むバスが、スピードを落とし四番街を曲がってダウンタウンに向かうと、イチローは数ブロック先までを思い浮かべた。覚えているビルを想像し、通りの名前をそらで口に出してみると、嬉しいことにかなり正確に言えた。

バスがビジネス街を横切って北東を目指すころになって、ようやくイチローは大学生のころ毎朝乗っていたのと同じバスに乗っていることに気づいた。そんな時があった。決して収まることのない渇望のあった当時が鮮やかに蘇ってきた。たくさんの本を傍らに抱え、その重みでズボンが擦り切れてきたこと。食料品店の茶色の紙袋に入れたサンドイッチ、それとベルトから吊り下げた計算尺。まさに学ぶための剣のようだった。イチローはエンジニアになるつもりだった。日本が間もなくアメリカと戦争するだろうということは問題ではなかった。アメリカで学生でいるということは、素晴らしいことだった。アメリカでエンジニアリングを学ぶ学生でいることは、美しい人生を意味した。それを変えたり消滅させようとする何者からも、また何事からも守るだけの価値をそれ自体持っていた。計算尺はどこにあったんだ。イチローは自問した。おれが一番必要としていたとき、精密でわくわくするような発見をもたらしてくれる道具はどこにあったんだ。おれがそれを心に描きこの手で感じていたなら、もしかしたら正しい決断をしていたかもしれない。もしそれを見て感じていれば、キャンパスの芝の緑や、教授のうしろの壁いっぱいに広がった黒板のある広々とした教室の椅子の固さ、そして本やサンドイッチや行きかうバスが、苦しみを追い出していたんだ。そのことのためならおれは軍隊にも行って、銃を撃ち人を殺しただろう、とどまることなく撃ち殺しただろう。なぜなら精巧に作られた白い剣を傍らにさげた学生だったとき、おれは幸せだったからだ。だが、おれは覚えていなかったし、思い出せもしなかった。なぜなら、アメリカに生まれて、意識することもなくアメリカを日増しに愛するようになっても、顔は白くなくて、両親がアメリカを攻撃した日本という国の日本人ならば、アメリカ人としては恐ろしく不完全なのだと突然思い知らされたのは、並大抵のことじゃなかったからだ。

それは大きな竜巻に巻き込まれて身を引き裂かれるようなものだ。そんなとき、人は計算尺のことなど思い出さない。たとえそれが身を救ってくれるかもしれなくてもだ。そう、人は計算尺のことなど思い出さない。だから本当を言うとおれが悪いわけじゃないんだ。でも、結局のところその答えは変わらないし今もそのままだ。おれは思い出さなかったしフレディーも思い出さなかった。しかし、ボブは違った。彼の父親に請われてボブが死ぬときのことを話すボブの友達も違った。そして、おれと同じくらいの理由があった他の多くのものたちも思い出したのだ。

バスは、角でとまった。そこには軽食を食べられる店があり、イチローはかつて、数えきれないほどのハンバーガーを食べたり、コカ・コーラや、たいして量は入らないのに頑丈で重いカップに入ったブラック・コーヒーを飲んだりした。そこからイチローは自然と大学のキャンパスに向かって歩き、広くて曲がった道に出た。その先は枝分かれして、いくつもの細い歩道と車道となり、まわりには数えきれないゴシック様式の建物が並んでいた。飛び控え壁《フライング・バットレス》や尖頭アーチやそれを支える角柱《ピア》のある建築物だったが、本来のゴシック建築としては失敗だった。誰もがその建物のことを自分たちのできの悪い子どもたちのように、親しみを込めてあざ笑い、劣等ゴシックと呼んでいた。

目的をもってわざわざ大学に来たかのように、イチローは工学部の事務室にまっすぐ向かった。壁にある案内板でバクスター・ブラウンの名前を見つけ、階段を上がり建物のずっと向こうの角にあるその先生の部屋を目指した。最後は幅が二〇インチくらいしかない急な階段を上がってようやくたどり着いた。あまりの狭さのため階段は大勢の学生の目からは遠ざけられているようで、その研究室の主に、学者の特権たる隔絶した場所を提供していた。

ブラウン先生は、以前より白髪が増え太ってみえ、本や雑誌や論文ですっかり覆われた机の向こうに座っていた。先生は、最初ぼんやりとした顔でイチローを見ていたが、居眠りをしかけていた人が不意をつかれて反射的にとりつくろうように、急にしゃんとした顔つきになった。

「ブラウン教授ですね」イチローは彼がブラウン教授だということはわかっていたから、尋ねるつもりで言ったわけではなかった。

教授は椅子から体をねじるようにして立ち上がり、腕を伸ばして元気いっぱいにやってきた。「そうだよ、そうだ。座んなさい」

イチローは座ると、教授が机の向うへ回るのを待った。「私のことは覚えていらっしゃらないと思います。教わっていたのはずいぶん前のことですから」

「いやもちろん覚えているよ。君が中に入ってきた瞬間にわかった。ちょっと考えさせてくれ。だめだぞ、だめだ、言わないでくれよ」教授は考え込むようにしてイチローを見つめた。「君は、スズ…、いや…、ツジ…」

「ヤマダです。イチロー・ヤマダ」

「そうだ。もう少しで、わかったんだが。元気ですか、ヤマダ君」

「ええ、元気です」

「そりゃあいい。多くの君の仲間が戻ってきている。問題はないかい」

「はい」

「大変けっこうだ。立退《たちの》きは大変だったね。そんなことが起きるなんて本当に残念だった。君も迷惑したと思う」

「いえ、それほどではありません」

「そんなことはないだろう。みんなそうだったんじゃないか。家族は引き裂かれて、商売はめちゃくちゃにされて、学校には行けなくなり。怒って当然だ」

「過ぎたことです」

ブラウン教授は、笑ってゆったりと椅子の背に身をもたせた。「そう言えるなんて立派なものだ。君たちは私と同じアメリカ人です。君たちはそれを証明した。例の部隊のイタリアでの活躍ね。すごいもんだった。君もいたんじゃないか」

「いえ、私は」

「それじゃ太平洋戦線かな。きっと捕虜の尋問にあたっていたんだね」

「いや、ですから……」

「なあに。みんなが兵隊に行けるわけじゃないからね。私は先の大戦で出征した。今度の戦争では海軍でコンサルタントをしたが、これは民間人としてだった。それでも微力ながら役に立つんだよ。君が大学に戻ろうと思っているのがわかってよかった」

戦争というやっかいな話題、誰が参加して誰がしなかったか、そしてもししなかったのならなぜなのかなど、逃れようとしても手遅れになるまで続く話題からそれてほっとすると、イチローは急いで話した。「はい、そうです。まじめに考えているところです。慣れるまでは、もう少し時間がかかるのかなと思っています」

「みんなその心配をするけど、大丈夫だ。前に覚えたことはじきに思い出すから。中断したところから始めればいいんだ。かなり忘れてしまっているから履修し直したいというたくさんの学生と話すんだが、そんな必要はないと私は説得しているんだ。みんな戻ってきて私に礼を言いにくるよ。みんな戦争の間に歳を重ねて、大人になって、自分がなにをしたいかもわかるようになった。これは大きな違いなんだよ。君たちはなにも忘れてない。必要なときにちゃんと思い出す。まあ私の言うことを信じたまえ」

「そうですか、でも」

「そうだとも。君はどこのコースにいたんだ。電気？　機械？　それとも土木かい？」

「土木です」

「同じようなものだ。本当に。どのコースでもチャンスは十分ある。今学期に間に合わないのは残念だが」

「はい」

「では」と、ブラウン教授は立ち上がると手を差し出した。「また会えてよかった。いつでも寄りなさい」

イチローはその手を取り、それからドアまで案内される間に、教授が時間をとってくれたことに感謝してなにか呟いた。事務室を出て再びひとりになるとイチローは狭い階段を下りて急いで外へ出た。

こんなふうになるのを望んでたわけじゃなかったとイチローは思った。どういうことだったんだ。教授はいい人だった。握手をし、語り、笑った。でも、すべてが間違っていた。知っている誰かと回転ドアですれ違うような感じだった。こっちへ行くものと、別の方へ行くもの。笑って、たぶん「ハーイ」と、大きな声を出して外へ出て行くと、相手はビルの中にのみ込まれていく。出会うことなく会い、聞くことなしに話し、感じることなしにほほえむ。天気の話なんかしなかったが、会っている間ずっとそんな感じだった。問題は彼だったのかおれだったのか。彼にか、おれにか。彼かおれか。ブラウンかイッチーか。もちろんブラウンじゃない。ブラウンは以前より太って、髪が白くなった、でも相変わらず学生と計算尺の世界の大学工学部のブラウンだった。今も昔も本や論文に囲まれ、狭い階段によってよその世界と切り離された小さな部屋にいる。その階段が屋根からそして大きな青空につながっている、なんて考える好奇心の強い六歳の子でもなければ、そこをのぼって行こうとは思わないだろう。

そうだ、ブラウンは変わらずブラウンだ。会話を意味の通らないものにしてしまうのはおれなんだ。ブラウンは、おれが剝奪《はくだつ》された人生を生きている。剝奪されたことで、素晴らしい過去の物事について見たり聞いたり興奮したりする権利を失ってしまった人生だ。

それからイチローは通りを渡った。建物も学生たちも曲がった小道も、さびれた場所の庭の芝も振り返りはしなかった。空しくてただ悲しみと空腹を感じた。

イチローがカウンターのスツールに座り、二つ目のハンバーガーを食べているとき、ケンジが肩に手をかけてきた。

振り返り、その笑顔を覗きこんだ。陽気で、思慮深く、老けたケンジの顔だった。彼もまた二五歳だった。

「イチローだよな」やさしい言い方だった。イチローが知っていた、内気で気取らないケンジの話し方よりはるかにやさしかった。

「そうだよ。ケンか」

「それだよ。その抜け殻ってとこだ」と、ケンは言って、ステッキを右手から左手に移して、イチローと握手した。

そうか、ケンジも戦争に行ってたのか。それとも。イチローは、ケンジがステッキが必要になるようなケガをして、あんな言い方をする原因が、自動車事故かなにかだったらと願った。「こっちへ来いよ、ケン。話そう」ハンバーガーを見せながらイチローは言った。

「おれはもう昼は食べたんだ、でももう一杯コーヒーでも飲むか」スツールは高かったので、ケンジはステッキをカウンターに掛けて両腕で体を持ち上げた。

「学校に行っているのか」

「まあ、そう思ってもらっていいけど」ウェイトレスが来てケンジはコーヒーをブラックで注文した。

「そりゃあどういう意味だ」

「登録はしている。行きたいときに行くが、あんまりそういう気にならないな。おまえはどうなんだ」

「いや、ただこの辺りを見て回っているだけだ」

「同じように感じるか？」

「どういうことだよ」

「いろいろさ。おまえはたぶんキャンパスを歩き回って、国がお前をシアトルから遠ざけていた間ずっと考えていたのと同じ匂いや音やなにかを見つけようとしていたんだろ。それで同じだったか？明日にでも学校に戻って、やめたところから始められるのか？」

「いや、同じじゃないし、学校には戻らない」

「なぜだ」

「まあ、同じじゃないからだ。というよりおれの方が同じじゃない」

ケンジはコーヒーをそーっとすすった。「それじゃどうするんだ」

「なにもまだ」

「そりゃあいい」

「そうか?」

「ああ、そうさ」

「なんで?」

「おれだってなにもない」

二人はカフェを出てゆっくりとケンジの車まで歩いた。ケンジの悪い脚では早く歩けなかった。脚は固くてぎこちなく、彼自身のものではないようだった。イチローは脚のことを尋ねるべきだと思ったが、言い出せなかった。

新車のオールズモビルは、駐車メーターのそばにとめてあったが、時間オーバーを示す警告が出ていた。フロントガラスの上に違反キップがあったが、ケンジはステッキのゴムの先端で払いのけた。ピンクのキップがふわっと浮いて車の下に落ちた。

「そんなことしていいのか」

「おれなりのやり方だ」

「それで逃げちゃうのか」

「ときどきな」

二人は車に乗り込むと出発した。イチローは新しい内装の匂いを嗅いで、ピカピカで染みひとつないダッシュボードを指で触れた。「新車か」

「ああ」

「こういうのは、近頃じゃずいぶんとするんだろうな」

「プレゼントなのさ」

「ずいぶん気前のいい人なんだな」そう言ってイチローは、ケンジの父親を思い出した。ずっと貧乏で、妻が六人の子どもを残して亡くなってからは、ずいぶんと苦労してきた人だった。

「たしかにな。アンクル・サムだしな」

イチローがケンジの方を向いてよく見ると、固い脚がなんの用もなさず伸びていた。そこにはアクセルペダルがあるはずだったがなかった。アクセルとブレーキペダルは、いい方の脚に合わせて動かせるよう工夫されていた。

「おれはね、イチロー、ほとんど病院にいたんだ。優等生の患者だったからこれをもらったんだ」

「なるほどな」

「それだけの価値はなかったがね」ケンジは赤信号で速度を落とし、青に変わるとアクセルを踏んだ。車は素晴らしい反応を示し、エンジンのパワーで滑らかに前進した。

イチローは外の家々を見た。レンガとガラス張りの大きくて広々とした家は雑誌に出てくるようで、自分には夢見ることのできない世界だった。ケンジはまだ望みがあった。片脚だということは自分自身と比べればたいして重要ではなかった。自分は、丈夫で、これといって悪いところはないがただの抜け殻だった。ケンジの立場と替われるものなら両脚を差し出したってよかった。

「おれは英雄かな」

「なに？」

「やつらはおれに勲章もくれたよ。銀星章《シルヴァー・スター》って聞いたことあるか」ケンジはイチローに話していた。が、実際は自分自身に語りかけていた。戦争を経験した者や戦傷を負った者は地獄を経験している。その地獄は人間が内に抱えられるものじゃないから口にすることもないのだが、それをやさしい口調で自ら語る退役軍人にイチローは惹かれた。もしエトが勇敢な男だったら、エトが負傷して勲章をもらっていたら、聞いてくれそうな人なら誰にでも自分の武勇伝を芝居じみた語り口で話しただろう。しかし、実際エトは勇敢じゃなかった。だから一度も戦闘には参加しなかっただろうし、誇らしげに話せるような類《たぐい》の勇気をひけらかしはしなかっただろう。

話を続けるケンジには、自慢気なところはまったくなかった。「勲章、車、年金、それに教育もだ。ただライフルを担いだだけでだ。悪くないだろ？」

「ああ、悪くないな」

ケンジは振り向いて、イチローが戸惑うほど長い間見つめた。

「前を見たほうがいいぞ」とイチローが注意した。

「わかってる」ケンジはフロントガラスの向こうを見て考え込み下唇を噛んだ。

「ケン」

「うん？」

「話してくれないか」

ハンドルを握った小柄な男は、自分のじゃない脚を持ち上げて、ドスンと車の床に落とした。「これのことか」

「もし、よかったら。そんなに辛くなかったらだが」

「いや、ぜんぜん辛くはないよ。このことを話すのはなんでもない。脚がないことは平気だ。でも脚があるはずのところは痛むけどな。ときどき自殺しようかって思うよ」

「なんでだ」声に怒りがまじっていた。

「なんでそんな訊き方をするんだ」

「そんな言い方をしたつもりはないよ」

「したじゃないか。おれは自殺のことは誰にでも話すわけじゃない。ときどきそういうこと言うとみんな怖がる。ときには、気が違っていると思わせるらしい。おまえはすぐに怒ったよな。おれはなぜか知りたいね」

「まず、このことを話してくれよ」

「いいよ」ケンジは車を駐車場に入れようと、木立やきれいな緑の芝生が両側に続く曲がりくねった道に沿ってゆっくり運転した。「どうやって脚を失くしたかなんて重要じゃない。重要なのは、一一インチさ」

「一一インチっていうのはわからないな」

「残っているところだよ」

「なるほど」

「わかるのか、おまえほんとうにわかってるか、イチロー」

「そう思うけど」

母子連れが目の前の通りを散歩しながら横切ると、ケンジは必要以上にスピードを落とした。

「おれが言っているのは、おれはこの先一一インチがあり、おまえには五〇年、たぶん六〇年があるってことだ。おまえどっちがいい？」

「おれにはよくわからない、でもおれは一一インチの方にしておこう」

「おい」ケンジは驚いた。

イチローは、ほっそりとして繊細そうな顔をじっと見てぶっきらぼうに言った。「おれは軍隊にはいなかったんだ、ケン。刑務所にいた。ノーノー・ボーイだよ」

沈黙があった。しかし、気まずい雰囲気にはならなかった。イチローはすぐにこのことはケンジには関係ないことだとわかった。ケンジは目的もなく公園の中で新しいオールズモビルを走らせた。どこでもよかったからだ。

「まだ」と、ようやくケンジが言った。「おまえにはこの先人生があるよ」

「あるかな？」

「おれはそう思うけど」

「おれのと交換してくれないか。おれはそうするって言ったぞ」

ケンジはやさしく笑った。「おまえが言ったことは忘れるよ」

「いや、おれは本気だ」

「まず、一一インチについて言わせてくれ」

「ちゃんと聞いてるよ」

ケンジは窓を開け、冷たい風を入れた。「本当にいい天気になってきたな」

イチローは応えずにいた。

「医者たちにとってはそんなに頑張る必要もなかったんだ。なにしろ機関銃でズダズダにやられていたからな。やつらはおれの膝を残すことができてとても自慢げだった。膝がちゃんとしてたから、ずっとやりやすかったんだ、わかるか」

「ああ、だいたいな」

「やつらはおれに片脚をくれた。けっこうよくできてた。ただ、しばらくすると痛みはじめた。おれは病院に戻った。おれの脚に腐ったなにかがあって脚を腐食させていたんだ。それでやつらはもう少し切って新しい脚をくれた。これで想像がついたと思うが、それほどたたないうちにおれはまた戻った。やつらは別の肉を叩き切った。今度は、腐食したところすべてを取ったとやつらが確信するため、必要だと思う以上に取り除いた。これが五ヵ月前のことだ。二、三日前、おれは痛みが戻ってきているのに気づいた」

「悪いのか」

「いや、始まったところだ」

「ということは……」

「そうさ、戻って、やつらがまた切り取るだろう。それでたぶん、お前の五〇年か六〇年と交換するのに、おれに残っているのは八インチだけってことだ」

「そうか」

「まだ、交換したいか」

イチローが身震いすると、ケンジは窓を閉めた。

「どのくらいの時間が保証されるんだい」

「もちろん場合によるが、たぶん腐ったところがなくなれば、おれはかなりな歳まで生きるだろう」

「そうでなければ」

「よく言うだろ。車は三年で買い替えるのがいちばん効率がいいって。車は代わりに弟がそうしてくれるさ」

「どれくらいなんだ」

「長くて二年かな」

「よくなるよ、医者に方法があるさ」

「ほかの話をしないか」と、ケンジは言って速度を上げると駐車場を出て、再びジャクソン通りに向かった。

二人は口をきかなかった。話すことがなかったからだ。最初はちょっと気分が浮き立った。ケンジがオールズモビルの新車に乗っていることを羨ましく思った。車は右脚が義足でも運転できるように改良されている。右脚は野戦病院で切断されてしまったのだ。つまりケンジがアメリカ陸軍の退役軍人であり、笑ったり、愛したり、希望を持ったりする権利があるということだった。片脚を失ってもそういうことはできるんだ。けれども切断した脚の残りが腐っていき、あと何年かでその男の命を食い尽くすとなると話は別だ。片脚が義足で、ステッキをつきながら死に向かってよろよろと歩いていく。やっぱりそれは、心が空虚で両脚がちゃんとあるよりもずっと悲惨な気がした。空虚な心はこの先満たされるかもしれないからだ。

イチローは、自分の両膝をつかんだ。骨と筋肉ががっちりとある健康な膝をぎゅっとつかんで、悲しい気分を追い払おうとした。だが気持ちはほんのいっとき晴れただけで、悲しみは前よりいっそう深まるように感じた。ケンジは短くても二年ほど生きられる。脚が腐るのが突然止まれば、長生きできるかもしれない。だが、この自分は、二年前に生きるのをやめてしまったのだ。

おれはおまえと替わるよケンジ、イチローはそう思った。胸を張っていられる権利をおまえに授けているその義足をおれにくれないか。再び痛みだして近づく死の恐怖をさらに深める一インチをおれにくれ。そしてそれと一緒におまえの充足感をくれ。その充足感は正真正銘おまえのものだ。おまえはあるものを手に入れるために片脚を失くした。そしてまもなく命も失くすかもしれない。けれども同時に、おまえはいい方の足でアメリカの大地を踏みしめることができる。そのひんやりと湿った感触は自分のものだと、みじんも疑うことなく実感できるのだ。

「おまえっていいやつだな」ケンジが沈黙を破った。

イチローは、ちょっと戸惑ってほほえみ、「お互いさまってことさ」と言った。

「おれたちは、両方とも大きな問題を抱えてるな。たいていの人間より大きなものを。それはなにかを意味しているはずだ」

「どっちの方が大きいかな」

「えっ?」

「黙っている間ずっと考えていたんだけど決心したよ。できることなら、おれはおまえと替わってもいいんじゃないかってな」

「一一インチか、次には七、八インチになるかもしれないんだぞ」

「二インチだっていいさ」

「おいおい」。二人はイチローの家に近づき、ケンジは友人との別れを惜しむように運転に時間をかけた。

それでも、じきに二人は食料品店の前に着いた。

「どうだい？」ドアを開けながらイチローが尋ねた。

「おれの問題の方が、ある意味おまえのより大きい。でも、お前の方がおれのより大きいか」

「乗せてくれてありがとう」イチローはそう言って車を降りて歩道に出た。

「今晩、もしなにかとくにすることがなければ拾いにくるよ」と、ケンジが言った。

「ああいいね」

イチローは、オールズモビルが去っていくのを見てドアを押した。奥の自宅へとつながる食料品店のベルが鳴った。

母はカウンターで、白髪の年金生活者のお客が買ったパンとブル・ダーラムのタバコ一袋の売り上げをレジに打ち込んでいた。イチローをちらっと見たが、その目は鋭く、困惑していた。不安なままイチローは母を通り越してキッチンへ入った。

タローはテーブルでソリティアをしていた。手が機械的にカードをめくったり置き換えたりしていた。ゲームをしていても楽しくないといった様子だった。父はタローの向かいに座って、カードではなく息子の顔を見ていた。なすすべもないといった悲しみを顔に浮かべていた。

イチローはテーブルの端につき、二人の間に陣取ってしばらく見ていた。

「学校は休みなのか」まだ午後一時をちょっと過ぎたところだと気づいて、ようやくイチローは言った。

「余計なことだ」弟はカードから目を離さず怒ったように言ってのけた。

イチローは、どういうことなのかという顔をして父を見たが、それでも答えは返ってこなかった。

父はタローを見つめたままだったからだ。

「待てるよな、タロー、頼む。もうすぐだ」

タローは、カードをめくってスペードのエースを出すと、その上に素早く何枚かを積んだ。

父は口を開けたままで、なんとか言葉を続けた。「母さんにはわからないよ、タロー、だからおまえが母さんをわかってやらなきゃ。なんとか、なんとかわかってやりなさい。六月まで。それで、もし母さんがまだだめだと言うなら行きなさい。とにかく高校だけは終わらせなさい」

「どうなっているんだ」イチローはタローから父へと視線を移し、またタローを見たが、返事はなかった。

「それでいいだろう、なあ。六月には高校が終わる。それでもし同じ気持ちなら、なにも言わない。あとほんの数ヵ月だ、いいよな？」

父はため息をついた。問題の重みに耐えきれないのが目に見えた。「アー」父はうめき声を発し、それからもう一度「アー」とうめいた。立ち上がると食器棚から酒ビンを取り出して喉をたっぷり潤した。わずかに間をおいて二口目を少し飲むとビンを棚に戻した。数秒後、椅子に座り直し、また同じように当惑してタローを見た。

イチローはもう一度訊いた。「どうなっているんだい」

「バースデイ・パーティーさ」と、タローが皮肉な笑いを浮かべて見上げた。「あんたもおれのために歌うかい」

「かもしれないな」

「そうだよ、刑務所の仲間を呼んできてみんなで歌ってくれよ。日本語でハッピー・バースデイをな。いいだろうなあ」

イチローの顔に血がのぼってきた。弟に一発食らわせてやろうという気持ちを抑えるのがやっとだった。「そんなにおれが嫌いか」

「あんたなんか知らねえよ」タローはダイヤの「6」をクラブの「7」のところに移し、スペードの「7」を上方に動かした。

「イチロー」と、父は言ったが、目はまだもうひとりの息子からそらしていなかった。

「なんだい」

「タローは今日で一八歳になる。昼ご飯のときに家に帰ってきたんだが、本来なら学校に行っているはずの時間だ。それで母さんが『なんで家にいるのか』って言うと、『おれの誕生日だから』ってタローが言った。『なんで家にいるのか、学校にいるはずなのになぜいないのか』って母さんが言う。するど『おれは一八歳で、軍隊に入るんだ』ってタローが言う。食事中のことだ。母さんと私がいて、タローはすぐそばのここに立って言った。『おれは一八歳で軍隊に入る』ってな」

「そうなのか」イチローは弟に尋ねた。

「まったく、書き留めておけとでもいうのか、手紙にして送ってほしいのか。おれは軍隊に入るって言った。父さんがさっき言ったろ。それにあんたには関係のないことだ」赤色の「10」をいらなくなったカードの山から引き抜いて、タローはスペードの「11」の上に置いた。それでいくつかの有利な手をつくれることになった。

「母さんには、耐えられないっていうことがわかるよな」

「関係ないね」

その答えにイチローは驚かなかった。もし自分が一八歳で、タローの立場だったら、たぶん同じことをするだろう。そうすべきときにそうしなかったのだからイチローにはなにも言うことがなかった。みんなを拒絶しているのはタローじゃなくて、タローのことを拒絶してきて、その結果、彼を両親にとって永久に他人にしてしまったのはイチローだった。

「よく考えろよ」イチローは弱々しく言った。「時間をかけて」

タローは手の中にあるカードをテーブルの上に投げ、怒りの腕の一振りで床に落とした。「いままでありがとよ」と言うと、今にも泣き出しそうだった。「やることがあるんだ」立ち上がるとイチローを見下ろした。そして話しかけたかったが、軍隊に入らなければいけないということを兄に伝えるための言葉が見つからなかった。そもそも兄の弱さのせいでそれ以外の方法をとることができなかったことや、絶えず自分にとりついていてその内部を引っ張り出して粉々にして無意味なものにし、ゆっくりと自分を壊していく母というものがわからなかった。こうしたことに加えて、激しく混乱していたので、タローは、兄がたとえ他人同然でも兄の苦悩をわかっていたから、その苦悩から逃れ、自分自身を解き放たなければいけなかった。たぶんそれがタローが軍隊に入るもうひとつの理由だった。

タローがイチローを見て、言葉にはできなかったそうしたことを感じ取ったわずかの間に、イチローもまたそれを感じ理解した。だからタローが大手を振って寝室に入っていき、引き出しをがたがたいわせて、荷物を小さいカバンに詰めたとき、肩から重苦しさが取り払われるのを感じた。タローがイチローのそばをさっと通って出て行くとき、イチローは振り向きもしなかった。父の怯えた目の中に、息子ではなく他人、もっと正確に言うなら、仲間に加わるために去って行くひとりの敵が出発するのを見たからだった。ベルが鳴ってドアが開くのを知らせた。もう一度鳴るとドアは閉まり、ほかの者たちはタローが入った世界から締め出された。

母はひと言こもった声で悲鳴を上げた。それは暗く不気味な裂け目のなかの一瞬の閃光で、その光が過ぎ去ると暗闇だけになり、その闇は今もさらに暗さを増していた。母の人生の意味が少し薄れた。

イチローは父を見たが、息子を失ったばかりの父親には見えず、怯えている男のようだった。その顔は、母がキッチンに入ってくると、はっきりわかるほど青ざめていた。

「母さん」父が言った。まるで子どもが母親を呼ぶような言い方だった。

「五セント硬貨があまりないね」と母は言った。タローなんてこの世にいなかったとでもいうような言い方だった。けれども実際はそんなふうには言えなかったことがイチローにはわかった。

「ああ、そうだね」父は飛び上がって叫ぶように言った。「銀行はまだ開いているだろうな」オーバーをさっと着ると急いで出て行った。

イチローはカードを床から拾い上げると、母のまなざしが自分に向けられているのを感じた。母を見たくなかったのでわざと時間をかけた。日本の強さでもあるその強さは衰えていて、イチローは、母の悲鳴や言葉からそのことに気がついていた。こうした息子の心の中を突然察知したかのように、母はすばやく振り向くとイチローを残して出て行った。

4

ジャクソン通りより一ブロック南にあるキング通りには商店が並んでいる。商店は一階にあり、その上はホテルになっている。どの建物も古びて、長年放っておかれたため、レンガの色は赤より黒に近い。商店は、カフェ、正面が全部開いている食料品店、飲み屋、布地屋などだが、なかには窓ガラスを緑色に塗った店や、窓の内側に日に焼けて色あせたカーテンを引いた店もある。そうした店のなかには商事会社の看板を掲げたものもあれば、クリーニング店の看板を出してはいるが、埃っぽい棚に袋を少しだけ置いている店もある。なんとか協会とか何々クラブ本部という名前がいくつかあるが、これらはいかにも怪しい。そういう平凡で単純な名前は、賭博場にぴったりだ。カードであれ、サイコロであれ、ポーカーであれ、ドミノであれ、博打を打つには強い心臓と不可能なものを求める飢えさえあればいいからだ。こうした場所がたくさんあるのは、ここがチャイナタウンだからで、取締りが緩い間は、迷いもせず歩いてウィングズ・ハンド・ラーンドリーやトランスアジア・イクスポーティング会社、あるいはカントン・レクリエーション協会に度胸と欲望を抱えて入っていく者がいる。片側だけから見える四角いガラス窓のついたずっしりした奥の扉のところには見張りもいない。

二つ目のドアの向こうには、テーブルと一ドル銀貨のチップと中国人や日本人やフィリピン人や、どこからか迷い込んできた二、三の白人がいる。誰もにこりともしてないし笑ってもいない。二〇ドルが五ドルに減ったり、二〇ドルが一〇〇ドルにも増えたり、もっともっとと欲深くなり半ば錯乱状態になったりするとき、誰だって笑ってなどいられない。ブラック・ジャックのテーブルについたディーラーは、青白い顔をしたハンサムな中国人で、ポーカーフェイスを装ったこの店の要人だ。なめらかで動きのすばやい指が機械的に銀色のチップの山から五ドル、一〇ドル、一五ドルといったいろいろな金種のものを取り分ける。さしあたりグリーンフェルトを支配する王国の主といったところだ。しかし勝者に冗談を言うこともなければ敗者に同情も示さない。一日が終わりその日の仕事のあがりがポケットに入ると、彼はホテルの部屋代に一ドルをとっておき、残りを自分で賭けて結局店へ返す。この男は、度胸があって不可能なものへの飢えを満たそうとするのではなく、一種の病気に突き動かされてがむしゃらに大儲けしようとするのだ。そして儲けを得たら次々にもっと大きな儲けを求める。金がなくなるとまたディーラーとしてテーブルにつき、その日の賃金の中からまたホテル代として一ドルをとっておき、残りを店に返す。

ディーラーはケンジのカードをひっくり返して、賭けられていたのが五ドルだったので五ドルを支払った。ディーラーの手札は「18」だったが、ステッキを持った若い日本人のほうは、絵札が二枚で「20」を手にしていたからだ。

ケンジが一〇ドル賭けて二〇ドルに増やし、それから四〇ドルに達してから、賭けるのをやめて何ゲームかを見送るのをイチローは見ていた。向こうのダイスのテーブルには、若い日本人が六人ほどついていた。タローとそうかわらない歳の連中だった。一〇セントや二五セントを賭けているものもいる。まだゲームを十分わかっていない初心者のしみったれた気持ちからか、それとも若い体にみなぎる強気な衝動からか、若者は自分たちの運を探っていたのだ。その中に札束を片手に握り、見ていて怖いほどの勢いでゲームをする者がいた。

「ほら」ケンジがイチローに「やってみろよ」と言った。一〇ドルチップを友人のほうに差し出した。

「やめとくよ」イチローはものすごくやりたかったがそう言った。

ケンジはそれ以上勧めなかった。さっきのように五ドルで勝負して、また四〇ドルまで増やした。

「たまには、勝ってるうちにやめよう」ケンジは、銀貨を二〇ドル紙幣四枚と一〇ドル一枚と五ドル一枚に替えた。

二人はあちこちゲームを見て回り、しばらくは人が賭けるのを見ていた。

「一杯やりたいな」ケンジがイチローを見て言った。

「いいね」とイチローは言ったが、自分のことを知っていそうなやつがたくさんいるところは行きたくないと言いたかった。怖かったからだ。

二人は、醜い建物が並ぶ醜い通りを、醜い人たちにまじって歩いて行った。そこはアメリカの一部ではあるが、必ずしもアメリカとは言えなかった。肌寒く暗い夜だった。

路地を半ばまで行くと、用もなさないようないくつかの階段とおびただしい数のゴミバケツが目に入る。これらに囲まれるようにしてクラブ・オリエンタルの入り口があった。そこはボトルをキープしておくクラブで、会員制ということになっていたが、会員はどんどん増えていた。会員制の店として営業許可を受けていながら、事実上誰でも入ることができ、毎晩かなりの利益をあげていた。

両側がガラスブロックの壁になっている通路を上がって、二人は光沢のあるマホガニーのドアに近づいた。ケンジはステッキの先でブザーを突いた。すぐに鍵を解除する自動ブザーの音が返ってきた。二人は汚い路地と肌寒い夜からクラブ・オリエンタルに足を踏み入れた。やわらかく薄暗い光が差し、長い曲線を描くバーカウンターやふかふかのカーペット、居心地のよさそうなテーブル、それに小さなダンスフロアーがあった。

二、三人がカウンターにいて、テーブル席にはもう少し人がいた。ダンスフロアーでは一組のカップルが、ラルフ・フラナガンの曲に合わせて滑るように踊っていた。巨大で派手な色のジュークボックスが抱えている一〇〇枚ものレコードのうちの一枚がかかっていた。

二人がカウンターの席について、一杯目のバーボンをロックで半分飲んだところで、目が暗さにかなり慣れてきて、クラブのあちこちにいる顔の見分けがつくようになった。

「ここが気に入っているんだ」ケンジが満足げに言った。

「ああ、よくわかるよ」

ケンジはうまそうに酒をすすって思った。夜は長いし、脚の痛みはあるにせよまだ多少の未来もあるだろう。「眠ったり食べたりしなくていいんだったら、おれはここにずっといたいね。時々酒を飲む。そうすると、だんだん心地よく、けだるくなる。それで、ずっとその気分のままでいる。いいと思うがな」

「ああ、そうだろうな」

「おれはそうだが、でもおまえは違う」

「えっ」

「今日の午後、おれたちが言ってたことを考えていたんだ」

「そうなのか」

「ああ、おまえもそうだろ」すでにアルコールで赤らんだ顔がイチローを見た。

「そのとおりだ」イチローが言った。「生まれたときからずっとそんな感じだ」

「自分を責めるなよ」

「じゃ、誰を責めるんだ」

「誰でもいい。この世界を、日本人を、ドイツ人を責めろ。でも自分を責めるな。自殺するようなもんだ」

「たぶん、そうした方がいいんだな」

「なあ、おれみたいな話し方だぞ」ケンジはにこっとしてバーテンダーに合図するとグラスを満たしてもらった。

「戦争前にもあったよな」イチローが言った。「まずいことになったって思ったときがさ。初めて女の子と寝たときを思い出すよ。歴史の授業が一緒の赤毛の子だった。その子はやりかたを知っていて、実際はその子がおれを襲ったんだ。怖かったけど終わったあとはもっと怖かったな。そのあと何週間か心配だった。そのときはほんとうにまずいと思ったんだ」

「うまいことやったっていう感じがするけどな」

「そうだったかもな。今考えると、よかったよ。でももし、もう一度しなきゃならないってなったら……」その先を言わずにイチローは手にしたグラスをもてあそんだ。

「同情するよ」とケンジが言った。

「ということは、おまえはおれと立場を替えないって決めたんだな」

「もし、できるとしても、ノーだ」

「もしもだ、ケン、もしも、おまえの半インチをおれの五〇年と交換できるとしたらどうだ」

ケンジは長いこと考えていた。「最後の半インチになって痛みはじめたら、おれは車を売って残りの人生をここで酒を手にして気分よく過ごすつもりさ」

「当然、それはノーという意味だよな」

「そうだ、ノーだ」

「正直に言ってくれてありがとう」

「おれにできることがあればなあ」

「なにもないな」

「でも、あったらなあと思うんだ」

「誰にも、なにもできやしない」

「とにかく、おれはしたいんだ」

「無理すんなよ」

「おまえがそう言うなら」

「ああ、いいんだ」

そんなわけで二人は静かに座ってもう一杯飲んだ。ひとりは生きたまま死んでいて、自分はこれからの五〇年なり六〇年なりを、死んだ状態で生きていくんだなと考えている。もうひとりは生きているがゆっくりと死に向かっている。二人とも極端だった。ひとりはアメリカのために死の淵を這ってきただけに、たいていのアメリカ人よりももっとアメリカ的な日本人だった。そしてもうひとりは、日本人でもアメリカ人でもなかった。アメリカでの生得権を認めることが最も大切だったときに、その恩恵を理解できなかったからだ。

店はかなり混みはじめた。ドアのブザーは途切れなく鳴っているようで、カウンターのスツールに座って二人は、新たな客の笑っている顔を見た。客は素早くテーブルについた。とにかく早くリラックスするために一杯飲みたがっていた。

浅黒い顔の日本人が、美人の白人の女の子を連れて入ってきた。薄青色のスーツを着ているが、短い脚と不格好な体つきはうまく隠せなかった。荒々しい大声で話し、ひと騒動起こしそうな気配があったのでみんなの視線がしばしそのカップルに注がれた。ケンジを見ると男は陽気に声をあげた。「なんてこった、義足君じゃないか。ずいぶんと久しぶりだよな」男は女をドアのところに立たせておいて、両腕を伸ばしながらケンジに近づいてきた。

「やめろよ、ブル」ケンジが静かに言った。「昨日の夜会ったぞ」

ブルは背中をイチローに向けてスツールの間に割り込んできた。「どうだ、いい子だろ?」ブルはいたずらっぽく囁いた。

「まあまあだな」ケンジが女の子をじっくり見て言った。

「こっちへきて座れよ。おまえの相手を探してやるから」ブルは親しげにケンジを平手で叩いた。

「友達が一緒なんだ」とケンジが言った。

ブルは向き直りイチローを嫌な目で見た。いかついほお骨とかみそりも受けつけない無精ひげのせいでその目は嫌味を増していた。大げさなしぐさで身をよじってスツールの間から出て服を思い切りはたきはじめた。「クソ」と大きな声をあげた。「新品のスーツだぜ。危うく汚すところだったぜ、まったく」

ざわめくような笑いが起き、イチローは振り向いて、見たいわけじゃなかったが人混みに目をやった。誰かが「ノーノー・ボーイは縞のユニフォームを着てないとかっこ悪いな」とかなんとか言った。どよめくような笑いが隅の方から起きた。そこには年齢的には、飲酒を禁じられているはずの若い日本人のグループが座って飲んでいた。イチローが彼らの顔をさっと見回すと、その中に無表情で病的な顔のタローがいた。

「行けよブル、ガールフレンドが待っているぞ」ケンジが静かに言った。

「一緒にいるのはなんだい。イカレたやつかなにかか」ブルが意地悪く言った。

「行けよ」

ブルは、ほっそりしたまじめな顔を食い入るように見たが、それも一瞬で、「わかった、わかった、おまえのダチッてことは……」と軽く言った。立ち止まってもう一度イチローに嫌味な視線を投げかけてから、続けて「……おまえのダチってことだよな」と言った。ちょうど演技を終えたばかりの演者のように、人混みににやっと笑いを投げかけて、ずっとこの間これみよがしにおめかししていた彼女のところに戻った。

イチローはカウンターから身を乗り出した。怒りが腹の中で抑えようもなく煮えたぎっていた。もともとは美徳と考えられたが、苦々しい気持ちのせいで一瞬腐敗してしまった羞恥《しゅうち》の念と、わけのわからないもののせいで、イチローは荒れ狂う気持ちを解き放つことができなかった。

「出たいか」

「いや」イチローは、こらえきれず激怒して言った。

「ブルは本気じゃなかったんだ。あいつは嫌なやつかもしれないが、どうってことない」

「あいつは本気だった。あいつらみんな本気だ。あいつらの顔に書いてある」

「考え過ぎだよ」

「感じるんだ」

「じゃあ、感じ過ぎだ」

ウイスキーで気持ちの逃げ場を探すかのようにイチローはすばやく飲み干すと、バーテンダーに注いでくれと合図した。カウンターの向こうの愛想のいい中国人がボトルを傾けグラスに注ぐと、イチローはそのボトルを押さえて下に向けた。酒がグラスの縁からこぼれた。

「置いといてくれ、アル」と、ケンジがその中国人に言った。

アルはうなずき、ボトルをイチローの前に置いた。

二人は黙って酔った。ケンジはゆっくりと飲み、イチローはわざとがぶ飲みした。

「ゆっくりやれよ」と、注意したケンジの声はいつもよりやさしかった。ウイスキーのせいだった。

「利かないな」イチローはかすれた声でぼやいた。「チクショウ、まったく利かない」スツールを回して人混みを眺めた。みんなとっくにイチローのことなど忘れていた。イチローはタローとその友達がいなくなっているのがなんとなくわかった。「くそったれ。そういうやつらだ。あいつらみんなだ。きたねえ、くそったれども」

「そのとおりだ」とケンジが穏やかに言った。

「おまえもくそったれだ」

ケンジはうなずいた。「ああ、おれもまたそのひとりだよ。この世はおれたちだらけだ」

「本気で言ってんだぞ。おれ以外はみんなくそったれだ。おれはくそったれじゃない。おれは誰でもない。なんでもない。まったくのなにもなしだ」

「少し、空気にあたろうか」

「いや、いや、まだだ。さあ、酔っぱらうぞ」

「もう、酔ってるよ」

「なんだ、まだ飲みはじめだ。おれも、自分がくそったれと思えるまで、徹底的に酔いたいんだ」イチローはグラスを口にもっていき飲み干すと、スツールから転げ落ちそうになった。

ケンジはイチローの腕をつかみもとにもどしてやった。

「ありがとう。ありがとう、ケン。おまえはいいやつだ。いろいろおれにしてくれた。今度はおれの番だ。おまえのためになにかしたいな」

「なんだい、それは」

「おまえは向こうに行って、おまえの友達の、ブルーのスーツを着た猿と座る。おれは外へ出て、おまえに会ったことは忘れる。これでいいよな、え？　おれができるのはこれが精いっぱいだ。おまえのことは忘れてやる。そういうことだ」

「よかないよ」

「いいさ、いいよ。おまえはあのブロンドとうまくやる。彼女をあの猿から横取りする。おれは外へ出て行き、ジャクソン通りをずっとまっすぐ行って海に飛び込むさ。おれはおまえを友達にしておく資格がない。おまえみたいな友達は欲しくない。なあ、それでいいだろ」

「ドライブすることになってたじゃないか、覚えてるか」

「いや。行けよ、ブロンドと。その方がいいよ。おまえとは、もうどこにも行きたくない」

　二人は見合っていたが、ケンジは酔って正直になった友人に向かってただ黙ったままほほえんだ。

　誰かが「ヘイ」と静かに声をかけた。二人とも振り返った。タローだった。

「ヘイ《（干し草）》は馬にくれてやれ」イチローはろれつが回らず口走った。「自分の兄貴の名前もわかんないのか。おれはイ・チ・ローだ。覚えているか」

「話がある」

「じゃあ話せよ」

「おもてに出ろよ」

「ここでいいだろ」

　タローは不安げにそわそわしてケンジをきっと睨みつけた。

「そうだトイレに行かなきゃ」ケンジは気をつかって言った。

「いや、ここにいろよ、床の上にやればいい。きっといいぞ。あいつがどうやらおれに話したいことがあるようだから、おまえにも聞いてもらおう。それで、なんなんだ」イチローはいらだって迫った。

「おもてに出るなら、話してやる」

イチローはうんざりして両腕を投げ出した。「ここで話す気になったら戻ってこい」イチローは向きを変えるとグラスをとったが、二人の若い日本人が出入り口の方へ行き、なにか尋ねるようにタローを見たのには気づかなかった。タローがあっちへ行けと密かに手で合図をした。それにケンジが気づいた。二人はさっと外に出た。

「おもてに出るんだろ?」タローが訊いた。

「おまえの兄貴は忙しいんだ。あとでまたこい」ケンジが言った。

「まったく。いいだろ、いいだろ、そんならおれが行く」イチローはスツールから下りた。

「おれも行くよ」ケンジがステッキを取った。

イチローは友人の腕をつかんでとめた。「いいんだ、これは家族会議だ。おれのグラスをキープしておいてくれ。すぐに戻るから、すぐに」

「気をつけろよ」ケンジが忠告した。

「そんなに酔っちゃいないよ」イチローは笑った。タローのあとについてのしのしと歩いた。体の重みでふらふらしながら、なんとか素早く動こうとぎこちない格好で足を前に運ばせた。

タローは急いで歩き、キング通りから路地に入った。クラブ・オリエンタルの入り口から三〇ヤードほどのところで、タローは向きをかえて空き地へ入った。遠くの街灯の光が届くだけで辺りは薄暗かった。

意を決してイチローはついて行った。息づかいは激しくなり、吐き気をもよおすようなウイスキーの熱い臭いが、鼻孔を通って這い上がってきた。イチローは空き地の向こうへ行こうとして、はるか先のタローを見つけた。「いったいどこに行くんだ。おれは疲れたぞ」立ち止まると息も絶え絶えになった。

弟もすでに立ち止まっていて、古いガレージの陰から黙ってイチローを見ていた。イチローは、目を凝らしてなんとか弟の姿をとらえようとした。

ざざざっと砂利の上を足を引きずる音がした。音はあちこちから迫ってきた。夜の暗闇と酒に酔っていたせいで、イチローはなにが起ろうとしているのかすぐには察知できなかった。二人の若者がイチローとタローの間に入ってきた。

「ジャップだ、やつは」ひとりが威勢よくあざ笑った。うしろからも同時に声がした。「そうだ、こいつには大きな、太った尻があるぞ、頭よりでかい尻だ」

「脚もあるぜ」横からも声がした。「それに腕もだ、まるでおれたちみたいだ」

「口はきけるのかな」

「日本語を話すだろうよ」

「なんか言えよ」ひとり目の若いのがけしかけてきた。「日本語でノーノーって言えよ。得意じゃねえのか」

「そうだ、聞きてえな」

「おれもだ、ノーノーって言え」

イチローの足下はふらつき体が揺れた。酒のせいで屈辱と怒りは増大し、重苦しく陰鬱な狂気へと変わった。弟を見失うまいと目を凝らすと、いまは恐怖を浮かべた弟の顔がちらりちらりと見えた。

「あんまり楽しそうじゃねえな」震えてはいるが、優位だとわかっているから強気な声だった。

「ホームシックだからじゃねえか」

「家はあるのか」

「ああ、池の向こう側だぜ」

「日本から来たんじゃねえの」

「メイド・イン・ジャパン。ここにそう書いてあるぞ」

ケツを思い切り蹴られてイチローは前によろめいた。怒りが限界を超え、弾みをつけてぼんやりとした姿に向かって突進した。それは弟だった。イチローは弟の前に立ちはだかった二人に向かって腕を振り回した。するとひとりが脚に飛びついてきた。イチローはばたりと倒れ地面に寝そべった。頭をだるそうに振りなんとか膝を立てようとした。

「なかなかやるじゃないか」拷問する側のひとりが落ち着き払って言った。

「やる気らしいぞ」もうひとりが言った。

「まるで犬だぜ」

「犬はズボンははいてないけどな」

「そのとおりだ。ズボンのまま走らせるわけにはいかねえ」

「そうだな。みんなが人間だと思っちまうな」

やっとの思いでイチローが立ち上がろうとしたとき、両腕をうしろで痛いほど捩じ上げられた。逃れようと猛然と蹴りまくったが、すぐにズボンの脛《すね》の辺りを腕でつかまれた。ほんの瞬間のできごとで、イチローはなすすべなく手足を伸ばして倒れた。

鋭い音がして、やせた方がイチローの上に屈《かが》みこみ、ニカッと笑いナイフの刃をイチローの革のベルトの下に滑り込ませてきた。

「もう十分だろ。放してやれ」ケンジが空き地の向うから足を引きずってグループのところまでくると、イチローを取り囲む若者のひとりをステッキで突いた。男たちはゆっくりと自分たちの獲物から後ずさりした。ナイフを握った者だけが動かなかった。

「聞こえたろ」とケンジが言った。

「向こうへ行ってろ。おまえにゃ関係ねえだろ」

「おまえこそ関係ない」ステッキがヒューと音を立て、ナイフを振りかざす手首をバシッと強打した。痛みでかん高い声をあげナイフを落とすと、そいつはケンジを脅すように悪態をつきながら後ずさりした。

「行こうぜ」ひとりが急かすように言った。

「ああ、こいつのことは聞いたことがあるぞ。殺し屋だ。そいつだ。あいつの仲間ですらやつを恐れている」

「気が違ったように、ドイツ人を殺しまくったらしいぜ」

「おれは失せるぞ」

「ただのジャップじゃねえか」細身の若いのが屈んでナイフを取りもどそうとして「ジャップに甘いな」と、ぼそっと言った。

ケンジはステッキを振り上げてそいつの背中めがけてきつい一撃を食らわした。

「ウアア」。そいつはイチローの上に倒れこんだ。それから急いで立ち上がり、暗闇の中へ走り去った。あとの者も一目散に続いた。

「おまえの弟はいい友達を持ってるな」イチローが立てるようにと手を貸しながらケンジが言った。

「どうしようもない、くそったれだ」イチローは重く弱々しい腕で汚れを払った。

「もう少し飲むか?」

二人は黙って車まで歩き、少したったころには南の郊外へと通じるハイウェイを飛ばしていた。両側の窓を開けると、ウイスキーでぼうっとなった頭もはっきりしてきた。

イチローはドアに頭をもたせて冷たい空気の流れに顔をさらした。ぼんやりと、ついさっきのブルやタローやくだらないチンピラ仲間たちとの出来事を考えるとうんざりした。クラブ・オリエンタルでブルが自分を侮辱したことは理解できた。ブルの頭の中は、レンガのように固く容易には変えられない。イチローをさらし者にしたブルの意地悪な気持ちは許せない。しかしそれより許せないのは、店の客たちみんなに受け入れてもらおうという愚かで残忍な欲望だ。客たちは、ちょっとの間だがブルのことを笑うのではなくブルと一緒になって笑っていたんだ。ブルにとってのブロンドの子は、ブルがアメリカに受け入れてもらえないための埋め合わせだったんだ。とにかくブルはなんとか彼女をデートに誘った。だが夜が明ける前に必死で彼女を探すことになるだろう。その間にほかの誰かが彼女をベッドに連れ去ってしまう。ブルは許せる。しかしタローは違う。あいつはおれをあの場所におびき寄せたが、怖気づいて自分が作り出したゲームに加わらなかった。さらに怖気づいて兄を守ろうともしなかった。自分がしでかしたことの恐ろしさに気づくには遅すぎたんだ。

タロー、おれの弟でないおれの弟。おまえもおれも似たようなもんだ。おまえはただおれより運がよかっただけだ。戦争中は若すぎて銃を持てなかったからな。おまえは、歳が若いとか、体が悪いとか、お金やコネなんかを理由にたまたま徴兵されなくてすんだ何千人と同じで運がいいんだ。もしそいつらだって徴兵されるようなことがあったら、おれと同じように答えていたかもしれないんだぞ。お前は運がいい。おれの持っている弱さが、おまえの中にある同じ弱さを強さに変え、父さんや母さんに背かせたんだ。さらに、おれの弱さのせいで、とにもかくにもおまえはおれの一部分ではないことを証明するために軍人になるんだ。おれは生まれるのに早すぎもせず遅すぎもせず、そしてそのために罰せられた。公正とはいえないがほんとうのことだ。おれは日本からの船を荷造りして待つような連中のひとりじゃない、でもそうした何百人もが、おれより自由で幸せで満ち足りている。おれが悪いんじゃない。でも、おまえはおれを責める。そのためおれはお前を憎み、そしておまえが軍隊に入り、やがて除隊し、アメリカの街をいつもそして永遠に、わがもの顔で歩くのを見たらもっと憎むだろう。

おれは間違いを犯した。心の中に苦しみが悶々と溢れているからわかる。おれはそれで苦しんできたが、これからもっと苦しむだろう。でも、これだけ苦しみ反省したおれに、もう一回チャンスが与えられてもいいんじゃないか。人は盗みを働けば刑務所に行き、出てくればそれまでの罪を償って自由になる。そうやってやり直せる。犯した過ちは、世間に認めてもらうことで正されたんだとわかる。罪を償い、教訓も得たのだから、同胞に受け入れてもらえるんだ、と自分に言い聞かせることはそんなに難しいことじゃない。おれ自身も間違いを犯した。だから刑期をつとめた、全部で二年だ。そして全面的に許しを得た。なのになぜ、おれはほかのアメリカ人となんら変わりないっていう確信が持てないんだ。なぜ、今おれは自由なのに、刑務所にいたときよりも自分の過ちやおれがしでかしたことに縛られていると感じるのか。おれは、アメリカ人であることがどういうことかを、本当に二度と知ることはないのか。もし答えがあるのならそれはなんだ。自分の生活というものを正当化したいんだ。そのためにおれが支払わなければならない代償とはなんなんだ。

答えなどないんじゃないか。裏切り行為をした者は、もうなにをしても赦されない。おれの罪とはそういうことなのだ。撃ち殺された者は幸運だ。おれは自分の罰を生きていかなければならない。

繰り返し襲ってくる空しい感覚に打ち負かされてイチローは力なくうめいた。

ケンジはオールズモビルを広々と続くコンクリートの方へ向けて五五マイルきっかりで走らせた。

「頭が痛くなってきたか？」

「ああ」

「とまって一杯やるか」

「いや、そうしてもむだだ」

車がスピードを上げドライブイン・シアターを過ぎるとき、二人は、フェンスから一部顔を出しているスクリーンに映った、音声は届いてこないドラマをちらっと見た。

「スピードを上げると神経にさわるか?」

「いいや」

オールズモビルは突っ走り七〇マイルまで速度を上げ、ゆっくりと加速し七五マイルに上げるとまもなく八〇マイルで疾走した。ものすごい勢いで入る風を遮るため、二人は窓を閉めた。

「どこに向かっているんだ」とイチローが訊いた。

ケンジは落ち着いて運転した。いつも以上のスピードで運転するとだいたい緊張するものだが、そういう様子もなく路上に視線を落としていた。「おまえを友達に会わせたいんだ」とケンジが答えた。

「どうしてもか、今晩じゃなきゃだめかな」

「いつならいいんだ」

「おれは、はっきり言ってしらふじゃないからな」とイチローは言い、震えを抑えようとした。一杯やりたいところだった。

「彼女の方はかまわないんだ」

「女か」

「女だ」

イチローは彼女が誰でなにをしているのか、なぜ自分が今晩彼女に会う必要があるのかなど尋ねてもよかったのだが、すぐにもわかるだろうと思った。イチローは座席に頭をもたせて目を閉じた。ぐっすり眠ると小さな農家に着いた。ところどころ森になっているが、ほとんどはきれいに整地されている四〇エーカーの真ん中にその家はあった。

エンジンは切らずに、ヒーターを弱めにつけておき、ケンジは正面のドアへと続く狭いコンクリートの曲がった道を歩いて行った。手探りでドアのブザーを見つけた。こもったチャイムの音がかすかに聞こえた。茶色がかった青白い明かりが居間の窓を通して見え、二度点滅すると温かみのある色に変わり、そのあとすぐに玄関の明かりがパチッと点いた。

エミはケンジより数インチ背が高かった。やせているが胸は大きく、豊かな黒い髪は肩までかかり首を隠していた。白人女性のようなたくましく格好のいい脚をしていた。ほほえむとケンジのうしろの暗闇に目をやった。

「エンジンをかけたままじゃないの」と、大きな黒い目をしたエミが訊いた。

「友達さ。酔いを醒ましているんだ」

「あら」玄関の明かりを点けたままにして、エミはケンジのあとについて居間に入って行った。ゼニス社製の古いラジオがあり、前面の丸い文字盤で稲妻形の針が光っていた。ブーンと低い音を立てていた。エミはスイッチを切りながら「ラジオ放送がちょうど終わったところなの」と言った。

ランプの下のふかふかの椅子に気持ちよく体をあずけて、ケンジはそばのテーブルから写真立てを取りあげ、ガラスに被われた何枚かの写真をじっと見た。一枚はトラクターに乗っている筋肉質の若い日本人だった。暖炉の上に目を移すと、同じ男の軍服姿の大きなカラーの肖像写真がガラスや陶器でできた動物たちの間に置かれていた。そのほかの写真は、年配のカップルで、幸せな娘が晴れた日に両親を撮ったスナップ写真だった。母親と父親は写真屋のスタジオにいるかのように堅苦しいポーズをとっていた。

ケンジは写真立てをテーブルに戻して尋ねた。「誰かから便りはあった?」

「父から手紙が来たわ」とエミが言った。

「どうしてるって」

「嫌気がさしているわ。日本と日本人とまずい食べ物でね。まだ居なくちゃいけないからますます悪くなるわ」

「どうにかできないのかい」

「なにもできないわ」

「戻ってこられる見込みはないのか」

「ないわ」エミは靴を脱ぎ飛ばし、膝を抱えその上に顎《あご》をのせた。脚がむき出しになっているのは気にせず、スカートで隠そうともしなかった。

ケンジは脚とその奥に目をやったがそのまま無反応に「ラルフからはなにもないのかい」と言った。

エミは暖炉の上の写真にチラッと目をやって「なにも」と答えた。「ラルフは手紙を書くようなタイプじゃないのよ」どうでもいいといった言い方だったが、唇は震えていた。

ケンジは疲れた顔で悲しげにエミを見た。エミは目にいっぱい悲しみを湛えてその視線を受け止めた。美しい輪郭の愛らしい顔は、溢れるほどの涙で潤んだ目をしていた。

「まだあいつを愛しているのか」

「今なんて言った？」

「わかってんだろ？」

足を敷物に落とすと、エミは一瞬落ち着きを欠き体を揺すった。「私がわかってるって？」少しかん高い声だった。

「それは、おれが尋ねていることだよ」

「そう思うわ。いえ、愛していると思っていたというべきね、たぶん。その反面、確かに愛しているって思うときがあるわ。これでいいかしら、ケン」

「どうも混乱しているようだな」

「そうよ」

サイドテーブルからケンジは自分でタバコを一本取った。「もしおれが君で、自分の夫がドイツで兵役についていて、そのまま別の兵役につく登録をしたまま、家には帰ってこないし、ドイツで一緒に暮らそうとも頼んでこなかったら、愛してなんかいられないし、離婚するね」

「あなたがそういうのは二九回目よ。それにあなたには、今も関係ないことだわ」

「関係あるなんて言っちゃいない」

エミは突然立ち上がってケンジの手からタバコを取り上げた。そしてくるりと背を向けてはっきり言った。「だから、そう言うのはやめて」

ケンジは手を伸ばし、エミの肘を愛情をこめしっかりつかんだ。ゆっくりと仕方なくエミはケンジを見た。「ごめんなさい」

ほほえむと、一瞬ケンジをやさしい目で見た。

「コーヒーはどう」かわいらしい訊きかただった。

「いいね、友達の分も頼む」

エミがキッチンに行ってしまうと、すぐにケンジはイチローを起こすことにした。そこにちょうど起きたばかりのイチローが入ってきた。

「明かりを消してくれ」とケンジが大きな声で言った。

イチローはぽかんとしてケンジを見た。

「玄関の明かりだ。壁にスイッチがある」

どこだろうと辺りを見回し、イチローはスイッチの場所を見つけると、言われたようにした。そして家の中をよく見た。写真、ラジオ、本、ランプ、カーテン、それに暖炉のそばには古いアップライトのピアノがあった。うしろを壁にぴったり寄せてなく、むしろ壁にほとんど垂直に横付けされているため、背後の塗装されていない重厚な木枠がむき出しになっていた。イチローはケンジと目が合うと車のキーを渡した。ためらいがちにピアノの鍵盤に触れると、イチローはいくつか音をだした。それから両手で一連の和音を弾いてみた。

「いいね。なにかやってくれよ」とケンジが言った。

横からさっと長椅子に座ると、イチローは鍵盤に何度か指を走らせ、飾り気なく流れるような「センチメンタル・ジャーニー」を弾きはじめた。単調なコード進行にもかかわらず、心地よく響くプロ並みの演奏に、ケンジは聴いていて満足だった。

演奏を聴いてエミがキッチンから出てきた。ピアノの方を振り向くと、なんだろうといった表情が、突然大きく見開いた目で驚きに変わった。恐れとははっきり言えないまでも、その跡が残っていたかもしれない。エミは驚きのあまりかん高い声を上げた。イチローは弾くのをやめて体をねじるとエミと向かい合った。

「ごめんなさい。あなたが似ていて……あなたを見てそんなふうにそこに座っていた別の人を思い出したの」そう言ってケンジの方を向いた。

「そんなこと思ってもみなかった」とケンジが言った。「でも、たしかにそのとおりだな。イチローは、ラルフみたいに背が高いしがっちりしている。紹介するよ。エミ、イチローだ。イチロー、エミだ」

椅子から立ち上がると、照れくさそうにイチローはエミに会釈した。

「連弾で、『チョップスティックス』を一緒にできない？」当初のショックから立ち直って、エミが訊いた。

「まあ、なんとか」とイチローが答えた。

エミはイチローをまた座らせると隣に並んだ。二人は、出だしを何度かしくじり、そのたびに自分たちの下手さ加減を笑った。互いに気遣うことですぐによそよそしさは消えていった。とうとう出だしで呼吸が合い、大きな音で弾いた。ずっと息が合っていたわけではないが、最後まで弾ききった。

「あなたは私よりずっと上手だわ」とエミが陽気に言った。

「がんばってみただけさ」イチローは謙遜した。

二人は一緒にソファーの方に行き、ケンジと向かい合って座った。

「おまえが弾けるなんて全然知らなかったな」とケンジが言った。

「バークっていうドイツ人に教わったんだ」とイチローが答えた。「いいやつだった。ほんとうのミュージシャンだった。サンフランシスコだったかな、一度はどこかの交響楽団で演奏していたんだ。実際の歳は五〇だけど、顔のたるんだ皺と前屈みなところからすると六五歳には見えた。手は大きくて厚くて、短くて太い指はピアニストというよりレンガ工みたいだったな。その不格好な手で演奏するんだけど、それをまた奥さんを絞め殺すのに使ったんだ。刑務所にいたときに彼が教えてくれたよ」

「刑務所！」エミの声が響いた。「あなたは刑務所にいたの？」

「ああ、ケンから聞いてないんだな。軍隊に入りたくなかったからだよ」

「ごめんなさい、ほんとうにごめんなさい」心からエミは言った。

「おれの方こそ」

エミはイチローを戸惑いながら見つめ、やがてコーヒーを取りに行った。

「ここはどこなんだ」イチローがケンジに訊いた。

「酔いが醒めたようだな」とケンジが答えた。

「温かくしといてくれて助かった」

「風邪ひかなかったか」

「酔っ払いは風邪ひかないよ」

「まだ修業が足りないな。深酔いしてたわけじゃないだろ」

「酔ってたさ」

「わかった、酔ってたよ」

「ここはどこなんだ」イチローが繰り返した。

「田舎だよ。町からだいぶ離れている。朝になればどんなとこかわかるさ」

イチローは顔を上げると、どういうことなのかと説明を待った。

「ここに泊まっていくんだ。エミは気にしないさ」ケンジは手を伸ばすと前にあるコーヒーテーブルを引き寄せた。そこへエミがキッチンから戻ってきた。

コーヒーはブラックで熱かった。エミはイチローの横に座って不思議そうにイチローを見た。まるで手を伸ばして触れたがっているようだった。イチローはちょっと気まずかったがエミに惹かれた。若くてきれいで魅力的だと思った。

ケンジが座ったままにやにやしていた。その様子があまり意味ありげなのでイチローは「なんだよ」と訊いてみた。

「気分がよくて満足なだけさ」と、ケンジは椅子にもたれて、両手を使って固い棒の脚を持ち上げ、コーヒーテーブルの上にのせた。

それぞれコーヒーをすすり、ほとんど何も言わず、ときどき互いに視線を交わした。ケンジはにやにやしたままで、明らかにエミに向かって意味ありげな態度をとっていた。エミはそわそわしはじめると、突然立ち上がって別に不愉快な様子もなく、もう寝ると言った。

「おれはこのソファーで寝るよ」と、ケンジはエミを見据えて言った。

顔を赤らめ、エミが何か言いかけた。それからただうなずいてイチローの方は見ずに行った。

「どういうことだ」イチローが訊いた。

「おれはなんにも気がつかなかったが、なぜそう訊くんだ」

「なんでもないさ。眠くなってきたみたいだ」イチローは立ち上がってソファーをよく見た。「そろそろこいつをベッドにしようぜ。どうやるんだ」

「その必要はないさ」

「おれたちはここで寝るんじゃないのか」

「おれは寝る」

「で、おれは？」

「もちろん、寝室さ」

「どの寝室だ」

ケンジは落ち着き払って言った。「寝室は一つ。ベッドのある寝室は一つだ」

異様な状況に気づいてぎょっとしたイチローはソファーに座り込んだ。「どこで、彼女は寝るんだ」

とイチローが問いただした。

「寝室だ」

「それはどういうことだ」腹を立てたイチローは声を上げた。

「彼女はおまえが好きなんだ」

「ああ、それはけっこうなことだ。おれも彼女は好きだ。でもこれは間違っている。おれは彼女のことなんかほとんど知らないんだぞ」

「それだと違いがあるのか」

「あるとも」

「彼女にはおまえが必要なんだ」とケンジが言った。「いや、誰かを必要としていると言うべきだな。おまえがちょうど誰かを必要としているように。おれがちょうどときどき誰かを必要としているようにだ。おれは彼女のことで弁解する気はない。そうしたら、おれ自身のことでも弁解しなけりゃならないからな。彼女は四年間ラルフが戻ってくるのを待った。おれたちは同じ部隊にいた。ラルフは兵役の期間を延長した。なぜかはわからない。とにかくそうした。あいつは、おれに彼女のところへ寄って、しばらくは戻ってこないと伝えてくれと頼んだ。説明はなしでだ。ただ、まだ戻らないと伝えてくれとな。おまえなら待つか」

「いや」

「おれは男として半人前なんだ、イチロー。おれの脚が痛みはじめたらその半分すらも役に立たない」

イチローは気色ばみケンジに殴りかかりそうになった。「それで、おまえは代わりを送ろうっていうんだな」

ケンジは溜息をついた。「話が下品になってきたな。でも、これは下品なことじゃない。おれは、これを間違ったこととか、みだらなこととか、汚らわしいこととか、下品なことだとは思っちゃいない。床に寝てもいいし車で町に戻ってもいいぞ」と、ケンジはソファーに座るイチローの横にキーを投げた。

イチローはかっとなって座っていた。まっとうなことがなんなのか必死で考えたが、それがなにかわからずにいた。もしケンジがもうひとこと言って、薄ら笑いでも浮かべたら、イチローはキーをつかんで外に飛び出していただろう。

深刻そうに、ただじっと表情も変えずにケンジは静かに座っていた。

「じゃあ明日の朝」イチローは穏やかに言った。

ケンジは脚をつかみテーブルから下ろすと、痛みで顔をしかめた。ステッキを取りキッチンのうしろを指し示した。

イチローは少し開いているドアまで歩き、立ち止まるとケンジの方を振り向いた。ゆっくりとドアを押し開け、中に入ると静かに閉めた。奥に二つの窓があり、暗がりにほのかに光が差していた。暗さに目が慣れてきて、ベッドの輪郭や細長い盛り上がりの見分けがついた。慎重に歩を進めると、天井から下がっているきれいな鎖の引綱がおぼろげに見えた。腕を上げ、手探りでそれをつかもうとした。

「だめ」エミが囁いた。

イチローは、片膝をついて靴紐をほどいた。それからシャツとズボンを脱いで床に落とした。全部脱いでしまうべきかどうかしばらくの間あれこれ考えていた。そのあと思い切って冷たい水に飛び込むように、下着を脱いでベッドへもぐりこんだ。

体はピンと突っ張って落ち着かず、強張ったまま横になると天井を見つめた。イチローはなにか言わなければと思った。言葉にすることで糊のきいたシーツの上で離れている二人の間の距離を縮めようとした。エミの静かで規則正しい息遣いを聞いて、胸の高鳴りを抑えようとした。ようやくエミが体を動かしはじめ、片手が掛け布団の下でイチローの手を探りあてた。温かくてやさしく気持ちが安らぐ手だった。

「この家……」とイチローが言った。

「え？」

「君はひとりきりでここに住んでるの」

「そのとおりよ」

「兄弟や姉妹は？」

「兄弟も姉妹もいないわ」

「家族は、どうしているの？」

「母は一九三九年に死んだわ」

「それは大変だった」

「でもそれでよかったのよ。生きていたら戦争で苦労したでしょうけど、それはまぬがれたんだもの。素晴らしいお葬式をあげたのよ。地元の人たちがものすごく大勢きてくれて。二五セント硬貨や一ドル札を入れた小さな封筒を携えてね。人によっては五ドルや一〇ドル、もっともっと多かった人もいたわ。お葬式代もね、みんなが払ってくれたの。もし父がここにいたら、今もそのことを話すでしょうね。お葬式の費用以上のお金が集まったっていうことをみんなに話すのが、父にとっては自慢だったの。もちろん、ほんとうはそんなことが言いたいわけじゃないんだけれど。父が言おうとしたのは、たくさんの友人がいるっていうことなの」

　イチローは横になって自分の母親のことを考えた。もし母もまたパールハーバーの前に死んで、そのあとのことなんか知らずにすんでいたなら、どうだったろうかと。

「パパは日本にいるの」とエミが続けた。「パパは日本に送還されるように頼んだの。日本に行ってもう五ヵ月になるわ」

「おれの母親は日本が戦争に勝ったと思っている」とイチローが言った。

「パパもそうだった。でも今はそうじゃないけれど。パパは帰りたがっている」

「なんであの人たちはそうなるんだ」

「わからないわ。病気みたいなものよ」

　イチローはエミの方を向いた。脚が触れ合った。「おれは知りたいな」大きな声ではっきりと言った。「おれは自分の人生を台無しにした。おれは知りたい、なんのせいでそうなったのか。おれはあの人たちみたいに病気じゃない。母さんのように、あるいは君の父親がそうだったように狂ってもいない。でも、そうだったんだろうな」

「それは、私たちがアメリカ人で、そして日本人でもあり、ときどきふたつは一緒にならないからなのよ。ドイツ人でありアメリカ人であること、イタリア人でありアメリカ人であること、そしてロシア人でありアメリカ人であるってことは問題ないのよ。でもはっきりわかったのは、日本人でありアメリカ人であることは全然だめなのよ。どちらかにならなければいけないの」

「それじゃどうなるんだ」

「わからないわ」とエミが答えた。「わからない」

「おれはわかんなきゃいけないんだ」イチローは涙ながらに言い、必死にエミの手を両手でつかんだ。

エミはもう一方の手を伸ばしイチローの顔を裸の胸に引き寄せた。恐れおののく子どものように途方に暮れ戸惑い、イチローはただすすり泣いた。


もう少しで朝七時になるころだった。イチローはけだるそうに体を動かし、布団の中に顎を深くうずめ、朝の田舎の空気の肌を刺すような寒さから逃れようとした。体を横に向けると、ひとりの女として夫を待てはしないのに待っている、若い女のやわらかい温かさに触れるのを期待した。でも彼女はそこにはいなかった。しばらく横になり、もう少し眠りたいと思いつつもエミがいないので眠れないとわかった。ゆっくりと布団から出てベッドの端に震えながら座った。

近くにある椅子の上には、新しいシャツと清潔なズボンが一本、それに下着と靴下までもがきちっと用意されていた。自分が着てきた服は見当たらなかった。急いで服を着ると、体は、身の引き締まるような冷たい風でピリピリとして、頭は重く鈍かった。

キッチンでイチローは冷たい水を頭と首にかけ、その衝撃で目を開いたが、まだ眠気は完全にとれなかった。テーブルには誰かが朝食をとった跡があった。底にコーヒーの膜が残ったカップと、トーストのカスとバターのついたナイフがあった。コーヒーポットに手をあてるとまだ温かかったので、カップに注ぎ飲み干した。

ケンジはまだ熟睡していた。イチローは脇に立って、ケンジを起こそうかどうか考えていると、庭で水を撒く音が聞こえたのでそっとドアまで歩いて行き外へ出た。

素晴らしい朝だった。太陽は、東の水平線からわずかに顔を出したところで、鮮やかな黄色やオレンジや赤のかんむりを、青くかすむ一面の大空に向かって押し広げていった。静かな田舎は、ときどき遠くで雄鶏が鳴いたり小鳥がさえずったりするせいで、よけいに静かに感じられた。

きれいな緑の芝生の上で回転するスプリンクラーが、繰り返し霧状の渦をまき散らしている。その向こうで、エミが花壇の上にひざまずいているのが見えた。

「おはよう」とイチローは言ったが、返事がなかったのでもう一度大きな声で「おーい」と言った。

振り向いたエミは、ほほえみながら手を振った。もう少しの間草むしりをすると、ようやく立ち上がり、飛んでくる水をよけながらやってきた。男物のオーバーオールを着ていた。膝のところが濡れて丸く跡ができていた。厚手の運動用のセーターは、腕に金色の二本線が、前面には特大の「F」の字があった。使い古してよれよれになって色もあせたジャガイモ用の古い麻袋のように垂れ下がっていた。イチローから少し離れたところで立ち止まり、イチローのことを大丈夫かな、と確かめるように見た。

「ズボンはウェストの辺りがちょっときついけど、ちょうどいいよ」とイチローが言った。

「そうだろうと思った。あなたはだいたい彼と同じサイズだわ」

そこに立っているエミを見て、イチローは昨夜のことについてなにか言わなければと感じた。「言っておきたいことが……」と躊躇《ちゅうちょ》しながら口を開いた。

エミのほおにかすかに色が差し、「言っちゃだめ」と即座に言った。「言葉にしたらひどい、汚れたものに聞こえるわ。でもそうじゃなかった」

イチローは落ち着かずもじもじしていたが、エミの言葉どおりだと思った。「確かに、そうじゃなかった」

「廊下のクローゼットにジャケットがあるわ」そう言うと、エミは屈んでホースをつかみ、スプリンクラーをコンクリートの歩道に引き寄せた。

一分ほどもたたないうちにイチローは、ちょうどぴったりの革のジャケットを着て戻ってきた。エミは石段の一番下の段に座っていたので、イチローはその横に腰を下ろした。エミは膝の上に手首を置き、まるで洗い立てのスカートでもはいているみたいに、土のついた手を注意深く浮かせ、土で汚れたオーバーオールに触れないようにしていた。

「誰かあっちにいるよ」イチローがそう言って、水平線に広がる畑の向こうを凝視すると、もくもくと前屈みになって仕事する小さな黒い姿が動いていた。

「あれは、マエノさんよ」エミが答えた。「あの人はうちの土地を借りているの」

「ひとりっきりみたいだけど」

「違うわ、奥さんはもちろん、あと放課後に手伝っている二人の若い娘がいるし、必要なら人を雇っているわ」

「朝から晩まで、一週間七日、一年三六五日働いているんだな。会ったことがなくても、ここから見ているだけでそういう人だってことがわかるよ」

「それって、悪いことなの」

「悪いって?」

イチローは答える前に少し考えた。「いいことだよな。前は、そんなに働いてお百姓さんて狂ってるって思ってたけど、今はそうは思わない。あの人が羨ましいよ」

「どうして」

「人生に目的があるじゃないか。やるべきことがある。なんらかの目標もあるし、だから人生に意味がある。あの人はたぶんすごく満足しているだろうね」

「私のことはどう」

イチローが振り向いてエミを見ると、にっこりしている。ふざけてはいなかったが、半分からかうような感じだった。

「君も羨ましいよ」イチローは躊躇なく言った。

「じゃあ、ケンは。かわいそうなケンはどう」

「あいつもそうだ」

「ひどい、あなたにはそんなにひがむ権利はないわ」エミはいらいらして手のひらで目をこすった。

イチローは、腹立たし気に拳をポケットに入れ立ち上がった。エミはいい人だし、彼女を自分の憂鬱に巻き込む権利はなかったからだ。「どんな花を植えたの?」とイチローは明るく言った。

「座ってイチロー」

言われたとおりにして、言った。「なにかほかのことを話したいな」

「私はいや。あなたのことを話したい。あなたがどう感じているのか、なぜそんなふうに感じるのかについて」

「素晴らしい朝には相応しくないだろ」イチローは反対した。

エミがイチローの腕に手を置いた。やがてイチローは振り向きエミを見た。「あなたの気持ちはわかる気がする」

イチローは首を振った。「君にはわからない、誰にもわからない」

「あなたが寝ている間、そのことについて考えたの。自分をあなたの立場に置いてみたの。あなたが感じていることわかるわ。ほんとうに絶望的っていう感じだわね」

そのことで言えるようなことはイチローにはなにもなかったし、言いもしなかった。

「でも、絶望的っていう気持ちは、希望がないっていうことじゃないわ」

「あるとでもいうのかい」

「きっとあるわ」エミは両手をこすり合わせて乾いた土を歩道の上に落とした。

「ありがとう。力になろうとしてくれてありがとう」とイチローが言った。

エミは、驚きと傷つけられたことの怒りを顔に表わし、イチローを直視した。「ほんとうにどうしようもないと思っているの？　残りの人生をどうしていこうと思っているの？　自分勝手な苦しみにどっぷり浸かろうっていうの？」

イチローはエミをなだめようと口を開いた。

が、答えを待たずにエミが続けた。「そうじゃないでしょ。あなたは目が見えないの？　耳が聞こえないの？　口がきけないの？　体の自由がきかないの？　あなたは若いし、健康だし、たぶん頭だって悪くない。だったら頭を使いなさいよ。自分の過ちを認めて、それを償うためになにかすればいいじゃない」

「なにをだい」

「どんなことでもいいのよ。なにをするかなんて問題じゃないの。この国は大きな心を持った大きな国よ。ここにはあらゆる種類の人たちの居場所があるわ。たぶんあなたがしたことで、あなたはいい人たちの中には入れないでしょう。でも最悪の人間の中にいるわけでもないわ」

「もしおれがラルフだったら、もしラルフがおれと同じことをしたとしたら、それでも君は同じように思うかい」

「そう思うわ」

「ラルフは運のいいやつだ」とイチローが言った。

「あなたもそうよ。どこかほかの国だったら、あなたは自分がしたことのせいで銃殺になってたわ。でもこの国は違う。国があなたを疑ったとき国は間違ったの。あなたがしたことは、国にさせられたのよ。それは国の間違いよ。だから国は間違いを認めて、あなたを自由にしたんじゃない。できるならやってみて。国と同じくらい大きくなって国を許して、感謝して、そして国の強さだけじゃなくて、弱さにも見合ったアメリカ人になれることを証明して」

「君が言っていることは、筋が通っているかもしれないけれど、おれにはわからない」

「わかるわよ」とエミはすぐに言った。自分の言葉がイチローに響いたことで勢いづいた。「大げさで、形ばかりに聞こえるかもしれないけれど、私は学校の朝礼でアメリカ国家を歌って国旗に忠誠を誓ったとき、どんなに誇りと愛国心で満たされたか覚えているわ。その感じなのね、あなたが持ってなくちゃいけないのは」

「あのころは、今と違ってた」

「あなたがそう思っているだけよ。このつぎにひとりになったら学校に戻ったつもりになって。アメリカ国歌を歌ってステージ上で軍旗衛兵隊が行進するのを見て、ほかの少年少女みんなと一緒に忠誠を誓っていると思ってみて。きっと胸に溢れるほどの気持ちになって栄光を叫びたくなるわ。ひょっとしたら泣き出したくなるかもしれない。そういうふうに感じるべきなのよ。その気持ちはとても大きくて、はちきれてしまうほどだということをね。そこできっと理解するわ。あなたの犯した間違いが、国が犯した間違いほど大きくはないっていう理由を」

　イチローは石段をおりて、ゆっくりと庭の端まで歩いて行った。振り返ってエミを見ると、彼女はイチローをじっと見返した。イチローは戸惑った。エミのことを見続けながら、イチローはエミを見下ろせるところまで戻ってきた。

「ここはいいところだね。すてきな家、すてきな庭、君もすてきだ。びゅんびゅん走る車もないし、やかましい人もいない。静かで平和で、清潔で新鮮ですてきだ。ここにいるだけで気持ちがいいし、君がさっきから言ってたことすらそのとおりに思えてくる。でも、おれはここで暮らしてはいけない。ここはおれの居場所じゃないよ。向こうではこんなじゃない」イチローはハイウェイとその向こうを指し示した。そこには町があった。

　一瞬、エミが叫び出すんじゃないか、そんなふうに見えた。イチローのために抱いた心のなかの苦悩から逃れようとするためだ。しかし、なんとか落ち着きを取りもどし、エミはイチローに座るように促した。

イチローはいやいやながらも腰を下した。もうこの話を続けたくなかったが、エミがまだやめそうにもないとわかった。

「あなたいくつ？」とエミが訊いた。

「二五」と、いぶかし気にイチローは答えた。

「私は二七。ラルフもそう。そしてマイクは五〇」

「マイク？」

「そう、マイク。善良なアメリカ人にぴったりの善良なアメリカ人の名前。少なくとも以前はアメリカ人だった。マイクはラルフの兄なの」

「そうか」

「そうかって、まだ、わかっちゃいないわ。とにかくいまのところは。マイクのことをあなたに話したいの」

「いいよ」

「あなたは日本に行きたい？　住んでみたい？」

イチローは、言っていることがわからなくて眉を顰めた。「君はマイクについて話そうとしてたんだろ」

「そうよ」いらいらしてエミは言った。「それで、行きたいの？」

「いや、もちろんいやさ」

「マイクは行ったの」

「ほんとうに？」

「そう、そうしたかったからじゃなくて、そうしなければならなかったから」

「まだ、よくわからないな」

「そうでしょうね。最初から話すわ」

「そうしてくれ」

エミはどう話すかを考えるようにして、しばらく黙って畑を眺めてから話しはじめた。「マイクはカリフォルニアで生まれて、そこで大学へ行ったの。卒業してからあちこち放浪して、ルイジアナで大学院へ入ったんだけど、そのうち戦争が、第一次世界大戦が始まったの。彼がカリフォルニアを出たのは、白人の日本人に対する扱い方が嫌いだったから。ルイジアナでは白人は彼を白人のように扱ったから彼は嬉しかった。そうして戦争が始まると、軍隊に入りたくて実際そうしたわけ。フランスで一年戦って、帰ってきてからは海外戦争復員兵協会に入ってカリフォルニアへ戻ったの。そして農産物の商売を始めるとうまくいって、結婚して二人の子どもをもうけた。それから第二次世界大戦がはじまった。強制立退きについてのうわさが持ち上がったとき、彼には信じられなかった。彼はアメリカ人で一次大戦を経験した軍人だった。彼は思ったの。はっきりと日本を支持する在留外国人を強制収容する正当性はあるかもしれないと。でも自分に対して国がそんなことをするなんてありえないし、ばかばかしいと思っていた。だから国がほんとうにそれを実行に移そうというのがはっきりしたとき、彼は激怒し苦しんだわ。そして心に決めた。もし国が自分を日本人のように扱うのなら自分もそう振る舞ってやろうってね。それで、どうなったかわかるでしょ。その言葉どおりにしたの。過激な日本支持者たちと一緒に行動して、とうとうトゥールレイクの収容所に入れられることになり、そこでリーダーになって問題を起こし、ストライキをし、暴動を起こしたの。妻と子どもはこの国に残ったんだけれど、彼は決めたの、日本に行くことを。知りもしないし愛してもいない国にね。どう見たって彼は絶対に幸せじゃない」

「おれにはマイクを非難できないよ」

「できればここに戻ってきたいのよ、マイクは」

「マイクは、おれなんかよりその権利があるよ」

エミはぐるっと振り向いてイチローを見た。怒りで目を見開いていた。「あなたはわかっていない。マイクにはアメリカで暮らす権利なんかないのよ。彼はもうそんな権利はないのよ。人々に国に歯向かうように仕向けたのは敵に加わったようなものだから。あなたはまったくそんなことはしていないわ。あなたは軍に入るのを拒んだだけよ。それに、あなたがそうした理由は、良心的兵役拒否者でもないのに良心的兵役拒否者として兵役を拒んだ人よりひどいとは言えないわ」

「よくわからないな」

「わからない？」エミは嘆願するようイチローを見た。どうしようもなく口元が震えていた。「私はほんとうにあなたの力になりたいのよ」押し殺すような泣き声だった。「でも、なにも意味がないみたいね」

イチローはエミの背中をぎこちなく軽く叩き、なんと言ってなだめようかと考えた。

「ラルフはマイクのせいで帰ってこないのよ。彼は恥じているの」エミはすすり泣いた。「どうラルフに言ったらいいのか。マイクがしたこととは関係ないって。なぜラルフはマイクの過ちのために自分を罰しなければならないなんて思うの？　なぜなの？」

「ラルフは帰ってくるよ。ことが解決するには時間がかかるんだ」

「ごめんなさい」エミはセーターの袖で目頭を拭いた。

「おれの方もごめん。おなかもすいたな」

二人は一緒に立ち上がって家に入っていった。

なかではケンジが朝食の準備をしているところだった。目玉焼きとベーコンから顔をあげ、弱々しくほほえんだ。その顔はやつれて青白かった。ステッキをベルトにひっかけて片手にフライ返しを持ち、もう一方の手にウイスキーが半分入ったグラスを持っていた。「外で話していたんだ」とイチローが言った。

「そう、素晴らしい朝だしな。もう少し外にいればよかったじゃないか。朝飯はもう少しかかるぞ」

エミは手を洗ってレンジでの料理をケンジと代わった。ケンジがそっと足を引きずってテーブルに近づくのを、悲し気に見ていた。「よく眠れた？」

「あんまりよく眠れなかったな」ケンジがウイスキーをおいしそうにすすった。

「それって……その……」エミは唇を噛んで動揺を抑え、なんとか言った。「いまも痛むの？」

「そうなんだ」

「そう」エミは卵をなんとなくひっくり返した。「あ、目玉焼き、片面焼きがよかった?」

肩をすぼめると、イチローは心配させないように言った。

「おれはどっちでもかまわないよ」

床を振動させてはまずいとでも思ったのか静かに動き回って、エミはお皿を用意してテーブルに並べた。イチローはコーヒーを注いで、トースターにパンをセットした。

ケンジは椅子にもたれて流しの上の窓の外を見つめた。「ピクニックには最高の日だな。どうだい、エミ、お弁当をつくらないか」

イチローがトーストを取り出して言った。「いいね」

「家に帰ってお父さんや弟、妹に会ってきなさいよ」エミが答えた。「あなたが行く前にみんな会いたいはずよ。ピクニックには帰ってきてからでも行けるわ、ね、お願い」

「エミの言うとおりだな。いつもそうだ」ケンジはイチローの方を向いた。「明日ポートランドへ行かないか」

「なにしにだ」

エミのフォークが皿にあたって音を立てた。「復員兵病院へ行くのよ」と、エミがぶっきらぼうに言った。

「そうなのか」と、イチローはエミを見たが、彼女はその視線を避けていた。「ああいいとも」とイチローは言った。

イチローが食べ、ケンジが酒を飲んでいる間に、エミは席を立った。数分後に戻ってきた彼女は、だぶだぶの作業着を脱いで、体にぴったりした青い山東絹《シャンタン》のワンピースを着てハイヒールを履いていた。イチローはうっとりとエミを見た。しかし、ケンジは帰り際になるまで、服のことには気づいていないかのようだった。

ドア口でケンジがやさしくエミに言った。「ありがとう、黒い服じゃなくて。きれいだよ」

「待ってるわ」静かに涙をこらえながらエミは言い、靴をさっと脱いだ。ケンジがエミのほおに軽くキスすると、エミはケンジの首に手を回してその唇に自分のを重ねた。

ケンジが車をバックさせて私道から表通りに出たとき、イチローはエミがまだ玄関先に立っているのを見た。手を振るわけでも、大きな声を出しているわけでもなかった。イチローにはエミが泣いているのがわかった。

5

一時間後イチローは家に着いた。ケンジとは明日の朝早く迎えにきてもらう約束をしていた。店に入っていくと、母が請求書や領収書の束から顔を上げた。ほっとした様子が顔に浮かんでいるのかどうか、イチローにはわからなかった。

「どこへ行っていたんだい」母が問いただしてきた。

「外だよ」家に帰る途中、イチローは家族に告げずに外泊したことに罪の意識を感じていた。しかし、どんなに後悔をしたとしても、それは母の声の調子ですぐに吹き飛んでしまった。「どこへ行ってたの」母はきつく繰り返した。

「ケンジと一緒だった。カンノさんのところの」イチローはカウンターに近づいて母と向かい合った。

「知っているだろ」

「ああ」かん高い声にはとげがあった。「脚を失くした子だね。どうしてそんな子と友達になったんだい。あの子はだめだよ」

イチローは両手を自由にさせないようにと、カウンターをしっかりつかんだ。「なぜだよ」と荒々しく言った。

イチローが不快感を示すと、不思議なことに母は嬉しそうだった。顎を突き出して答えた。「あの子は日本人じゃない。私たちを相手に戦ったんだよ。父親を辱しめて自分を破滅させたんだ。殺されなかったのが不運だよ」

「日本人だとなにがそんなにいいんだ」爪に木がくいこんでくるのがわかった。

母はその言葉を聞いていないようで、とても穏やかに続けた。母親が息子に対してする口調だった。「おまえはいい子だろ、立派な息子だ。私のため、おまえ自身のためにもあの子には二度と会っちゃいけない。その方がいい」

カウンターから体を突き離すと、イチローは両腕を脇に下げた。「明日あいつと一緒にポートランドへ行くんだ」

問屋からの送り状に並んだ数字の列を目で追っていた母の顔がぐいと上がり、一瞬イチローを睨みつけた。口元がゆがむとほっそりした険しい顔つきは崩れ、暗い嫌悪の塊に変わった。「好きなようにしなさい」と大声で叫んだ。すると、緊張感は顔からすぐに失せ、母は再び気持ちを数字に集中させた。

怒りを通り越して、イチローの心の中に突然後悔と哀れみの感情が湧上がってきた。不安と罪の意識から母を抱きしめて慰めたくなった。かつて日本人で、これからもずっと日本人だという心の病が、母の心を壊しはじめていたのがわかったからだ。正しかろうが間違っていようが、母は、母のやり方で、どの母親よりも一生懸命に息子に対していい母親であろうとしてきた。さまざまな出来事が、母が大切にしてきた計画を台無しにしてしまい、かつてはかなり可能だった夢を、アメリカの中で日本人の地位が変わってしまったというだけで、狂気というものに変えてしまったのだ。このことはそれほど大きな問題だったのか。自分や自分の息子を受け入れるのを問答無用に繰り返し拒否してきた国を受け入れる余裕が、自分自身の中になかったから、母は間違っていて、狂っていることになるのか。それとも、ほかの者たちが騙《だま》されているのか。見えない壁のために一級の市民として認めてもらえないこの国で、ケンジのように信じて戦い、この国を守るために命を捧げた人たちが騙されているのか。

この人は母親なのに、まるで赤の他人のようだ。いったいどういう人なのか、なにをどう考えているのか、さっぱりわからない。そんな母親とどう話したらいいのだろう。母さん、話してくれないか、あなたは誰なんだ。日本人であることとはなんなんだ。母さんにも少女時代があったんだろう。今まででこういうことをなにも話してくれなかったよな。さあ、今こそおれが少しでもわかるように話してくれ。暮らしてた家や母さんの父親や母親、つまりおれの祖父母のことを教えてくれ。会ったこともなければ、知りもしない。だってずいぶん昔に死んだって聞かされた以外は覚えていないよ。全部話してくれないか。ほんの少し、もう少し、おじいさんおばあさんの人生と母さんの人生とそれにおれの人生が一体になるまで。きっと一体になるに違いないんだから。今なら時間がある、お客はいないし母さんとおれだけだ。さあ、最初から話してくれよ。母さんの髪がまっすぐで黒かったころのことを。まわりにいるみんなが日本人だったころのことをさ。母さんは日本で生まれたんだし、アメリカはまだ金儲けをするための海の向こうの国でも、憎い敵国でもなかったんだろう。早く、さあ早く母さん、学校で一番好きだった先生はなんていう名前なんだい。

口に出して言わなければいけない言葉と格闘していると、母は顔を上げて、「おや、まだそこにいたのかい」とでもいうように驚いた様子だった。紙をぱらぱらとめくって、あれこれ高価そうな切手が貼ってある一通の封筒を捜し出した。それは、日本から来たほかの手紙と同じようだった。イチローは二日前に父が同じような手紙を手にしていたのを見ていた。「父さんにですよ」と、母は鼻であしらってカウンターの向こうのイチローにひょいと投げた。

それが端から落ちそうになるところをイチローはさっとつかんだ。イチローがなにか言おうとしていたとしても、その瞬間は過ぎてしまった。惨めな気持ちで、イチローは母に背を向けてつまづきながらキッチンへ入った。

父はまな板から顔を上げた。漬物にするためまるまる一個キャベツを刻んでいるところだった。腰に鮮やかな色のビニールのエプロンを巻いて、靴下をはいた幅広のずんぐりした足に、葦で編んだ形のくずれたスリッパをつっかけていた。

「おう、お帰りイチロー」父はふっと笑って、やさしい目でイチローを見た。「楽しんできたか」イチローは父を見たが、父の言ったことの意味がすぐには理解できなかった。「もちろん」と、父のいたずらっぽい親しみのあるほほえみの意味を理解して言った。「二年間を取り返せるほどのもんじゃないよ。でもよかったよ」

「そうだろ」父は大喜びして、子どもが有頂天になった瞬間そうするように両手を合わせた。「父さんも昔は若かったから、わかる、わかる」父は、幅広の包丁を取り出すと力一杯キャベツに刃を入れた。

父が何を思い描いたにせよ、それはおそらくイチローがエミと過ごした、比較的穏やかな夜に比べれば、荒々しくみだらで向こう見ずなものだとイチローは思った。実際はそうじゃなかったのに、その夜イチローが酒を飲んで大騒ぎして過ごしたと、父がすっかり思い込んでいることにイチローはうんざりした。父はおそらくその夜が、初めてアメリカにやってきた若い日本人が過ごした夜のようだと思ったのだろう。日本人は、モンタナ州の鉄道工事現場で焼けつくような太陽の下、むせぶような埃にまみれ死ぬほど働くのだ。月に一度あるかないかの機会をねらって、移民の一団は週末になんとか町まで出て行き、賭け事をし、喧嘩騒ぎを起こし、思い切り酒を飲んで女を買う。そのあげく金を使い果たす。そして月曜には大きなハンマーを振り回す。これでもかと力を込めて大きなかなてこに体重をかけて、熱くギラギラ光るレール一本一本をまっすぐにする。疲れ切った体から染み出るのは安いアルコールの嫌な臭いだ。ときどきその中のひとりが、罪の意識から大声で叫んだものだった。これからは飯場にいて節約して、しっかり金を貯めこんでひと財産作るぞ、だってそもそもアメリカに来たのはそういうことが目的じゃなかったのか、と。そして、同じような考えを抱き、そのとおりだと呟く者たちがいた。動物のように働いているのに、その割には頭のなかを朦朧とさせるだけのことが、なんて愚かなことかと思うのだった。働いて金を貯めて金持ちになって日本に帰るのが目的だったんだから、もしそれができないのなら日本にいた方がよかったんじゃないか。そういう強い気持ちがあって、恥ずかしさやむなしさが極限に達した瞬間、新たな誓いが生まれて永遠のものとなる。もう賭け事はしない、酒も飲まない、女も買わない。だが、もうずっと前に誓いを繰り返すことなどやめてしまった者たちは、にやにやしたり高笑いしたりする。職場のボスに命令されれば、実際は全然苦しくもないのに、苦しい声を出すようにみせて体を休めたりした。そのため若い者たちは、もっと一生懸命努力しなければならず、その結果、よりまっすぐな道を歩いていこうと固く誓うのだった。

「きのうはけっこう酔っぱらったよ」とイチローがあいまいに言った。

「ああ、父さんもずいぶん飲んだもんだ」父はまた力を入れてキャベツを切り、「けっこう飲んだ。けっこうな」と、低い声で呟いた。

イチローは封筒をテーブルの上に置いて両手で平らにした。「また手紙だよ、父さん、今来たところだ」

包丁を置いて布巾で手を拭くと、父はテーブルの前に座り手紙を手にした。手を伸ばして封筒を取ると興味深く眺めた。「こんな小さな紙切れを送るのにたくさんのお金をかけて。また書いてよこしたんだな。母さん宛てにだ。姉さんからだよ。もし姉さんたちが、私らのこんな小さな店に、こんなにいっぱい缶詰やビンや食べ物の箱があるのを見たら死ぬほど嬉しいんじゃないかな」

父は封筒の折り返しのところに、ずんぐりした指を入れて端から端へと滑らせた。かさかさと音を立て、封筒から薄いわら半紙を取り出した。父はわざとゆっくりとその手紙を読んだ。目をほとんど動かさず、静かにはっきりと言葉を発していた。読み終えると、じっとそのまま、ひどく考え込むようにして最後の一枚をみつめて座った。ゆっくりと何度も首を振った。

「母さん」突然、父は大声で叫んだ。

母はカーテンから頭を突き出したが、仕事の邪魔をされ不愉快そうだった。

「座りなさい、母さん」

「誰が店番をするの」

「頼むから。座ってと言っているだろ」

母は座ったが、納得できないといった様子は明らかだった。「なんですか」

父はその手紙を前に突き出した。「おまえの姉さんからだ。おまえ宛てのものだよ、読んでごらん」

「読む必要なんかないわね」と、母は軽くあしらった。「こんなことで、店をほったらかしてキッチンで座ってほしいっていうの？」母は立ち上がろうとした。

「待ちなさい」と父は言って、母を荒っぽく椅子に押し戻した。「それなら私が読むよ」

母は抵抗するような怒りのまなざしを向けたが、言われた瞬間はあまりに驚いたので反抗できなかった。

イチローがずっと見ていると父は話し続けた。「おまえのことをキンチャンと呼ぶ、おまえの姉さんからだよ。初めての手紙だ」

「キンチャン？」母は間の抜けたような声を上げた。自分自身の愛称の響きが、なんだかわからないといった様子だった。ほとんど忘れてしまっていた。

「ほんとうにごめんなさいね、キンチャン」父が続けた。「ずいぶんと長いことご無沙汰してしまって、でも、嫌なことを書くのは難しいことです。戦争でひどい目に遭って嫌なことばかりでした。戦争が日本にとってとんでもない企てだったことがはっきりしました。あなたはいつもとても自尊心が高かったから、こうやって故郷で暮らしている私たちよりきっと辛い思いをしてきたことでしょうね。私もまた、自尊心を保とうと努力してきましたが、子どもたちがいつも震えておなかをすかしていると、それも容易くはありません。たぶん戦争をした罰なんですね。戦争なんてなかったならどんなによかっただろうか。私自身はなにもいりません。でも子どもたちには、もしできることなら、砂糖を少し、あるいは缶詰のお肉か水で溶いてミルクにする白い粉をお願いします。それから、厚かましいことだと重々承知してますが、もしなんとかお菓子も少し一緒にもらえたら、ほんとうにありがたいことで、子どもたちも喜びます。もうずいぶん長いことお菓子は食べていません。お願いばかりで恐縮ですがこれが実情なのです。長らくご無沙汰していたのに、礼儀もわきまえず突然そうしたことをお手紙でお願いすべきではないのでしょうが、実情をご理解ください。キンチャン、許してください、でも子どもたちの苦しみを思うと、恥を忍んでお手紙を書かないわけにはいきません。どうかお願いです。兄弟や伯父や従兄弟が送ったたくさんの手紙に返事がなかったことから難しいのは承知していますが、できることならわずかでも、力を貸していただけませんでしょうか」

「嘘です。私は聞きませんよ」でも母はその場を動かなかった。いらいらして手のひらで膝を擦った。

「もう一ヵ所、読むよ」そう言って父は、一枚目をどけて二枚目に目を通し、目当ての箇所を見つけた。

「ほらここに書いてある――あの川とあの秘密を覚えてますか。あの日大雨のため見た目より川が深くて流れも速かったので、あなたはもう少しで溺れるところでした。怖かったわね。でも素晴らしかった。楽しかった。二人とも子どもだったし、あなたがもうすこしで死ぬところだったのを決して誰にも言わないって誓い合いましたね。もし岸の丸太がなかったら、私はあなたが川に呑み込まれるのを見ているのが精一杯でした。今まで誰にも話していませんから、今もあなたと私だけの秘密ですね。もうたいした話じゃないでしょうけど、でもそんなことをよく思い出すんです。そうやって、昔はそんないい時もあったんだと自分に言い聞かせるんです」

父はテーブルの上に手紙を置いて、自分の妻をしっかり見た。そんなふうにするのは、ほんとうに久しぶりだった。それから、自分が明らかにしようとしたことが、実は非情なことだったとでも気づいたように、口元を弱々しく震わせて、おどおどとキャベツがある方へ引っ込んでしまった。そこで塩水が半分入った石の桶に、キャベツをもくもくと漬けはじめた。キャベツの上に板を敷いて、その上に大きな重石をのせた。そうして父は恐る恐る顔を上げると横目で自分の妻であり息子の母親である女を見た。

母は手を膝の上に置いたまま無表情で座っていた。混乱してものも言えずに、口をわずかに開けポカンとしていた。もはや嘘とはなりえない真実を退けようとして母の心は激しくかき乱された。とうとう母は手紙を手に取るとじっと読んだ。悲しい目をしていたが、その目はまだ時折り疑うような軽べつの光りを放っていた。

イチローは、どんなことが手紙に書かれているのかくらいはわかったので、黙って見ていた。母の消極的な反応に驚いたというより、なんだか心配になるほどだった。

「おお、なんて頭がいいんでしょうね」母は、突然少し鼻にかかるはっきりした声で言った。「私がずっと忘れていた秘密までもちだして。姉さんをひどい拷問にかけてそのことを吐き出させたに違いないね。かわいそう、かわいそうな姉さん」手紙を手にして母は立ち上がり、寝室へと姿を消した。

父は、気をつかいながらイチローの方を見て、流しの下にキャベツで一杯になった石桶を押し込んだ。「はじまったなあ、おい。母さんもどういう事態なのかわかりかけてきたんじゃないか」

「さあ、どうかな、父さん。そう思うけどね」

「おまえの考えはどうだ」

「母さんはあんまり嬉しそうじゃなかったな。たぶん日本が戦争に勝ったって思えなくなったからじゃないか」

小声でなにかぶつぶつ言いながら、父は急いで食器棚から酒ビンを出して酒をあおった。一気に飲み過ぎたので、ごほごほと喉を詰まらせた。床を踏み鳴らすとようやくつっかえがおさまった。真っ赤な顔に涙が流れ落ち、よろけてテーブルにぶつかると、どすんと椅子に崩れ落ちた。「ウォー」と、しゃがれ声でうなった。「うまい、実にうまい」

イチローがコップに一杯水を持ってくると、父は一気に飲み干した。息子に感謝してうなずき、気分がよくなると戸惑いを隠さずに呟いた。「母さんを傷つけるつもりはないんだ、イチロー。間違ったことをしているつもりはない。ありもしない、いかれた夢に気が狂った女みたいにしがみつくのは、母さんにとっていいことじゃないだろ、イチロー?」

「ああ、よくないよ」

「間違ってないよな?」

「ああ、父さんは間違ってない。母さんがわかんなきゃいけないんだ」

「そうさ」と、父は心から安堵した。「私はただ正しいことをしてるんだ。女には男の強さがない。だから私が母さんに真実をわからせなきゃ。母さんはよくなる」

イチローが答えずにいると、父はまた気になったようで繰り返した。「母さんはよくなるよな、イチロー」

「そうだよ、父さん、時間がかかるんだよ」

「そう、時間がな。時間ならたっぷりあるからな。母さんはよくなる。でもちょっと見てきてくれ」

「なにをだい」

「ほら、寝室を見てきてくれ。母さんが大丈夫かどうか」

急に腹が立ってきたがイチローは寝室を覗きこんだ。ほの暗い部屋の中で、母はベッドの端に座って、手にした手紙をぼんやりと見つめていた。その表情には悲しみも怒りもなかった。なにも表わしてなかった。顔から意味が消えてしまったのだ。

「どうだった」と、父が心配そうに訊いた。「母さんはなにをしている、イチロー」

「座っているよ」

「ただ、座っているだけか」

「たぶん、なにか考えているだろうけど、おれにわかるわけないだろ」

「昼ご飯にするか。食べればよくなるだろ。店番をしててくれるか、なあ」

「いいよ」イチローはレジのうしろのスツールに腰かけるとタバコに火を点けた。翌日のポートランドへの旅のことを考え、もうすでに旅の途中だったらよかったのにと思った。ふと、家に戻らずポートランドで仕事を探してみることを思いついた。

おれには家はないんだ。皮肉っぽく笑いながらひとりごとを言った。帰ってこなくたっていいじゃないか。ここじゃおれを知っているやつが多すぎる。シアトル辺りにいたんじゃ無意味な時間を過ごすのが精いっぱいだ。ポートランドで仕事を見つけて、仕事一筋でがんばって、ジャップと離れることが賢いやり方だ。うまくいくかもしれない。おれのたった一つのチャンスだ。まっさらなところから始めなきゃいけない。父さんや母さんから離れて過去を忘れなきゃだめだ。完全に忘れることは不可能だが、日々いつでも思い出すようなこの場所にいる必要はないんだ。親には借りひとつない。両親はおれの人生を台無しにし、そうしているうちに自分たちの人生も台無しにした。なぜうちの親はほかのジャップのようになれないんだ。ありのままの現実を受け入れられないんだ。いや、親というより母さんだ。父さんはなにも考えちゃいない。でも、父さんの弱さは母さんの強さと同じように悪だ。父さんはいろんなことを防げたかもしれないのに、ただことの成り行きを見ていたんだ。もっと前に母さんの手綱を取ってしっかりさせることができたはずだ。いや、できただろうか。だめだ、むりだ。父さんはもういい。不完全だが悪いやつじゃない。ただ、どこかで間違ったんだ。父さんが女だった方がよかったんだ。父さんが母さんで、母さんが父さんであるべきだったんだ。そうすれば物事は違ったふうになってうまくいったんだ。でもどんなふうにか、おれにはわからない。わかるのは違っていただろうっていうことだけだ。

おれは逃げ出しはしない。親からそしてここから出て行くが、ほんとうに逃げ出すようなことはない。心の中にあるものは自分について回るし、いつまでもあり続けるからだ。ただ正しくことが運ぶようにしなくちゃいけない。そのためには、おれは新しい場所で初めて会う人たちとつきあうべきなんだ。おれはこのことを父さんに言うつもりだ。誰かに知ってもらわなきゃならないからだ。母さんには話せない。話してもわかってもらえない。これまでだってそうだったし、これからも絶対そうだ。

父さんもちゃんとは理解しないだろうが認めてはくれるだろう。もしかしたら喜んでくれるかもしれない。父さんが女だったらよかったんだ。チクショウ。かわいそうな母さん。いま、いったいどんな気持ちなんだろうか。

ドアの鍵がカチッと音を立てベルがチリンと鳴り、小さな男の子が入ってきた。ドアノブをまだ握ったままポカンとしてイチローを見た。「誰?」

「ここで働いているんだもんだよ」とイチローが言う。

「へえ」少年はドアを閉めてパンの棚のところへきた。そこで几帳面に一つひとつパンの塊を手で押した。「昨日のだね」と、しかめ面をして仕方なく小さなのを選んだ。それをカウンターの上に置いて手の中の小銭を確かめた。「ブラック・ホイップも二つちょうだい」と少年は言った。

「ブラック・ホイップってなんだい?」

「ここで働いているのにどうして知らないの。ぼくの方が知っているな」

「そうだね、君はすごいな。ブラック・ホイップってなんだい?」

「リコリスだよ。向こうにあるやつ」少年は、イチローのうしろの、いろいろなキャンディーが並んでいるところを指さし、赤と黒の甘草飴の長い棒だと教えた。「黒いのをちょうだい」

なにもいわずにイチローは箱から二本を取ってその少年に渡した。少年は小銭をカウンターの上に置いて、イチローを再び訝しげに見てから出て行った。

スーツケースに荷物を詰めた方がいいな、とイチローがひとりごとを言っていると、昼食の支度ができたという父の声が聞こえた。

どういうわけか、イチローは母がキッチンにはいないだろうと思った。実際そのとおりだった。食事を始めてしばらくすると、父は立ち上がって寝室を見に行った。「母さん」と、明るい感じで言った。「母さん、こっちへきて食べなさい。炊きたてのごはんだよ。おいしいしほかほかだよ。食べなきゃだめだよ、母さん」

スリッパの足を、踏み出そうかどうしようかとためらっていた父は、突然部屋に入って行こうとした。が、すぐに後ずさりして見続けることにした。悲しそうに心配する気持ちで、膨れた頬が垂れ下がっていた。「母さん」父はさっきより静かにそして力なく言った。「食べなきゃだめだ。そうすれば元気になるよ」

まだ父はそこに立って見つめていた。いくら動かそうとしてもベッドの端にいる打ちひしがれた塊は動きそうもないとわかったし、母を元気づける言葉も見つからなかった。父は腕で目をこすると、ほとんどふくれっ面になった。「その手紙は」と父は続けた。「その手紙は、母さん、なんでもないんだよ」期待と激励の気持ちから声が大きくなった。「おまえの姉さんがそんな手紙は書くはずないじゃないか。おまえも自分でそう言っただろう。信じちゃだめだ。さあ食べて、バカげたことは忘れなさい」

父が態度を変えたことで頭にきたイチローは、父を罵った。「クソ！　父さん、母さんなんか放っておいて、自分の間抜けな口にでも食わしてやれよ」

「ああ、ああ」父はもごもごと言いながらテーブルに戻った。取り乱し、使い古した箸で繰り返し皿をつついて、料理をほんの少しつまんでは食欲もないのに口に運んだ。

「ごめん、父さん」

「ああ、でもおまえの言うとおりだ。私はなにをしてるんだろうな」

「母さんはなんとかなるよ、大丈夫さ」

「母さんはなにを考えているんだろう。母親をなくした子犬みたいだな」

「大丈夫だよ、父さん」イチローはいらついた。「母さんならきっとやっていけるよ」

父はなんて言おうか言葉を選んでから答えた。「おまえはそう言うが、母さんが動かずにただああいうふうに座っているのを見ると心配なんだ」

「なんとかなるって、父さん」イチローは怒って声を荒らげた。「なにも起こりゃしないよ。こういうことはけっこう時間がかかるんだ。おれを見ろよ。二年だ、父さん、二年間、おれは考え続けて、いまも済んじゃいない。たぶん残りの人生ずっとこのことを考えていくんだ」

父はイチローを見た。イチローの抱えている問題が、母親の問題と比較されて持ち出されることが理解できずにいた。「おまえは若い」と父は言った。「年老いた心はそう簡単には変わらないんだ。それに、お前が刑務所に行ったことが間違いだとしても、終わったことだ。すべて済んでる。でも母さんのことは、もっと深刻ではるかに難しいんだよ」

父が言ったことがなんとも信じられず、イチローは椅子に背をいったんあずけてから、今度はぐっと前屈みになり、同時に拳でテーブルを叩いた。あまりに激しかったので皿が跳ね上がった。「ほんとうにそう思うのか?」

「なにがだい」

「おれのことだよ。おれがしたことだ。おれは自分の人生を父さんや母さんや日本のためにめちゃくちゃにされたんだ。わかんないのか?」

「おまえは若い、イチロー。そんなに大きな問題じゃない。わかるけどな、おまえの問題は別だ」

「わかっちゃいないな」

「わかっているさ、父さんだって昔は若かった」

「あんたはジャップだ。どうしてわかるんだ。いや、違う、あんたはなんにもなしだ。これっぽっちもわかっちゃいない。おれのことや母さんのことをわからないし、なんでタローが軍隊に入らなければならなかったか、絶対わかんないだろうな。くそったれのバカ、それがいまのあんただ、父さんはくそったれのばかだ」

父の顔に赤みがさした。一瞬、父が反撃してくるように見えた。口は固く結ばれ、息遣いがはやくなり、父は自分のことをバカ呼ばわりした息子を睨みつけた。

イチローは待った。そして緊張した一瞬のなかでなんとなく思った。父が拳か言葉かあるいはその両方でやり返してくれればいいと。

だが父の怒りは、こみ上げてきたときと同じで、あっという間に顔色が変わるにつれて静まった。「かわいそうな母さん」と父は呟いた。「かわいそうな、母さん」それから手で口元をぴしゃりと打った。さもなければもう少しで泣き出すところだった。

ドアのベルが鳴った。父は急いで布巾を目に押しあて、重そうに体を椅子から起こした。

「おれが出るよ」イチローは、夫でもなく父でもなく日本人でもないしアメリカ人でもない、すべてを薄めて混ぜ合わせたその人に言った。そしてお客の相手をしに店へ出た。

6

ケンジの自宅は、昔ながらの木造の二階建てで七つの部屋があった。一家は月に五〇ドルで日本人の家主から借りていた。家主は戦後シカゴに移り住んで、二度とシアトルには戻ってきそうになかった。家は舗装されていない急こう配の坂道を上がったところに建っていた。そこからの景色は味気ないもので、六車線の真新しい灰色のコンクリート道路と箱型で平屋根の店舗ビルの数々、それに広々とした敷地の巨大なガソリンスタンドが見えた。

ケンジは車のスピードを落として左折車線へ入ると、青く点滅する矢印に従い丘の方へと向かった。丘のふもとに差しかかったとき、かなり思い切ってブレーキを踏み、それから注意深く発進した。急斜面とゆるんだ地面を走りぬくには、テクニックと注意が必要だった。

やっと上までたどり着くと、父親が新聞を読みながら玄関口に立っているのが見えた。ケンジがクラクションを鳴らす前に、父は顔を上げて気さくに手を振った。ケンジも手を振って返し、オールズモビルのハンドルを切って車寄せに入った。

ケンジが家の側面から正面へと歩いて行くと、父が「ハロー、ケン」と、そっけなく言った。二、三時間前、息子に会ったばかりのような言い方だった。それから読みかけの記事を終えようと紙面に視線を戻した。

「誰が家にいるの、父さん」袋を差し出しながらケンジが訊いた。

「誰もいないよ」父は、みやげを受け取り袋の中を見ながら言った。五分の一ガロン入りの上等なブレンドウイスキーが二本入っていた。父は大柄で、身長は一八〇センチ以上あり屈強だった。塗装職人として、また壁紙張りの職人として彼にかなうものはいなかった。しかし、今は週に数日だけ働けばやっていけるという身分になっていた。子どもたちはみんな育ったし、働きづめになる必要もないと思っていた。「ありがとう」父は嬉しそうにやさしくほほえんだ。

「いいさ、父さん。今度は一ケース持ってくるよ」

「二日もつかな。トラックで持ってきてもらったほうがいいぞ」父はまじめなふりをして言った。二人は気持ちよく一緒に笑った。父は息子を愛していたし、息子は父を愛していると同時に、謙虚で善良な人物として父を尊敬していた。父は息子を先に行かせ二人は家に入った。

ダイニングルームで、父は二本の新しいボトルを、一ダースあるほかのボトルと一緒に、食器をしまう飾り棚に並べた。「これだけあれば当分もつな」と父は言った。「いい感じだ」

「ずいぶんたまったね」とケンジが言った。

「おまえたち子どもからの信用と信頼と愛情のおかげだ」と、父は誇らしく言った。「服やしゃれたビンに入ったシェービングローションやスーツケースやパジャマはいらない。でも、ウイスキーはありがたいな。私は幸せ者だ」

「そうなのかい、父さん」

父は光沢のあるマホガニーのテーブルを前に息子と向かい合って座り、新しいカーペットや家具や電気スタンド、それにラジオとレコードプレーヤーが一体になった薄い黄色の大きなテレビセットをちらっと見た。「私はおまえたちを食べさせ、服をあてがい、ときどき尻を叩いただけだよ。突然、おまえたちはみんな大きくなった。国はおまえにお金をくれ、ヒサやトヨは立派な男と結婚して、ハナとトムは立派な仕事についている。エディーは大学に通っているが、パートタイムの仕事ながらけっこう稼いでる。母さんが死んだときに家族を養うために私ひとりが稼いでたよりもたくさんだ。私はもう四六時中働く必要はない。週に二、三日だけ働けば十分だ。使い切れないほどのお金がある。そうさ、ケン、私は幸せだし、母さんがここにいて、こういうことをみんな見てくれたらなと思うよ」「おれも幸せだよ、父さん」ケンジは楽にしようとして脚を持ち上げたが、反対に痛みで顔をひきつらせた。

父もわがことのように顔をしかめたが、実際、自分の痛みだった。その痛みが悲しみに変わる前に、痛ましい息子の姿に涙をこらえようとして唇が震える前に、父は急いでキッチンに駆け込み、ジガーグラスを二つ持って戻ってきた。

「おまえのみやげをぜひ試してみたくてな」父は陽気に言ったが、慌てていて、飾り棚からボトルを取り出すと、早く封を切ろうとボトルをいじりまわした。

ケンジは嬉しそうに飲み干し、父がもうひとつのグラスをとって、ウイスキーの匂いを満足気に嗅ぎゆっくりとするのを見ていた。父はボトルを息子の方に差しだした。

「もう十分だよ、父さん」ケンジは断った。「いい気分だよ」

父はボトルにキャップをしてもとに戻した。飾り棚の扉を閉めて、しばらく把手に手をかけていた。息子が再び痛みに襲われ、二人の間に死の予感が漂ったときに陽気に振る舞おうとした自分を恥じているようでもあった。

「父さん」

「なんだい?」父はゆっくりと息子の方を向いた。

「こっちへきて座ってよ。おれは大丈夫だから」

座りながら父は頭を振って話した。「私がアメリカに来たのは、金持ちになって日本の村に帰って、ひとかどの人間になるだめだった。欲が深くて野心に満ちていて高慢だった。私はちゃんとした人間ではないし頭もよくなかった。ただ若くて愚かだった。だからおまえがその報いを受けた」

「なんの話をしてるんだい」そう応えてケンジは心底嘆いた。「そんなことまったくありゃしないよ」

「それでも、そう考えてしまうんだ。私のせいなんだ」

「大丈夫さ、父さん。たぶん手術はしないよ」

「いつ行くんだい」

「明日の朝さ」

「私も一緒に行こう」

「いや」ケンジはまっすぐ目の前の父を見た。

返事をするかわりに父はうなずいて、息子の気持ちを受け入れた。息子は、アメリカの日本人家庭に行き渡った豊かさや平和のために戦争に行って戦った男だからだ。そのことがどんなことなのか、自分には完全にはわからない。が、それは非常に貴重なものだということはわかった。自分が日本に帰るという考えを捨ててしまったのはいつのことだったか、父はとうの昔に忘れてしまった。ただ、そのときというのが、愛する気などまったくなかったこの国が、突然自分の一部になりはじめたときだったことだけは覚えていた。国が子どもたちの一部になり、子どもたちの言葉や、喜びや、悲しみや、希望の中に国を見て感じ、そして自分が子どもたちの一部になったからだ。自分がアメリカに持ってきたばかげた夢が消えていくなかで、この異国で得られた人生の豊かさが、過去への憧れを壊してしまった。過去は、父が想像したほど実際は貴重なものではなかったに違いない。そうでないとしたら、父はきっとそれを捨てはしなかっただろう。ほかのどこで、六人の子どもを抱えてひとり残された男が、ろくに元手なしで、これだけのものを得られただろうか。施しを請うこともなければ、金を借りることもなく、生活保護を受けるために市役所に行ったこともなかったのだ。食えなかったり自暴自棄になったり、まったく希望がないようにみえたこともたびたびあった。だが、見回してみて、かつてはほんの小さな子どもだった息子や娘たちの愛情を感じられる今になって思うに、昔の苦労には意味があったんじゃないだろうか。

そして今日の前に座っているこの息子。この息子がある日、自分のところへ来て、軍隊に入ると穏やかに言った。あのとき、この子が日本人の両親から生まれた日本人であることがなんの問題にもならない、なんて言えるはずはなかった。それはすでに大きな問題だったのだ。ケンジが日本人の親のところへ来て、まだ招集されてもいないのに軍隊に志願することにしたと淡々と告げる。それはケンジが日本人だからだ。心は混乱したけれど軍に志願せずにはいられなかったのは、ケンジが日本人であり、同時に日本人ではないことを、世間に証明しなければならなかったからだ。

そう、心は混乱していた。だが、混乱の下には、自分はアメリカを愛しアメリカのために戦って死ぬという覚悟があった。ほかの国で生きていきたいとは思わなかったからだ。父も動揺したが、息子が言おうとしていたことを理解し、賛成した。もとよりこういう問題を冷静に考えられる時期ではなかった。アメリカ人でありながらアメリカの強制収容所に入れられれば、忠誠心はずたずたになっていただろうし、アメリカを愛しているという確信もぐらついていたはずだ。だから、ケンジはわずかに残った固い確信にもとづいて、将来がどうなるかわからないまま戦争に行った。自分が当然持っているはずのアメリカ人としての権利を、ほんとうに享受する資格があることを証明するために。

ケンジがミシシッピー州の軍の基地に行ってから一週間後、ケンジの父は、日本軍によるパールハーバー奇襲よりずっと以前からアメリカ兵だった隣家の息子が、収容所にいる自分の家族に会いにきたときのことを思い出した。そこは、有刺鉄線とフェンスに囲まれ、その息子と同じようなアメリカ兵たちに監視されていた。彼が家族に、基地で自分がしていることといえば、ゴミ捨て作業と皿洗いと便所の掃除くらいだ、と腹立たし気に話すのを、ケンジの父はそばで聞いていた。そして、ルーズベルト大統領がカンザスの基地に来たとき、そこにいた日本人のアメリカ兵士はみんな倉庫に入れられ、大統領が基地を離れるまでマシンガンを手にしたほかのアメリカ兵に監視されたときの話となると、隣家の息子は罵詈雑言の限りを尽くし、しまいには言葉に詰まってしまったのだった。このあとケンジの父は、七つの簡易ベッドとだるまストーブとシアーズ・ローバック製のキャンバス地のピクニック・チェアのある自分の宿舎へ行き、ケンジのことを思って泣いた。いまやケンジは兵士だ。もし軍がケンジに、その兵士が話したようなことだけでもさせようなら、悔しがって悪態をつくだけではすまず、激しく抗議せずにはいられなかっただろう。ケンジは物静かだが、感情の起伏が激しく、いったん怒ると止めどもないからだ。しかし、訓練が終わると、ケンジはヨーロッパへ行くことになったと手紙で書いてきた。次の手紙はイタリアからだった。アメリカ軍がドイツ軍と戦っていたところだ。父はそれを知って安心した。というのはひとつには、ケンジは戦地にいて、それがケンジの望んだとおりのことだと父はわかっていたからだ。そしてもうひとつには、戦う相手がドイツ人であり日本人ではなかったからだ。

ケンジには入隊してほしくなかった。父はそのことを思い出していた。しかし、息子から入隊についてどうかと尋ねられたとき、「イエス」と言ってしまった。そして息子は、何ヵ月も入院したあと、丈夫な脚と、以前は丈夫な脚だったところにつけたただの棒の脚とで戻ってきた。自分は正しかったのか。息子が行くのを止めるべきではなかったのか。日本人が日本人と戦うということが、いかに間違っているかを説くべきではなかったのか。もし自分がしたことが間違っていたのなら、どこが間違っていたのか、なぜなのか。

「もしも……」と、父は息子に言った。「もし私が、おまえの入隊に反対していたら、おまえは行かなかったかい」

ずっとなにかを考えいたため黙っていたが、思いもかけない質問で遮られ、ケンジはすぐには答えられなかった。「おれはそう思わないよ、父さん」ためらいがちにケンジは話しはじめた。そして間を置いて、心の中でうまい説明の言葉を探し、最終的にこう言った。「いや、とにかくおれは行ったと思う」

「そうだよな」父はそう言って、答えの中になんらかの確証を得た。

ケンジは、無理に立ち上がってやさしく話した。「父さんのせいじゃないよ。こういう話をすると、いつも父さんは自分を責めるだろ。やめてくれ。誰のせいでもないよ。誰のせいでもね」

「脚を一本失くすのは最悪じゃない。でも、その一部を失くして、それからもう少し、そしてまたもう少し、最後は……。まあ、よくわからないが。おまえがそんな目に遭うべきじゃないんだ」父は、弱々しく肩をすくめ、恐ろしいほどの苦痛の重みに耐えた。

「少し眠ってくるよ」ケンジは二、三歩行くと振り向いて父を見た。「二階に行ってベッドに横になるよ。脚が少し痛むだろうからすぐには眠れないし、考えてみるよ。もし事情が違っていたら、もし父さんの考えが違っていたら、おれは同じじゃなくて、たぶん父さんはおれを軍隊には入れず、おれは戦争にも行かず、両脚も無事だったかもしれないって。でもね、そういうふうに考えるといつも、こうも考えるんだよ。もしそうだったら父さんとおれはたぶん一緒に座って酒を飲んで、好きなようにおしゃべりなんかしないだろうってね。たとえおれの脚が痛んでもそれがなんだい。おれたちは友達じゃないか。それが大事なんだ。ほかのことなんかどうでもいいよ」

二階の自分の部屋で、ケンジはあおむけにベッドに寝て、自分が父に言ったことについて考えた。とても筋が通っていた。ことの成り行きで、片脚切断となり、さらに残った部分もまた切られるかもしれない。でも、そのことに文句を言うつもりはない。そうなったらそれで別の成り行きっていうものがあるだろう。それも自分が思い描いていたとおりのものじゃないかもしれないが、それはそれでいい。なるようになるわけさ、とケンジは自分に言い聞かせた。すると気持ちがたいそう落ち着いてすっと眠りに落ちた。

ケンジが二階に行ったあと、父は歩いて丘をくだり、近くのセーフウェイに行って大きなロースト用のチキンを買った。脛《すね》がはちきれそうな丸々としたチキンだった。家族の空腹を満たすには十分なごちそうの材料を両手で抱えて家に戻りながら、父はひもじかった時代と六人の小さな子どもたちと、腹をすかしてやつれたその顔を思い出した。子どもたちには、今ある以上にものを欲しがるなと言うことはできたが、実際とてもお腹がすいている表情がなくなるわけではなかった。どれだけがんばっても、子どもたちが腹いっぱい食べられる日は決して来ないのではないか、と思ったのはそのころだった。

しかし、腹いっぱい食べられる日がやってきた。それは戦争とともにやってきた。そのころには子どもたちも大きくなっていた。そして、思慮深い息子が戦傷を負って戦争から戻ってきた。戦争が終結したこととは関係なく悪化し続けるひどい傷だった。それでも息子は自分は満足していると言い、父もまた満足だった。片脚を失くしたことと今も痛みが続いていることは悲しいが、それでも生きて戻ってきてくれたことを、ありがたいと思うことにした。たとえこの先長く生きられないとしても。

つぎに父が思い出したのは、若い社会学者がつっかえつっかえ一生懸命日本語で話した講義の内容だった。それは、収容所に入っていたときに開かれた家族関係の集会のひとつとして行われた講義で、収容所内ではとくに行くところもなかったので出てみたのだ。その講師は最近大学を出たばかりで、その後収容所を出て東部の有名な学校の大学院へ行った。小柄な男だったので、遠くまで話が聞こえ、自分の姿もよく見えるようにとオレンジの空き箱の上に立った。食堂には、父と同じようにすることもなく、行くあてもない多くの高齢の男女が集まっていた。それまでもたくさんの集会が開かれてきたが、いつも講師と聴衆は、はやいうちからまったくかみ合わないことは明らかだった。もし集会になにか意味があったとしたら、時間をつぶすのに都合がよかったくらいだった。だから講師は、頑固なほどの無関心という壁に向かって大声でがなり立て、老人たちはそこへきて一、二時間を過ごしただけだった。しかし、その晩に限っては違った。小さな社会学者は、日本語についての知識が乏しく間違いもあったが、丹念に言葉を選びながら重大な真実のメッセージをなんとか伝えた。その中身というのは、年老いた日本人、つまりこの話に礼儀正しく耳を傾けている父親たちや母親たちは、自分たちの息子や娘のことを理解していないという話だった。

「みなさんのどれだけが、息子や娘との会話を楽しむことができますか。お尋ねします、何人くらいですか。ひとりもいない、と言ったとしてもそれほど的外れじゃないでしょう」そこで彼は少し間を置いた。ぶつぶつと怒りと憤慨まじりの声が広がってきたからだが、それに圧倒される前に、彼は大声で叫ぶように続けた。「みなさんが不愉快に感じたとすれば、それは私の話の内容のせいではなく、私がほんとうのことを言い当てているからです。私は二世で、私の両親はみなさんと似ています。だから私にはほんとうのところがわかるんです。みなさんが自分のお子さんたちを見て、この子たちはアメリカの子に変わってしまった、自分たちの息子や娘ではない、と嘆くとしたら、それは考え方が間違っています。変わって当然なんです。田んぼで米をつくるのも、大きな樅の木を育てるのも同じことだと思っているなら、それは愚かしいことなんです。もう手遅れかもしれませんが、今こそ考え方を変えようとしてみてください。お子さんたちと話してみてください。ここはアメリカです。ここでみなさんは生活し、働き、三〇年も四〇年も苦労してきたんです。ここは日本ではありません。アメリカの少年や少女になるということはどういうことかお話ししましょう。両親と子どもたちの関係がアメリカの家庭ではどういうものなのかをお話ししましょう。私の話とみなさんの家族を比べてみてください」彼のそういう話を、老人たちは聞いていた。集会が終わると人々は立ち上がり、あちこちへ分かれ、キャンプ内のそれぞれに割り当てられた区画へ向かった。もう二度と講義は聞かないという者がいた。無礼を承知であんな話をするのは愚か者だと罵声を浴びせる者もいた。これらとは別に、年老いたある夫婦の場合は、夫が先を行き妻は黙ってそのあとについて、二人してもう一つの食堂に立寄った。そこではダンスが始まっていた。二人は薄暗い明かりの部屋を覗き、若い男女が、レコードプレーヤーからでるやかましい音楽にあわせて、軽快に足を滑らせるのをじっと見た。以前ならこんなとき、道徳観念のない国の退廃的な遊び方だ、とでもひとこと苦言を呈した二人だったが、この夜はいつもより時間をかけて見ていた。そして、確かにダンスをしているはずの自分たちの娘をなんとか見つけ出そうとした。だがその姿は、たくさんの人影の中では、誰とはわからないひとつの影にすぎなかった……。

紙袋を持ち替えようとしてしばらく立ち止まると、ケンジの父は、口元に笑みを浮かべて丘をのぼりはじめた。父は店にこんな立派なチキンがあったことが嬉しかった。たくさんのごちそうが盛られたテーブルを家族で囲むことほど満たされるものはなかった。それが、休日でも誕生日でも、家族の誰かが家に戻ってくるときでも、もちろんたとえ誰かが去っていくときでもだ。どうか帰ってきてくれ、ケン。父は呟いた。頼む。おまえのために、一番大きくて太ったチキンを用意するぞ。アメリカだろうがどこだろうが、立派にテーブルを飾るようなやつをな。

ぽっちゃりしていて明るくて、町の中心部で三人の医者と一人の歯医者の帳簿係をしているハナコは、トムより前に帰宅した。トムは父親のように大きくてがっしりして、高校を卒業するとすぐに航空機工場で製図の仕事についた。ハナコはまず車寄せにとめてある車を見た。それからオーブンのチキンの匂いを嗅ぐと、父親の気持ちがわかりほほえんだ。新しいテーブルクロスを敷くと、ウィリアム・ロジャーズ製のカトラリーの入った小さな箱を取り出した。

ハナコがサラダを作っていると、トムが平べったい白い箱に入ったパン屋のパイを抱えて帰ってきた。「やあ、父さん、姉さん」そう言うと、箱をテーブルの上に置いた。「ケンはどこ?」

「昼寝をしてるわ」とハナコが言った。

「夕食はもうすぐかい」トムは満足げに鼻を鳴らし、よし、と言わんばかりに腹をさすった。

「もうすぐよ」と、ハナコが笑った。

「おれは霊能者だな」

「え?」

「霊能者なんだよ。レモンメレンゲを買ってきたんだ。チキンとレモンメレンゲ。これだよ。そう思わないか?」

「なにが」

「おれは霊能者だと思わないか」

「あんたはいつもレモンメレンゲを買ってくるじゃない。偶然よ」

「いつになったら食べられるんだよ」

「いま言ったでしょ、もう少しよ」ハナコはちょっといらいらして答えた。

「わかったよ。腹ペコなんだ。顔でも洗ってケンを起こしてくるよ」

トムは階段へと向かいかけたが、考え込んで戻ってきた。「なにかあったの」と訊いた。

「ケンがまた病院に行かなくちゃならないんだ」と、父がやさしく言った。「顔は流しで洗ってきなさい。ケンをもう少し寝かせてやりなさい。ケンが起きたらみんなで食べよう」

「ああいいよ」と、トムは言い、そのとき父と姉の心に潜む無言の悲しみと恐怖を感じ取った。トムは流しのところに行き、ていねいにポットや皿を片付けて、できるだけ静かに顔を洗った。

ケンジがドン、ドンと音を立てながら降りてきたのはまる一時間がたってからだった。ドンという音は右のいい方の脚からで、その音は、義足が静かに階段をおりるときの無音のあとに続いた。家族がテーブルを囲んで、ただのんびりしているのを見ると、ケンジはみんなが自分を待っていたことを知った。

「待ってなくてもよかったのに」と、ケンジは少し当惑した。「思ったよりも寝ちゃったな」

「チキンを待っていたんだ」父は嘘をついた。「大きいのを焼くのは時間がかかるからな」

ハナコがすぐに相槌を打った。「そうよ、こんなに時間がかかるチキンは初めてだわ。ちょうどできてるはずよ」ハナコは早足にキッチンに行き、少しすると大きな声をあげた。「できたわ。ウーン、匂うでしょう？」

「ずっと匂いを嗅ぎっぱなしだよ」腹ペコのトムがニヤッとして言った。「さあ、はやくここに出そうよ」

「待たせてごめん」ケンジがトムを見てほほえんだ。トムは、待ちきれなかったことを後悔しながら、元気いっぱいに首を振った。「いや、父さんが言うように、鳥のせいだよ。父さんのやり方を知ってるだろ？　いつもでかくて硬いやつを買ってくるんだ。今度のは鋳物でできてんだ」トムはハナコについて行き、キッチンから料理を持ってくるのを手伝った。

食事を始めたころは誰もあまりしゃべらなかった。トムはがつがつと食べた。ハナコは何度かなにか言い出しそうだったが口にはしなかった。父は息子を気遣う気持ちをあえて口にはせず、ケンジをずっと見ていた。驚いたことに、みんなの心にひっかかっていた話題を切り出したのはトムだった。

「やぶ医者どもは、いったいなにやってんだ」トムは怒ってテーブルにフォークを叩きつけた。

「トム、やめて」ハナコが心の底から心配して言った。

「いやだね、いやだ」と、手を動かし身振りで示しながらトムは言った。「悪いけどおれは黙らないよ。もしあいつらが治せないなら、どうして誰かできるやつにやらせないんだ。やつらはケンを殺そうとしているじゃないか。ケンがあそこへ行ったらやつらはなにをするんだ。アスピリンでもくれるのかい」椅子にどかっと体を沈めると、トムは怒りでテーブルを睨みつけた。

父がトムの腕をぐっとつかんだ。「まともに話せないなら、やめなさい」

「いいんだ、大丈夫だよトム。今回はすぐ帰ってくるよ。装具がうまく合わないだけだと思う」

「ほんとうかい」そう願って、トムはケンジを見た。

「ああ、たぶんそういうことだ。二、三日行ってくるだけさ。痛みもそれほどないんだ。でも、一応念のためにな」

「そうなの、それならいいんだけれど」

「おれにはわかっているんだ。もう何回か行けば、おれがあそこの主任外科医になれるくらいさ」

「そうだね」トムは笑った。冗談がおもしろかったからではなく、ケンジのような兄弟がいることが嬉しかった。

「さあ食べよう」父が勧めた。「今晩は、テレビで野球中継があるな」

「パイをとってくるわ」ハナコが急いでキッチンへ行った。

「レモンメレンゲだ」トムが、がつがつと料理を平らげながら言った。

テレビをつけたとき試合は二回だった。そして、みんなが腰を下ろすか下ろさないかのうちに、ヒサとトヨがそれぞれ夫や子どもたちと一緒にやってきた。

トムはぶつぶつ言いながらも愛想をふりまき、来たばかりのみんなに急いで会釈してテレビにぐっと近寄った。明らかに見づらそうな状況だったが、試合を見る態勢をととのえた。

脱いだ帽子やコートが隅に積み上げられた。ずいぶん長い間お互い会っていなかったみたいに、誰もが大きな声で興奮気味に話をした。いくつか椅子がダイニングルームから持ちこまれると、突然その場はいっぱいになり、騒がしく、混雑して、なごやかになった。

父は試合を見続けるのを諦めて、片膝の上で一歳になる孫娘を持ち上げて遊ばせた。すると、孫の男の子二人がもう一方の膝をひとり占めしようとして喧嘩になった。残りの孫はみんな女の子で年齢も上で、お行儀もよく、野球の試合を見ようとトムのそばで一緒になって座っていた。

ヒサの夫はケンジの横に座って話し込んだ。話題のほとんどは釣りで、どうやってサーモンダービーで優勝して車を手に入れるかを話していた。彼の車はクーペで、もう古くなったのとクーペは大家族には実用的ではないのが理由だ。彼には四人の娘がいた。男の子が生まれるまではもうひとふんばりするようで、なんとかやっていけそうだった。でもしばらくは、新車並の中古車も購入する目途はなかった。それから彼は立ち上がって同じことを話そうと義父のところへ行った。父もまたなかなかの釣り好きだった。ヒサの夫が部屋の向こうに移動するやいなや、トヨの夫がケンジの隣の空いているところへ滑り込んできた。物腰は柔らかいが、かつては陸軍の大尉で、その後保険の販売で成功して、けっこうな住宅街にある大きなレンガ造りの家に住み、裏手の大きなガレージには車が二台あった。そしてケンジに最近の様子を尋ねたり、あれこれいろんな話をしたりした。ほんとうはケンジの脚のことについて話をしたかったのだが、どう切り出したらいいのかわからなかった。

それから初めてその場は一旦静かになった。会話も途切れて子どもたちはまどろみはじめた。みんな考え深げに、また満足げに互いにほほえみを交わした。ハナコがなにか飲み物でもどう、と言い出した。そしてコーヒーやミルクや炭酸飲料やクッキーやアイスクリームが行き渡ると、みんな元気を取り戻してすぐに話し出し、新しい話に花を咲かせた。

ケンジはしばらくひとりになり、みんなを見て呟いた。「行くんなら今だな。明日まで待つのはよそう。あと三〇分でハナとトヨや子どもたちや父親たちが、背伸びをして帽子やコートを取りに行くな。そこで誰かがためらいがちに『じゃあ、ケン』って言う。それでみんなすぐにおれのポートランド行きについて、なにか言わなくちゃいけないって気をもむ。おれがもう一度ポートランドへ行くんで、ハナがみんなに電話してここに来るようにって言ったからだ。みんななにか言わなくちゃって思っているんだろう。もし、行くのは明後日だって父さんに言っていたら、明日の晩みんな顔をそろえて大宴会になっただろう。それはやめてほしい。おれはトヨを泣かせたくはないし、ハナが目頭を押さえるのも見たくない。たぶんもう二度とおれに会えないからって、みんながサヨナラを言おうとして、その場から離れられずにぼうっと立っているなんておれは嫌だ。

ケンジは起きあがろうとして、ハナコが自分を見ているのがわかった。

「酒を取ってこようと思って」と、ケンジは言った。

「ここにいて、私が取ってくるから」ハナコが答えた。

「いいんだ、体をほぐすにはちょうどいいんだ」ケンジは父と目を合わせると、しばらく見ていた。

酒は取りに行かず、裏口へとしのび出て、立ったまま家の中の声を聞いた。

ヒサの夫が娘のひとりに怒鳴った。次の瞬間、みんなが楽しそうに笑った。叱られた子はどんなかわいらしいいたずらをしたのかなと思っていると、父がキッチンを抜け外へ出てきて、ケンジの脇に立った。

「おまえ、行くんだな」

ケンジが顔を上げ父を見た。大きな肩が力なく下がっていた。「十分休んだよ、父さん。この方がいいんだ。いま出れば朝には着くし、夜の方が運転が楽だからね。車も多くないし」

「今度は、すごく悪いんじゃないのか」

「うん」ケンジは正直に言った。父には嘘はつけなかった。「前みたいじゃないんだ、父さん。今度は違う。痛みがもっと重たくて深いんだ。いつもみたいに鋭くもチクチクもしない。なんでかわからない。怖いよ」

「もしも……、もしも……」思わず息子の首に腕をまわして父は抱き寄せた。「毎日でも電話しなさい。毎日、わかったな」

「ああ、父さん。みんなに説明しておいてくれないか」ケンジは体を引いた。父が何も言えずただ頷くのを見た。

階段の途中で立ち止まり、ケンジはもう一度家の中の声に耳を傾けた。

しゃがれた声を詰まらせて父は言った。「毎日だよ、ケン、忘れるな。私は家にいるから」

「さよなら、父さん」暗い車道を、ステッキで先を探りながら足を引きずり、ケンジは車に乗り込んだ。運転席に座ると、胸の重苦しさがとれ、かすんだ眼がもとに戻るまで待たなければならなかった。エンジンをかけヘッドライトを点けると、まばゆい光が、前方に立っている父の姿をはっきりととらえた。父のところへ戻って、もう少し一緒にいたいという衝動に駆られ、ケンジの手はドアの把手を探った。その瞬間、父はさよならと手をゆっくりひと振りした。急いでケンジは車をバックさせて家を離れた。まもなく父も家も家族も、視界から消えていった。

ケンジは、まっすぐに食料品店に行ってイチローを乗せて行くつもりだったが、なんとなくクラブ・オリエンタルに寄ってみたくなった。前日イチローが屈辱を味わったばかりの空き地に車を止めると、暗い路地を足を引きずりながらクラブに向かった。

一〇時を少し過ぎたばかりだったが、カウンターとテーブルは混雑していた。知り合いがいるいくつかのテーブルからの誘いを無視して、その間を縫って進み、バーの端まで行った。ちょっと待っているだけでアルが気づき、いつものバーボンの水割りを持ってきてくれた。

ゆっくりと三杯目を飲んでいると、ようやく席を確保できた。見知らぬ者の間の席で、それがケンジには嬉しかった。話しかけたくも話しかけられたくもなかった。目の前にあるでかい鏡を見て、ケンジは自分の隣やうしろにいる顔を確かめた。ちょっと首を伸ばすと、ダンスフロアーにいるカップルがときどきちらっと見えた。

いい場所だ、とケンジは思った。人は去り行くとき、思い出になにかを持っていきたいものだが、おれが持っていきたいのはこれだ。百万ドルを手にして、すらりとした脚の美人と一緒にウォルドルフホテルにいるようなわけにはいかないが、おれは平凡な男で望みも些細なものだ。ここがおれのウォルドルフだ。ここじゃ一杯の飲み代があれば一晩中座って友達に囲まれていられる。リラックスして飲んで、悲しくなったり楽しくなったりハイになったりする。誰もちっとも気にしやしない、みんな同じような気分だからだ。いい気分だし最高だ。

ケンジがアルの動きを目で追うと、そのバーテンダーは振り返って彼を見て、笑みを返した。こいつはおれを知っていて、おれのことを好きでいてくれる。

スツールに座ったまま向きを変え人混みを見渡すと、挨拶や会釈をする人間がたくさんいる。ここにはたくさん友達もいるし、みんなおれを知っているし、おれのことが好きだ。

ジム・エンは、やせ柄のきびきびした中国人で、この店を経営している。袋一杯の釣銭を抱えた彼が事務所から出てきて、カウンターの向こうに行くとレジをチェックした。その合い間にケンジを見てニヤッとし、脚はどんな具合かと訊いてきた。

店の経営者ですらおれの味方だ。まるで家とは別のわが家のようだ。いやもっと貴重かもしれない。人が望む家とはこういうものかもしれないからな。ジャップが出かけて行き心底寛げる場所は多くはない。白人でアメリカ人なら、どこへ行こうがこんなふうに寛ぐことができるし気分がいいに違いない。が、おれは嘆きはしない。戦争があって、そして、突然、ジャップやチンクなんかも、居場所があるように感じられるようになって……。

入り口で騒ぎが起きた。ジム・エンがピシャッとレジの引き出しを閉めて、急いで大きな声がする方に走って行った。彼は手短に事務所にいる者になにか言った。おそらく騒動の原因を探ろうとしたのだろう、それから外へ出て行った。彼がそうしている間にケンジは三人の若者を見かけた。一人の日本人と二人の黒人だった。

かなりの大声と興奮した叫びのようなものが聞こえたあとで、ジム・エンがものすごい勢いで戻ってきた。レジでの仕事をまた始めたが、その手は震えていた。

彼が少し落ち着くと誰かが尋ねた。「なんのトラブルだ?」

「なんでもないよ」と、彼はかん高い声で言い、努めて平静を保とうとした。「あのいかれたジャップのフロイドが、黒人二人を連れて入ろうとしたんだ。あいつがそうしようとしたのはこれで二度目だ。あいつはどうなっているんだ」

ケンジの隣の日本人が軽べつするように叫んだ。「あいつら無知な綿摘み人のせいで気分が悪くなる。もし、ひとりでも入れてみろ、気がついたらここは夜中みたいに真っ黒だ」

「まったくだ」とジム・エンが言った。「まったく。あいつらと関わりたくはないな。トラブルばかり起こしやがって。こっちはまともな店をやっているんだ」

「アメリカ万歳だ」小さな酔っ払いの声だった。

「ジャップとチンクたち。私は、みんな愛しているわ」化粧も落とさずに芝居小屋から抜け出てきたようなけばけばしい赤毛の女が、耳障りな声を上げた。彼女は明らかにもう少し雄弁を振るおうとしてなんとか立っていた。

この女に付き添っていた青白いやせこけた日本人が、かん高く「黙れ」と叫んだ。と同時に乱暴に彼女の腕を引っ張ると、女は椅子におもしろおかしく倒れこんだ。

誰もが笑った。というかそんなふうだった。静けさと品位と清潔で誠実な感じがクラブ・オリエンタルに戻ってきた。

グラスに酒を残したままケンジは、自分に向けられたさよならの挨拶に一切応えず、クラブをあとにした。目的もなく車を走らせ、その間、心を悩ませ、気が変になるほど混乱させる問いを、繰り返し自分に投げかけ、自分自身を苦しめた。人々の偏見や卑劣さや偏狭さや醜さに対する解決策はなかったのか。黒人や日本人や中国人やユダヤ人の声が聞こえる。それは完全な人間として認められようという共通の目的のために闘っている声で、はっきりとした鐘の音のように抑揚をつけて響いている。そこには希望や楽観主義を喚起する一体感や目的意識がある。障害にはぶつかるが、虐げられた者が状況を打開していこうとして打ち込む楔《くさび》には、忍耐や知性や謙虚さがないわけじゃない。楔によって反対は弱まり、ぐらつき、敗走していく。黒人や日本人や中国人やユダヤ人は、民主主義というものが、要するにすべての者のための民主主義であると知って、さらに心を強くし喜びを得る。人は希望を抱く。希望を抱く理由があるからだ。偏見のない完全な社会はもうそこまで来ているように思える。

ところが……

ほとんど英語を話せない、髪の黒い、鼻の大きな女が、バスの隣の席に黒人が座ってくると、これ見よがしな態度で席を立つ。憤慨して足を踏み鳴らして通路を歩いて行き、汚らわしいと遠ざかる。しかし汚らわしいのは女の心の方なのだ。黒人は黙って窓の外を見る。顔には誇り高い穏やかさが浮かんでいるが、その下にはその女を殺しかねないほどの怒りが煮えたぎっている。

あるいはまた……

かわいらしい顔をした中国人の少女は、高校の卒業ダンスパーティーで白人の少年と踊る。少女はこの世界で出世したか、あるいは出世したと思っている。表情やしぐさにそれがはっきり表われている。ダンスをしているほかの中国人や日本人をまったく無視していたなら少なくとも誠実だといえる。だが悪いことに、少女は、お高くとまったほほえみと慇懃無礼な言葉遣いで、今までと違う自分の姿をあからさまにみんなに見せつけたのだ。

あるいはまた……

玉突き場の地下に小さなイタリアンレストランがある。ここのチキンやスパゲティーはどこよりもうまい。その日本人は、両親の影響で自分は中国人よりも上等だと思っていて、ひとりのユダヤ人を連れてそのレストランにやってくる。立派なユダヤ人で、若くてアメリカ的で、どこかの国から追い出されてきたようなユダヤ教徒野郎じゃない。この日本人がじっとウェイターを待っている。店内はガラガラで、二人のウェイターは三メートルも離れていないところでおしゃべりをしているがやってこない。彼らの注意を引こうとあれこれ努力してみたがうまくいかず、日本人は腹を立てて彼らに近寄った。二人は、テーブルで給仕するのが仕事のはずだが、どうしたことか、あわててキッチンに駆け込む。すぐさま二人は、その店の主でもあるコックと一緒に戻ってきた。主がその日本人に言う。ここはジャップの来るところじゃない、とっとと出て行け、トウキョウへ帰れ。

あるいはまた……

いつも白人と間違われる黒人が、もう自分は白人になろうと決めて黒人に嫌われる。以前は黒人たちと一緒になって白人を嫌ったのだが。ある若い日本人は、自分よりも日本人らしいあまり若くない日本人を嫌っている。このあまり若くない日本人は、まるっきり日本人である、歳をとった日本人を嫌っている。そしてこの歳をとった日本人は、自分よりもっと日本人らしい人間を……

ケンジはこれらのことを考えて頭のなかで整理しようとした。パターンがあれば探し出し、調べ、そこから答えを導き出せるようにだ。だが決まったパターンはなかったから答えはなく、感じたのは、ただこの世界は憎しみで満ちているということだけだった。ケンジの車はずっと走り続けた。食料品店の前で停車したときは、午前二時になろうとしていた。

通りは静かで、エンジンを切ると辺りは死んだようだった。一ブロックほど先に大きなレンガのビルがあり、側面には投光照明をあてられたペンキ書きの看板が出ていた。「全４４４室、清潔で水道設備あり、お手頃な値段」。ケンジはずっと以前そこに入ったことがあり、そこが酔っ払いや放浪者でいっぱいの、ただの大きな簡易宿泊所だということを知っていた。ぼんやり浮かんで見える四角い窓の列。そのなかに二、三黄色がかった明かりがあり、ポツンポツンと点のように見えた。しかし、食料品店は煌々と明かりが灯っていた。

なぜだろうと思い、ケンジは車からそっと出て、店のドアの上半分のガラス越しに覗いてみた。そのとたん彼は感心した。棚が整然としていて、壁や木造の部分が実にきれいにペンキで塗られている。イチローの母親の姿が自然と目に入った。そして奇妙な感覚に襲われた。彼女が几帳面に無糖練乳の缶が入ったケースから缶を取り出し、棚の上にそれをきちっと狂いなく一列に並べているのだ。ドアが開くか試してみたが、鍵がかかっていたので彼女がそのケースから缶を出し終わるまで、じゃましないでおくことにした。長いこと待った。彼女は、屈んで箱に手を伸ばすときは、きまってひとつの缶を取り上げるのに両手を使っていた。そしてとうとう缶をすべて取り上げ終えると、まるで自分が作った作品を確かめるように立っていた。

ケンジは勢いよくドアをコツンと叩いたが彼女は気づかなかった。そのかわりに突然、両手を伸ばすとその缶をみんな床に払い落とした。それから両手をだらりと脇に下げてただ立っていた。まるで小さな女の子のようだった。うなだれ、背中を丸めているその姿からして、もしかしたらふくれっ面をしているのかもしれなかった。

あまりに熱心にイチローの母親を見ていたので、ドアが開いたときケンジは跳びあがった。ズボンだけはいた格好のイチローだった。

「早いな」眠そうにまばたきしながらイチローが言った。

「そうだな。もういいかい」

「ああ、すぐに支度するよ。どっちにしても眠れないし」イチローは、ケンジに店の中に入らないか、とも訊かずにドアを閉めて奥へと消えた。

イチローの母親がいたところを見て、ケンジはその姿が見えないことに驚いた。あちこち見回してやっと見つけた。四つん這いになって陳列台のひとつの下に転がった缶を取ろうとしていた。ケンジが見ていると、ほかの缶も取ろうとして這いまわった。そして今度はそれをケースの中に戻していた。イチローがスーツケースを持って現われ、まっすぐ車へと向かった。

ケンジはもう一度、車を発進させる前に眺めた。そして気づいた。イチローの母親が缶をみんな集めては、もう一度同じ棚に一列に並べているのを。

「夜中だし、いいドライブができそうだな。そんなに車も多くないしな」ケンジは横目でイチローがタバコに火を点けるのを見た。

「いかれちまったんだ」イチローは荒々しく言った。

「なに?」

「いかれちまった。切れちゃったんだ。頭のネジが飛んじまったんだ」タバコを深く吸い込むと、イチローはスーッと音をたて煙を吐いた。苦痛に耐えられないというように座席で体をよじった。

「おまえ、出かけても大丈夫なのか」

「平気さ、平気。おれにできることはなにもない。もう長いことそうなんだ」

「知ってたのか」

イチローは窓を開け、火の点いたタバコの吸いさしを風のなかに放り投げた。それが赤い粒をまき散らしながらさっとうしろに流れると、首を伸ばして視界から消え去るまで見ていた。「起るべくして起きたんだ」イチローは把手を回して窓を閉めながら言った。「もうだいぶ前から、おふくろの頭がおかしいことだけは間違いない」

「いつからだい」

「わからない。たぶん生まれてからずっとだろう」イチローはいきなりケンジに向かってせがむように言った。「教えてくれ、おまえの親父さんはどんな人なんだ」

「おれの親父は立派な男だよ。おれたちは仲がいいんだ」

「どうしてだ」

「どうしてかはわからない。ただそうなんだ」

イチローは笑った。

「なにがおかしいんだ」

「いろいろ、みんなだ。わけがわかんないことばかりだ。刑務所にいるときおれがよく話をしたイタリア人がいたんだ。ときどきそいつに打ち明け話をした。そいつは昔坊さんになりたかったっていう、そういう感じの話せる男だった。年寄りの女たちから金を巻き上げて、刑務所に送り込まれてきてたんだ。言っている意味がわかるだろ。おれはそいつに移民の子どもたちがどんなに大変かっていう話をよくしてたんだ。だって親と子はまったく違っていて、ほんとうにわかり合うことなんかないからな。そいつは、親が生まれも育ちもイタリアだったからおれの言っていることがわかった。だからおれに心配するなってよく言っていた。ほんとうに自分の親をわかったって感じるときが来るからって。大人になったらそのときが来るってね。ただそれがどうやってか、いつなのかは、人によって違うから言えないんだ。そいつの場合は三五歳のときで、四年服役したあと仮釈放になって家に帰ったときだった。たまたまだったそうだ。生まれてからそのときまで、ずっとそいつがしてきたようにキッチンテーブルに座って、母親の顔を見てそれから父親を見た。そうしたら、食べたらすぐどこかへ行きたいっていう気持ちもなくなっていて、両親と話をしたくなって夜通し話をした。それでやつはすごく幸せな気持ちになって泣いたんだよ」

少しスピードを落とすと、ケンジはフロントガラスの向こうを指さした。「この道をずっと行くとエミのところだ。機会があったら行ってみてくれ」

イチローは答えなかった。しかし、目印を頭に入れているようだった。「おれの身には起こりそうもない」とイチローは言った。

「なにが起らないんだよ」

「あのイタリア人に起ったことだ」

「そんなことはないだろ」

「おふくろは、ほんとうにいま頭が変になってる。あのミルク缶の扱いを見たろ。夜の八時からずっとだ。缶を棚に置いては全部落とす、そしてまた元に戻す。なにを試そうとしているんだか」

「心配じゃないのか」

「いや、おまえのことの方がずっと心配だ」


このあと二人はあまり話をしなかった。シアトルを出て八〇マイルほどすると車を止め、道路沿いのカフェでコーヒーを飲みサンドイッチを食べ、そこでイチローが運転を交代した。車はほとんど走ってなく速度を上げた。小さな町への入り口を示す標識に書かれているように、速度を六五か七〇マイルから二五か三〇マイルに落とすべきところも気にもしなかった。午前五時ごろで、どこも開いているところはなく、誰ひとり起きてなかった。スピードメーターの針は、ちょうど七〇マイルの手前でおよそ一時間停止したままで、カーブにさしかかり、要注意の警告があったとき以外は、速度を落とすことはなかった。ゆっくりと単調な世界が始まり、二人とポートランドを隔てているものといえば、暗闇を突き抜けて果てしなく広がるアスファルトとコンクリートだけのように感じはじめた。時折イチローは知らないうちにアクセルを踏み込んでしまいそうになったが、危険を冒すのはよそうと気持ちを抑えた。カーブを曲がって丘を一気に下っていくと、たくさんの家々が、早朝の霞がかかった低地にぼんやりと静かにたたずんでいるのが見えた。車が村に近づいていくとハイウェイ沿いの木々や枝葉が目に見えて薄くなってきた。そしてよくある標識がいくつか現われた。「間もなくミッドヴェイル、40マイルに減速、速度規制厳守」、「ミッドヴェイルに入りました。人口367人」、「制限時速20マイル。パトロール実施中」。一〇区画ぐらいの規模の村をほぼ通り抜けると、イチローは、

「ミッドヴェイルはここまで、安全運転のご協力に感謝します。またのお越しを」といったような標識があるだろうと辺りを見ていた。そのとき、サイレンが鳴り、夜中のぞっとする叫びへと高まっていった。

「クソ！」という言葉が口を突いた。「卑怯なやつらだ」

「スピードを落とせ」と、突然起き上がりケンジが言った。そして座席の真ん中に移動した。「あいつが近寄ってきたら場所を代われ」

よくある黒のフォードのセダンが、屋根の赤いライトを点滅させながら二人を追い越し、前に割り込んできた。二人の車が止まる直前、イチローは体を起こしてケンジを自分のうしろから横滑りさせた。

大きな制服の警官がフォードから降りて大股で近づいてくるのが見えた。長い懐中電灯で車の中を照らし容赦なく二人の顔を照らした。「かなり出てたな」と男は言った。

二人とも答えなかった。なにを言っても悪く取られるのが落ちだったからだ。

「どのくらい出してたんだ」と、警官は詰問してきた。

「五五か、たぶん五〇マイル」と、ケンジはライトにまばたきした。

「七〇だ」と警官が言う。「七〇マイルも出してたんだぞ」警官は車を回り込んでイチローの横に乗り込んだ。「ちょっと戻ってみろ」

ケンジはUターンして「時速20マイル、パトロール実施中」と書かれた標識までゆっくりと運転した。

「おまえらジャップでも読めるよな」

「ああ」と、ケンジが言った。

「そこになんて書いてあるか読め」警官は標識を照らしながら命令した。

「時速20マイル、パトロール実施中」ケンジが抑揚のない低い声で言った。

それから二人はフォードが停まっている場所まで戻った。座っているときでさえ、その警官は二人に蔽いかぶさるほどだった。幅広のどでかい顔が、妥協を許さないしかめっ面になった。「さてどうするか」と警官は言った。

「悪いのはおれたちだ。留置場に入れてくれ」ケンジが答えた。「べつに先を急いじゃいないから」

警官は笑った。「おもしろい。ユーモアのセンスがあるじゃないか」うしろにぐっと寄りかかり腰を落ち着けると、警官の態度は明らかに親し気になってきた。「言っておくが、明後日まで裁判所はお休みだ。ここまでわざわざ戻ってきて五〇ドルの罰金を払いたくないだろ。でも、来て払うようになるんだぞ。おまえたちはどうしようもないんだよ」

「ああ、そうなんでしょうね」ケンジは警官のお情けを受け入れるつもりはなかった。

「なにかの拍子におれの車に乗って、間違って座席の上に一〇ドル落とすなんてこともあるかもしれないよな。簡単だろ」

「おれたち二人合わせても一〇ドルは持ってないよ」

「五ドルは?　おれはそれほど気むずかしくはないぞ」いまやあからさまにニヤッとして見せた。

「反則キップをくれ。裁判所に出頭するよ」声には明らかに敵意がこもっていた。

「いいだろう、なまいきなやつだ、免許証をかせ」警官は荒々しく用紙を取り出すと違反キップを書きなぐった。

再び車を思いっきり飛ばし、いまいましい出来事から一刻も早く逃れようとするかのように、ケンジはハンドルを握り締めた。イチローはキップを取り上げて車のダッシュボードの明かりでよく見た。「あの野郎」と、うなった。「あいつ、おれたちが八〇マイルで酔っ払い運転し、賄賂をもちかけたって書きやがった」

煮えくりかえった気持ちをもっと吐き出してやろうとしたとき、ケンジがイチローの手からその紙切れを取り上げて、憎々し気にくちゃくちゃにして窓の外に投げ捨てた。

二時間後、ポートランドに着いて朝食を食べているときになって、ようやく二人はなにか話さなければと思った。イチローはオーバーオールを着た人物を見ていた。片手にランチボックスを抱えて一心にピンボールで遊んでいた。

「これからどうするつもりだ」ケンジはイチローに訊いた。

ウェイトレスが二人の注文を並べ終えるのを待って、イチローが答えた。「まだ、わからない。まあ大丈夫だ」

「帰る気になったら、車を持ってけよ」

ケンジの話し方がなんだか引っかかって、イチローは不安気に顔を上げた。「おれはおまえを待っているから。ここで仕事を探すかもしれないしな」

「そりゃあいい。なんかやったほうがいいぞ」

「脚のことはいつはっきりするんだ」

「一日か二日だ」

「どうなんだ?」

「心配なんだ。もうこれまでだっていう感じがする」

友の言葉の意味にちょっとの間ショックを受けて、イチローは落ち着きを失いフォークをいじりまわした。話しだしたときは力がこもりすぎてしまった。「そういうことを言うなよ」確かにそう思って言った。だが心のなかでは怖かった。「うまく治療してくれるさ。おれにはわかる。なんだよ、二、三日したら一緒にシアトルに戻れるさ」

「昨日の夜、家を出る直前に親父に話したんだ。今回は違うってな。怖いって言った。親父には嘘は言ったことはないんだ」

「でも、おまえが間違っていることだってある。きっと間違っている。『これで終わり、おれは死ぬよ』なんて言うもんじゃない。物事っていうのは思うようにはいかないものなんじゃないか。よくなるよ」

「ああ、たぶんそうだろう。たぶんおれが間違っている」ケンジはそう言ったが、その言い方からすると、自分が間違っているってどんなに思いたくても、今度ばかりは間違っちゃいない、と言っているのも同然だった。

ウェイトレスがサイレックスのポットを持って戻ってきて、二人のカップにコーヒーを注いだ。ピンボールをしていたオーバーオールの男は、バスが走ってくるのがわかると、球を三つ立て続けに打ち、急いでカフェから出て行った。

イチローは半切りのトーストにバターを塗って、およそ気の進まないまま噛みちぎった。食べ終えると一ドル八〇セントの勘定を払った。気がつくとケンジがテーブルの上にチップを五〇セント置いていた。

街なかを抜けて病院に行くとき、二人は朝の交通ラッシュに出くわした。目的地に着いたときは、九時近くで、カフェを出てからは一時間たっていた。大きな新しい病院で、ガラス窓におおわれ、辺り一面はきれいな緑の芝だった。

二人は一緒に階段を上がり、入り口の前で立ち止まった。ケンジはほほえんでいた。

イチローはケンジを不思議そうにじっと見た。「けっこう元気そうだな」

「あの警官のことを考えていたんだ。やつは早く裁判所で証言して、おれを有罪にしたくてうずうずしてるだろうな。でもこのジャップを捕まえようと思ったら、たどり着けないようなところまではるばるやってこなきゃならないんだよ」ケンジは手を硬くして突き出した。

イチローはその手を握ったが、振りはしなかった。そしてなんとかはっきりと言葉にした。「見舞いにくるよ」

「早めに頼むぜ」ケンジは回転ドアを避けて、その横のガラス戸を押して病院内に入って行った。

7

ひとりになって孤独をひしひしと感じながら、イチローはオールズモビルに乗って街なかに戻り、小さくてこざっぱりとし値段も手ごろなホテルに部屋を見つけた。ロビーにある新聞を持ってくると、情報欄の面をめくって求人広告を調べた。それらの多くが熟練者か技術者の求人だったが、いろいろ探してみてようやく三つに鉛筆で丸印をつけた。この三件ならある程度期待してあたることができるかもしれない。イチローは新聞を脇に置くと、顔を洗いひげを剃り新しいシャツを着た。

ためらっちゃだめだ。自分に言い聞かせた。今すぐに始めなかったら、職探しにとりかからなかったら、おれは怖じ気づいてしまうだろう。今はおれを助けてくれる人も励ましてくれる人もいない。とにかく今は仕事を見つけなくちゃいけない。

折りたたんだ新聞を脇に抱えて、イチローはポーター募集の広告が出ていたホテルまで六ブロック歩いた。通りまで伸びた優雅なひさしのある大きなホテルだった。そこを通り過ぎると入り口に配置されているドアマンに気づいた。通りの角まで行ってからもう一度ホテルに近づいた。立ち止まってタバコの火を点けた。それからドアマンを見ていると、イチローの方にやってきた。

「若いの、仕事がほしくてきたんなら、脇の従業員用の入り口から行きな」と、ドアマンはイチローが口を開く前に言った。

少し不安げにありがとうと小声で言い、角を回って脇の路地に入った。案内の出ているドアがあった。中に入りさらに案内に従って廊下を進むと求人事務所に着いた。中では二人の男と一人の女が、明らかに仕事を探しにきたと見え、長いテーブルの前に座り申込書に記入していた。机の向こうに座っていた白髪のダークスーツの男が、イチローを見て壁を指さした。そこには別の大きな案内があって、応募者は長いテーブルの上に積み上げられた用紙にペン書きで記入するよう指示していた。イチローは女の反対側に座ってその用紙の質問欄をじっくり見た。少し安心したことには、表にはちゃんと答えられないようなものはなかった。だが用紙をひっくり返してみると答えられない質問があった。過去五年間、どこで働いてなにをしていたかといったことを書かなくてはならなかったが、そのうちの二年間のことをどう説明すべきか。兵役についていなかったとしたらなにをしていたと記入すべきなのか。自分の犯した重大な過ちを隠せるほど大きな嘘はつけなかった。イチローが申込書を元のところに置いて出て行くと、白髪のダークスーツの採用担当者は、理由がわからず不審そうな表情を浮かべていた。その表情を満足させるようなことは実際なにも言えなかった。

軽食堂のカウンターでコーヒーを飲みながらイチローは、調べてみようと選んだほかの二つの広告を吟味した。ひとつは小さいが業績をあげている土木事務所での製図技師の求人だった。もうひとつは製パン会社での仕事で、その名前には大手のひとつとして聞き覚えがあった。製パン会社は、ホテルと同じように履歴書を書かせるはずだ。土木事務所の方も、書類を出せとは言わなくても、口頭で訊いてくるだろう。どれだけ考えても、就職はむりだという気がしてならなかったが、それでもやめるわけにはいかなかった。仕事が見つかるまで探さなければならない。こちらの過去を深く穿鑿《せんさく》せずに雇ってくれるところが、どこかにあるはずだ。どこだろうとそういうところを見つけることが絶対に必要なのだ。

あまり考えすぎると、嫌気が差して、やけになったり気弱になったり、もうだめだと諦めてしまいそうなので、ともかくトロリーバスに乗った。もし車までわざわざ歩いて帰ったら、今がんばるのをやめてしまう口実を見つけてしまいそうな気がしたからだ。架線から動力を得て無軌道で走るトロリーバスは、わずかばかりの客を乗せて遅い朝の路面をスムーズに動き出した。

走りはじめてまもなく、最近建築されたばかりの新しいレンガ造りの建物に着いた。この辺りはかつては住宅地だったが、市全体が発展してきたのにあわせて姿を変えていた。低く平らでモダンな診療所や店舗用のビルもあれば、木造や汚れたレンガ造りのひどいアパートもごちゃごちゃと建てられ、これらが混在していた。

新しく整備された庭の中を通る曲がった道を勢いよく歩いて、イチローはキャリック・アンド・サンズの事務所に入った。中年の女性が勢いよくタイプライターを叩いていた。

イチローは彼女がそのページを打ち終えて、上手にそれを取り出すまで待っていた。「すいません、私……」

「はい」彼女は顔を上げると、その間にも新しい紙を機械に差した。

「仕事を探しているものです。新聞に出ていた仕事です。広告を見てきました」

「ああ、そうですか」差した紙を整え終えると、彼女は二、三行タイプして立ち上がり、事務所の奥を覗いた。「キャリックさんはちょうど今出ているようです。すぐに戻ってくるでしょうからお座りください」そう言って、再びタイプを始めた。

イチローはテーブルの上の雑誌をいくつか取って、ルックの最近の号にさっと目を通した。写真を見て言葉を追って、意味をろくに考えずに機械的にページをめくった。

なにかを叩くようなこもった音が、ビルの中を抜けて遠くから鳴り響いた。イチローが彼女を見ると視線がかち合い、彼女は困ったわねと気まずそうに笑った。イチローはまたページをめくったが、彼女がどうしてそんなおかしなふうに笑ったのか不思議に思った。叩くような音が止むや否や、彼女はタイプライターに向かって仕事を始めた。

うるさい音がまた始まると、彼女はがまんできず、小声でぶつぶつなにか言って部屋から出て行った。

彼女がいなくなって何分かたったので、イチローはもうその雑誌に目を通しきっていた。別のなにかを読もうと雑誌の山を探っていると、彼女が部屋に顔をのぞかせ、イチローについてくるようにと合図した。

ドアの向こうは大きな事務所になっていて、角のテーブルにはロール状の製図が山のように積まれ、壁にはビルの大きな写真が掛かっていた。そこを通ってさらに奥の方へ行き、小さなキッチンとユーティリティールームを過ぎると、最後は地下に通じる階段に行きついた。

「キャリックさんにはあなたが来ていることは話してあります。いま下にいます」彼女は少しいらだっていた。

イチローが下に向かうと、また同じバンバンと叩く音が始まったが、ここではは っきり聞こえた。ハンマーのようなもので金属製の物体かなにかを打ち続けているような音だった。見るとその物体は、前にブルドーザーの刃がついた小さなハンド・トラクターのようなもので、もじゃもじゃの灰色頭の小さな男が、くぎ抜きハンマーでそれを強打していた。

「キャリックさんですか」呼んだが無駄だった。あまりにうるさかったので待っていると、その男がうんざりした様子でハンマーを投げ出し、うなり声をあげて立ち上がった。

「クソー」男は、両手を勢いよくズボンの尻にこすりつけながら言った。「ばらばらにしてちゃんと作り直さないといけないな」彼は愛想よく笑った。「あせりは禁物なんだが、どうも私はだめだ。その刃が水平じゃないのに、むりにやればなんとかなると思っちまったんだ。もう懲りた。ああ、もうあせらずにやろう。君はどう思う」

「それはなんですか」

キャリックさんは無邪気に大きな声で笑った。小さく丸いお腹が小刻みに揺れた。「私はキャリックだ。君は?」と、汚れた手を差し出した。

「ヤマダです。イチロー・ヤマダ」

「除雪機のことは、なにか知っているかい」

「知りません」

「名前はヤマダだったね」キャリックさんは名前をすらすらと発音した。

「はい、そうです」

「ニホンゴ　ワカリマスカ？」

「よくはわかりません」

「私が言ったのはどうだった」

「とても上手です。日本語を話すんですか」

「いや、以前すごくいい日本人の友人が何人かいてね。少し教えてもらった。タナカさん一家を知っているかい」

イチローは首を振った。「私が知っているのは、たぶんあなたが言っているタナカさんではないと思います。よくある名前ですから」

「私は彼らに家を貸していたんだ。いい人たちだった。今までで一番いい借り手だった。強制立退きは恥ずべきことだ。君もそんな目に遭ったのかな」

「はい、そうです」

「タナカさん一家は戻ってこなかった。東部のどこかへ落ち着いたんだ。まあ、無理もないことだ。君はどうして戻ってきたのかな」

「両親が戻ってきたので」

「そうか。ポートランドも変わっただろ」

「私はシアトル出身です」

「そうなのか」キャリックさんは除雪機の上に屈みこんで、刃を定位置に据えるためのボルトをいじくりまわした。

春はそう遠くはない、と思いながらイチローは思い切って訊いてみた。「この辺は雪がたくさん降るんですか」

「たくさんとはどれくらいのことかな」

「雪かきをするくらい」

「いや、それほどじゃない。私はただつくってみたかったんだ」

「そうですか」

モンキーレンチをボルトにあてて、ウッとうなってキャリックさんはそれを緩めて刃を蹴飛ばして外した。「コーヒーでも飲もう」洗い場で手をすすぐと、彼は先に階段を上がってキッチンへ行った。そこで古いコーヒーポットに水を入れてバーナーの火を点けた。

「タナカさん一家はいい人たちだった」と、彼は言ってスツールに腰をすえた。突き出たお腹や白髪にもかかわらず逞しくエネルギッシュな男に見えた。表情に感情をたっぷり出しながら話す人だった。

「国が、君たちをあちこちに隔離したのは大きな間違いだった。そんなことをする理由はなかった。アメリカの歴史に大きな汚点を残したよ。ほんとうのことだ。私は昔から大声でよくしゃべる陽気なアメリカ人だが、あれが起きたときはちょっとへこんでしまった。今までみたいに誇りを持てなくなった。しかし間違いを犯したのなら、おそらくそこからなにかを学んだはずだ。そう期待したいじゃないか。今でも、世界の中でなんといったって最高の国のはずだ。とにかくあんなことになったのは申し訳ないと思う」

それは謝罪だった。金も地位も人望もある人が、心からの謝罪を、不当に扱われてきた日本人にしたのだった。だが、それはイチローに対する謝罪ではなかった。イチローは、友人であり雇い主になったかもしれないこの人、ただ自分が除雪機を欲しいというだけで必要もない場所でそれをつくったひとりの人間に対して、なんて答えていいのかわからなかった。

キャリックさんは、テーブルの上にカップを置いてコーヒーを注いだ。熱かったが濃くはなかった。

「いつから始めるかね」と、訊いてきた。

イチローはその質問に不意を突かれた。たったそれだけしか訊かないのか。質問はないんだろうか。資格や給料や経験についてやりとりをしなくていいのか。イチローはカップをうまく持ち損ねてテーブルの上にコーヒーを少しこぼしてしまった。

「月に二六〇ドル払おう。一年後には三〇〇ドルにする」

「私は大学の工学部に二年しか行ってないんです」イチローは、予期せぬことの展開にあわてて対応しようとして言った。

「もちろん広告ではっきりしていたと思うが、もし君が資格がないと思っていたらやってこなかったはずだ。もしあるんだったら私らにはすぐにわかる。心配はいらない。君はやっていける。感じでわかる」キャリックさんはそーっと口をすぼめてコーヒーをすすった。

イチローはただ「やります」とだけ言えばよかったし、それでことは片付いただろう。まったく期待してもみなかったような幸運の到来だった。給料もいいし、雇い主はこれ以上望めないほどいい人だ。仕事もまさにイチローが望んだようなものだ。

イチローはキャリックさんを見て言った。「少し考えさせてください」

信じられないといった気持ちからか、驚きからか、キャリックさんは顔を曇らせた。心の大きな国なのに、その大きさを十分に示せなかったアメリカという国が犯した過ちを償いたいと心から願って、キャリックさんは月に二六〇ドル、一年後には三〇〇ドルという条件をこともなげに提示した。広告を出したときは、製図技師の給料が今軒並み下がっていることを考えて、月に二〇〇ドルにしようと考えていたのだが、職を求めて来たのが日本人だったから高くしたのだ。「わかった、イチロー。必要なだけ考えてみたらいい」

キャリックさんがそう言ったとき、イチローはこの仕事は自分ではなく、キャリックさんのようなアメリカ人に匹敵する日本人が手にするべきだと思った。キャリックさんは、国がパニックに陥って過ちを犯してしまったとき、自分はその国の一部だという理由から、国の過ちを少しでも正そうとしていたのだ。

「私は、戦争に行ってないんです」とイチローは言った。

キャリックさんは、イチローの言っていることの意味がわからず眉を顰めた。

「コーヒーごちそうさまでした。お手数をおかけしてすいません」イチローはスツールから腰を上げた。

「ちょっと待って」キャリックさんは考え込むような重い表情をした。心ここにあらずといった様子でズボンのポケットからきれいなハンカチを取り出すと、イチローがこぼしたコーヒーを拭き取った。素早くまっすぐ立ち上がると同時に言った。「私が言ったことがなにか問題だったかな。誓っていいが、私はわざと君や誰かを傷つけようとしたわけじゃないんだ。申し訳ないことをした。もう一度やり直せないかな。どうだろう」

「あなたが謝るようなことはありません。とてもよくしていただきました。私は仕事を探していますし、給料も最高です。というか、この仕事が必要です。でも私にはむりです。ですから、私は戦争に行ってないんです」

「どうしたんだ、君。それがどういう関係があるんだ。私がそんなことを求めたかな。どうしてそれにこだわるんだ」

どう説明すべきなのか。イチローはここでなんらかの説明をせずに立ち去るわけにはいかなかった。この人にはちゃんと話すべきなんだろう。とても率直で誠実な人だから、正直に答えなければ申し訳ない。

「キャリックさん、私が戦争に行かなかったのは、徴兵を拒否して、二年間刑務所にいたからなんです」

驚きや怒りや信じられない、といった反応はなかった。キャリックさんはなにも言わなかった。肩を少し下げ、突然とても年老いた男に見えた。除雪機を持つのが生涯の夢で、それがようやくかなったのに、除雪機がうまく作動しなかった。「すまないことをした、イチロー」とキャリックさんは言った。「君のことや、なぜ君がそんなことをしなければならなかったのか、その背後の事情については気の毒に思う。それは、どうみたって君のせいじゃない。君もそれはわかっているんだろ」

「わかりません。ほんとうにわかりません。わかるのはそういうことをしたっていうことだけです」

「自分を責めちゃいけない」

「私には選びようがなかったんです。時々自分の母のせいだと思うことがあります。母よりも大きいものが原因だと思うこともあります。母は、私が母とは違うことをわかろうとしませんが、そのことよりも大きいものです。わけがわからなかったんです、まったく。国は、最初私たちを西海岸地域から引き離し収容所に入れて、私たちが信頼に値するようなアメリカ人じゃないということを私たちに証明しました。それから国は、私たちを徴兵して軍に入れようとしたんです。私は悔しくて、気が狂うほど悔しかった。それでも多くの者は従軍しました。私はしなかった。これでおわかりですよね。お世話になりました」

イチローが玄関近くの部屋に来て、さきほどの女性の前を通ろうとしたときキャリックさんがイチローに追いついた。

「ミス・ヘンリー」キャリックさんはタイプライターを打っている女性に言った。穏やかで力づけてくれるような彼の態度には人を惹きつけるものがあった。「こちらはヤマダさんだ。製図の仕事をやるかどうかいま検討している」

彼女は、愛想よく笑いながらうなずき「ここが気に入ると思うわ」と言った。「ちょっと変わっているけど、気に入るわよ」

キャリックさんはイチローと一緒にドアのところまで行くと、ドアを開けた。

「決心したら教えてほしい」

二人は握手を交わし、イチローはバスに乗ってホテルへ戻った。当然、大喜びしたいところだった。しかし、心は憂鬱になるほど重々しかった。それから、キャリックさんのことや彼との会話を何度も思い出すうちに、不思議と徐々に心が安らいできた。他人のことを気にかけてくれる人もいる。力のない者、弱い者、さらに表面上はアメリカを裏切ったように見える者の苦しみを理解してくれる人も間違いなくいる。そういう人たちが、弱い者たちのために、思いのやりある偉大なアメリカという生活の流れに戻る道筋をつけるのだ。

アメリカの生存競争は激しく、お金や、大きな白い冷蔵庫や、猛烈な速度で走る大きなピカピカの自動車や、きれいで高価な衣服が、善良で、心優しく、正義を重んじる人たちの人間性を圧倒しているように見える。しかし、依然として、思いやりや、寛容や、赦しの心は、人々の中で脈打っている。そして、キャリックさんという、この先決して使われることがないだろう除雪機なんかに情熱を傾けるエンジニアのことを思い、またキャリックさんが言っていたことを思い、そしてさらにキャリックさんが自分に与えてくれようとしたものを思ったその瞬間、イチローは、自分がほぼ完全に背を向けてきたこの国の本質を垣間見た。そして、この国の過ちは、自分自身が犯した過ちと同様に許しがたいものだとわかった。

イチローは、窓を通して斜めに入ってきた一筋の陽射しの中にタバコの煙を吐いて、それが光りの筋に沿ってゆったりと巻き上がっていくのを見ていた。窓際に行くと、自動車の幌や屋根のさまざまな色が列をなす駐車場をしばらく見下ろしていた。その向こうには、目の届く限り遠くまで市街地が広がっていて、通りがあり、ビルがあり、車や人が行き交っていた。

それからブラインドを下ろすと、暗がりの中でひとりぼっちになった。長い間休んでいなかったので、どっと疲れが出てきて眠気を感じた。服を脱ぐのがやっとで、ベッドに倒れ込むと、めまいとふらつくほどの疲労に圧倒された。

ほとんど身動きもしないでぐっすり眠ったイチローは、夜中の静けさのなかで目を覚ました。下の通りからまれに聞こえる車の音だけが静寂を破った。眠気がようやく失せていくと、やってくるだろうと期待していた穏やかな高揚感を待った。しかしそれは来なかった。イチローは自分が家族のことを考えているのに気づいた。家族は無視できない、心や人生から払いのけることはできないし、無になることは永遠にない。ケンジからオールズモビルをシアトルに戻してくれと頼まれたのは好都合だった。人はまったく新しく人生を始めることなどできない。二〇年、三〇年、五〇年と、泣いたり笑ったりしながら生きて歳を重ねていくわけで、その年月を否定すれば、人生そのものを否定することになる。イチローにはそれがわかっていた。そしてもうひとつわかっているのは、自分は父親や母親と過去を共有しているということだ。父母がどういう人たちであろうと、自分は父母の一部であり、父母は自分の一部なのだ。このことは一緒に暮らしている間だけの話で、自分はもうあなたたちとは縁を切る、などと言ったら、一部を失った人間になってしまう。自分が、完全なちゃんとどこかに所属している人間だった状態に戻りたいなら、そうでなくなりはじめた場所に戻らなければならない。キャリックさんはそうできるチャンスがあることを教えてくれた。そのことを自分はずっと感謝し続けるだろう。

ベッドから這い出ると、イチローは明かりを点けて化粧ダンスの引き出しの中を調べた。三番目に国際ギデオン協会の聖書とセロファン紙に包まれたグラスと二枚の絵葉書があった。机がなかったので化粧ダンスを使って、立ったままキャリックさんに宛てて、ありがたい話ですが仕事はお断りしたいと思います、という数行をペンで書いた。そこで一瞬ペンをとめて、自分がどんなに厚く、深く感謝しているかをうまく表わすような言葉を付け加えたいと思った。一度会っただけで、この先もう二度と会わないだろうこの人になんて言ったらいいのだろうか。このアメリカ人の心の大きさに見合うように自分の気持ちの大きさを伝えるには、どんな言葉がいいのだろうか。この人は、生き方として、未熟なアメリカという国を、いつも世話をしたり心配したりして、アメリカの偉大な伝統へと導いているのだ。結局、なにも言わなくてもわかってもらえるだろうと思い、数行書いたその絵葉書に署名だけを添えた。そして着替えると、葉書を投函し食事でもしようと出かけた。

外へ出ると、人気のない通りを歩いて行った。一〇時をわずかに過ぎたところだったが歩行者はほとんどなく、車もまったくといっていいほど走っていない。郵便ポストのある角まで来て、葉書を投函した。街灯の上の方を見て、自分がバーンサイド通りに今いることがわかった。ポートランドのバーンサイド通りは、言ってみれば、シアトルのジャクソン通りのような感じだった。少なくともイチローが覚えているかぎり戦前はそうだった。そのころ日本人はほとんど旅行などせず、ポートランドまでもたった二〇〇マイルという感じではなく、ずいぶん遠くに思えたもので、ポートランドに行ったことがある男たちは、バーンサイド通りのカフェで会ったウェイトレスのことを夢中になって話したものだった。「バーンサイド・カフェ。覚えているぞ、やばいよ。かわいい子だったよな。シアトルにはあんなのはいないよ。シャープだよ、シャープ」

イチローはぶらぶらと歩いた。飲み屋を過ぎ、薬局、カフェ、空き店舗、たばこ屋、コインランドリー、古道具屋、また飲み屋、そしてバーンサイド・カフェがあった。みんなが以前言っていたように、バーンサイド・カフェ（Burnside Café）とつづったどでかい文字が、恥ずかしげもなくドアを間に挟んで、二つの大きな窓に並んでいた。

白いエプロン姿の若い男が、壁の出っ張りの上に片足をのせてタバコを吸い、外の様子を眺めながら客が来るのを待っていた。イチローを見るとぐっと大きく目を開いた。そして、中に入ってきたイチローのあとについて行くと、親しげに「ハーイ」と言った。

イチローが軽く頭を下げてカウンターの奥へ行くと、中年の女性がミルクボックスの上に立って熱湯を大きなコーヒーメーカーに注いでいた。

その若い男は、イチローを追ってカウンターの中からやってきて、やたらと親しげにニヤッとしてイチローに挨拶した。「お腹がすいてるよね」男はナプキン・ホルダーと砂糖入れの間に差してあるメニューを引き抜いて、開いて見せた。

「ハムエッグと、先にコーヒーを」と、イチローがメニューを無視して言った。

「両面を焼きます？」

「いや」

「母さん、ハムエッグひとつ、卵は片面焼きで」男はコーヒーを注ぐとイチローの前に置いて、その場にいた。

ハエみたいにうっとうしいな。そう思うとイチローはうんざりした。ひとりのジャップは別のジャップを一マイル離れても見つけられる。イチローは、砂糖を入れながらまだニヤニヤしているそのウエイターの顔をじっと見た。汚れのない白い開襟シャツを着て、もしその男が軍服を着ていたとしたら記章がついていただろうところに、これ見よがしにブロンズの除隊章がついているのが見えた。

「日本人だよね。出身はどこ？」

イチローがそうだと言えば、二人は友達になったはずだ。中国人同士も似たようなものだった、いやそれ以上かもしれない。イチローはこんな話を聞いたことがあった。中国から来たエンという名前の中国人なら、フロリダのジャクソンビルでも、ほかのどこでも、エンという名前の別の中国人家族を探せば、なにも聞かれずに家族の一員のように受け入れられるという話だ。それは悪いことじゃない。反対にいくつかの点で素晴らしいことだ。でも、もしスミスがエンのために同じことをしたら、サトウがウォティンスキーのために同じことをしたら、そしてラヴェガッティがたまたま出会った誰かのために同様のことをしたら、どんなに素晴らしいことだろうか。エンはエンのためだけに、ジャップはジャップのためだけに、ポーランド人はポーランド人のためだけに、そして同類同士だけ助け合うということは、階級分化、差別、憎悪、偏見につながり、戦争が起り、悲惨なことになる。それはキャリックさんが望んでいることじゃない。あの人が正しいんだ。

「おれは二つの名誉負傷章と五つの従軍青銅章をもらったよ。だったらなんだって言うんだ」とイチローは言った。

きれいな白いシャツを着て、自分は臆病な日本人じゃなくてアメリカ人であると証明するための名誉除隊章をつけたその若い日本人は、赤面して口ごもった。「そうさ、おれが言いたかったのは、つまり、あんたが思っているようなことじゃなかったんだ。まったく。おれも帰還兵だし……」

「教えてくれて嬉しいよ」

「なんてこった。おれは、ただあんたは日本人かと言っただけだ。いけないかい」

「それが重要か」

「もちろん、そうじゃない」

「じゃ、なんで訊くんだ」

「ただ、訊いただけだ。話のきっかけとかそんなんだ、わかるだろ」

「いや、わからない。おれの名前はウォンだ。中国人だ」

どうしていいかわらずパニックに陥って、そのウェイターは前屈みになって真剣に口走った。「なんだよ。あんたがなんなのかおれには関係ない。おれは中国人が好きだ」

「好きじゃいけない理由があるのか」

「そんなこと言ってない。そんな意味で言ったんじゃ。おれはただ……」男は困り果てた顔をして「まったく、まいったな」と、ぶつぶつ言いながら窓の方へすっ飛んでいった。

少したって、女がキッチンから注文した料理を持ってやってきて、日本語でイチローにトーストとジャムはいかがですかと訊いてきた。彼女は当然のように日本語を使った。客はどうみても日本人に見えたし、彼女にとっても日本語が自然に出てくる言葉だったからだ。

イチローは、ああもらおうと女に言うと、あの若者が窓から外を睨みつけているのに気がついた。彼にとって外の世界は、数分前と比べたらよそよそしくて、より複雑に見えたようだ。女がトーストとジャムを持ってきて立ち去ると、イチローはそれをすばやくたいらげた。もう一杯コーヒーを飲みたいところだったが、それよりも外へ出たい気持ちが強かった。その場から遠ざかり、そして自分が最高のアメリカ人であることを店に来る者みんなに証明するためシャツに従軍記章をつけなければならない若い日本人から離れたかった。ポケットにちょうど小銭があったので伝票と一緒にレジのそばの小さなゴムマットの上に置き、ウェイターの安堵と恥じらいの混じった顔を見ずに急いで外へ出た。

カフェから少し歩いてイチローは隣のバーへ入った。ビールをチェイサーにウイスキーのダブルを注文した。バーテンダーがお釣りを持ってくる前には、立ったまま両方とも飲み干した。それから再び表へ出た。ハムエッグとジャムつきのトーストのあとだったので、酒はそれほどきかなかったが、ホテルに戻るころには頭がぼんやりしてきた。イチローはエレベーターの中で少し待たなければならなかった。エレベーター係の老人がフロント係も兼ねていて、そのときは電話に出ていた。

上がっていく途中で、その老人がイチローの少し赤くなった顔を見て、知ったような顔でニヤッとした。「女の子はどうだい?」と、訊いてきた。「六カイ、頼むよ」そう言って、イチローは男を嫌悪した。

「一度にみんなかい」老人は信じられない、と言わんばかりに訊いてきた。

「六階だよ、じいさん」イチローの顔の火照りが、内にこもる怒りでいっそう熱くなった。

「わかったよ」と、老人は言ってエレベーターを突然止めた。「こりゃいい。私はまたあんたが六回もしたいのかと思ったよ。こりゃいいや」

老人は、イチローがエレベーターを降りて自分の部屋に行くとクスクス笑っていた。

「スケベジジイめ」イチローは小声で罵った。こんなに世の中が腐っていて、不潔で安っぽくて、嫌な臭いがしても無理はないな。みんなが話題にし、きれいな絵に描かれ、どこの家庭雑誌にも載るあの場所はどこにあるのか。きれいな白いとんがり屋根をした新しい赤レンガの教会。それを囲むきれいな白いコテージがいくつもある場所。どの家庭にも一男一女、子どもが二人いて、ガレージにはピカピカの新しい車があり、犬と猫がいる。そして人生とは、ずっと幸せが続く地での生活といったあの場所はどこにあるのか。確かに、この辺りのどこかに、アメリカのどこかにはあるに違いない。それとも、たとえあったとしても、それはおれのための場所じゃないということなのか。たぶんおれは自分で自分を仲間はずれにしたんだろう。でもバーンサイド通りのあの若いやつはどうなのか。あいつは戦争に行っただけじゃ足りなくて、コーヒーを飲みにくるみんなに、シャツのバッジが物語っているように、自分が国のために戦っていることを証明し続けなければならない。軍はあいつの顔をアメリカ人らしく見えるようにはしてくれなかったからだ。それから、歩道に唾を吐いて、おれに東京へ帰れと言うくらいしか能がない、ジャクソン通りの貧しい黒人たちはどうなのか。やつらは外《そと》の世界にいて中《なか》を見ている。まさにあの若造や、おれや、おれが知っているか会ったことがある者たちのようにだ。キャリックさんですらそうだ。なぜキャリックさんは中の世界にいないのか。なぜ外にいて、おれのような追放された者に善意を無駄遣いしているのだろう。たぶんその答えは、中なんてものはない、ということなのだ。たぶん国中の人間が、ありもしない中に入ろうと、突進し、押し退け合い、大声で怒鳴り合っている。せめてこの突進と押し退け合いと怒鳴り合いをやめれば、外が中になりうるのに、そのことに気がつかない。みんなそれに気づくだけの分別がないのだ。これで筋が通る。おれは全てを解決する答えを見つけたぞ。簡単明瞭で筋の通った答えを。

それからイチローは、病院にいるケンジと、自分の夫に似通ったところのある男と寝るエミと、日本からの船を待っている母のことを考えた。するともうその答えは通用しなかった。もし飲み屋にいたら、イチローはビールをチェイサーにもう一杯ダブルのウイスキーを飲み、さらにもう一杯、もう一杯と飲んだろう。しかし、飲み屋には行かなかった。表に出て行って、自分の正体を見抜く人間に出会う勇気はなかった。なにもすることがなく、ただ寝転がって眠ろうとした。どこかで、いつのまにか、イチローは泣き方すら忘れてしまっていた。

朝になってイチローは、ホテルをチェックアウトし病院へと車を走らせた。面会時間ははっきりと「午後か夕方」と、入り口に掲示されていた。だめでもともとだと思い、イチローは中に入ると、電話の交換台の仕事をする娘が応対してくれるまで、受付のそばに立っていた。「なにかご用ですか」と、彼女はとても愛想よく言い、交換機のブザー音に駆り立てられ、ワイヤーコードに付いているいくつもの真鍮のプラグを抜いたり差したりした。交換機の小さな明かりがいくつも盛んに点滅し、いかにも緊急電話がかかっていることを知らせているようだった。

「ここに友人がいるんですが。何号室にいるか知りたいんです」

「いいですよ、お名前は?」

「カンノ」

「カンノなにさんですか」

「ケンジです。カンノは苗字です」

「どう書きますか」彼女は、患者の名簿から「K」のところを調べた。

「K、A、N――」

「あ、ありました」顔を上げると彼女は続けた。「四一〇号室ですね。でも午後にまた来てください。面会時間は入り口に掲示してあります。すいませんが」

「町を出るところなんです。今日の午後にはもうここにいないんです」

「すいませんが、病院の規則なんです」

「そうですね。わかりました」と、イチローは言ったが、右手奥に階段があるのに気がついた。

交換機が頻繁に鳴って、交換手がプラグとコードにもう一度かかりきりになった。イチローは階段まで歩いていくと上がっていった。二階と三階との間で二人の看護婦が下りてくるところに出くわした。二人はイチローを見ておしゃべりを一瞬やめ、ひとりがなにかイチローに言いそうになった。イチローは足を速め、思い切って二人の横を通り過ぎた。すると二人が再び話しはじめるのが聞こえたので安心した。

四階に上がると、誰にも邪魔されずにケンジの部屋を探しあてた。四一〇号室は、階段からそう遠くなかった。衝立《ついたて》が入り口の内側に置かれ、中が直接見えないようになっていた。イチローが衝立の端を回って行くと、高いベッドに横たわる友の細い姿が見えた。ベッドの脚の辺りから高さを調節するクランクハンドルが突き出ていた。

「ケン」囁くように言ったが、意識してそうするつもりはなかった。

「イチロー」ケンジの頭は枕の上にあり、頭はドアの方に向いていた。イチローはケンジの髪の毛が薄くなっていることに気づきなんとなく不安になった。

ケンジが自分の方を向くのを待った。だが、身動きひとつしないとわかりがっかりした。「どうだい、具合は」

「元気だ、座れよ」ケンジは窓の方をずっと見ていた。

イチローはベッドの脇を通ったとき、シーツに被われた脚の付け根が見えた。ぞっとするほど胴体のすぐ近くのようだった。自分自身の脚も硬直してぎこちなく感じながら、イチローは椅子に近づいて座った。

ケンジはイチローを見て、弱々しいが温かみのあるほほえみを口元に浮かべた。

「で、どうだって」と、イチローが訊いたが、その自分自身の声がほとんど聞こえなかった。ケンジは、二人が別々になったこの二日間で一生分歳をとってしまった。それがどういうことか、イチローにははっきりとは言えなかった。ただ、すべてがそこにあった。恐れ、痛み、怒り、そして消耗した心と体だ。

「だいたいおれが思ったとおりだ、イチロー。おれは医者になるんだったな」

ケンジは以前、自分はもうじき死ぬと言っていた。

「間違っていることもある。医者がそう言ったのかい」

「そんなはっきりとは言わないよ。でもやつらはわかってるんだ。おれもわかっているし、そのことをやつらはわかっている」

「なぜ、医者はどうにかしないんだ」

「なにもできないからだよ」

「おれはここにいちゃいけないんだな」なぜかはわからなかったが、突然これだけは説明しなくてはいけないと気づき、イチローが言った。「今日の午後に出直してこいと言われたんだけど、とにかくここへ来ちゃった。来ちゃまずかったな。おまえは休んでいるはずだったんだよな」

「あいつらがなんだ」ケンジが言った。「来てくれたんだ。いてくれ」

病院は静かだった。病院では午前中にあらゆる清掃やベッドまわりの交換や床のモップがけをしなければならないので、見舞客は入れないことをイチローはどこかで聞いたことがあった。物音ひとつ聞こえなかった。「ここは静かだな」イチローが言った。

「ものを考えるにはいい」とケンジが言った。

「確かに、そうだろうな」イチローは、ケンジが体を動かせばいいのにと思った。頭を少し横にしたり腕を振ったりして。しかしそのままの姿で横になっていた。

「シアトルへ戻れよ」

「なに?」

「戻れよ。あとになってポートランドへ来たくなるかもしれないが、さしあたり戻れ。長い目で見れば、それが一番だってことがわかるよ。おまえが抱えたような問題は、逃れられやしないぞ。なんとか乗り越えろ。悪口は言わせておけ。やつらは本気じゃない。おれが言っているのは、やつらは自分のやっていることがわかっちゃいないってことだ。おれが見る限りやつらは、自分がひ弱だからおまえをいじめるんだ。やつらは、ただ戦争に行ってライフルを持ってたというだけで自分たちは特別だと思っている。だけどやつらも同じで、それはやつらもわかっている。やつらはいまもジャップだ。やつらが最初、太平洋沿岸のここらに戻りはじめたとき、おまえはここにはいなかったよな。ものすごい反発があったんだ。悪口を言われたり、窓を割られたり、家にひどい言葉をペンキで書かれたりしたんだ。みんなまったく変わっちゃいなかった。おまえに強くあたるやつらは、たぶん考えがねじ曲がっていて、自分たちが殺されたり撃たれたりすることで、事態がよくなると思ってきたが、それが実は取るに足らないものだとわかりおまえのせいにしているんだ。少し時間をやれば、やつらもまた、自分たちが戦争前と余り変わっていないことに気がついて、おまえと同じ、ただのジャップだとわかるはずさ」

ケンジはしばらく黙っていた。ただイチローを見てほほえんだが、顔は青白く疲れて見えた。「おれが戻ってきたころには、たくさんの日本人がシアトルに流れ込んできた。嫌になったよ。国中に散らばった人もいるって聞いていたからな。ニューヨークのファッション界で活躍する若い女やアーカンソーの学校で校長をつとめるやつ、それからいろいろな場所でけっこう成功しているたくさんの人間の話を読んだよ。おれは思いはじめた。ジャップは反省しているってね。大集団で暮らして、日本語を話して日本人だと感じて、日本人らしい振る舞いをすることは、災いをもたらすだけだってことを、みんな学んだんじゃないかと思ったよ。でも、おれの親父は帰ってきた。そうしなきゃいけなかった理由はほんとうはなかった。一度親父にそのことを訊いてみた。親父はおれにそれなりの答えをした。なんであれ、たくさんの日本人が同じようにしたわけだ。いま、シアトルには戦争前と同じくらい多くの日本人がいるらしい。恥ずかしいことだよ。まったくひどい恥さらしだ。もうすぐ戦争前とまったく同じようになっちまう。大勢のジャップがまわりにフェンスを作ってる。そいつは目に見えるようなものじゃないけど、同じようにそれでひどい目に遭うんだ。政府が日本人を収容所に入れて本物のフェンスで囲ったとき、みんな文句を言って大声を出したけど、いま自分たちが自分たちに同じばかげたことをしているんだ。政府が、おまえらはジャップだと言ったからみんな金切声をあげたんだ。それなのにようやく外に出てくると、待ち切れずに一緒になって突っ走って、自分たちがジャップであることを証明している」

「日本人だけじゃないさ、ケン。ユダヤ人もイタリア人も、ポーランド人も、アルメニア人もみんなそれぞれコミュニティーがあるさ」

「ああ、でもだからって正しいってことにはならない。間違っている。おれは年寄り連中をそんなに責めちゃいない。よりよいものを知らないからだ。よりよいものを求めないからだ。おれが言っているのは、おれのことだ。よいものを知っていて望んでいるおれを含めた若いやつらのことだ」

「おまえはさっきおれにシアトルに戻れと言っただろう」

「今もそう言うよ。戻って、やつらがおまえを放っておけるようになるまでそこにいろよ。それから外へ出ればいい。一年か二年、あるいは五年かかるかもしれない。が、自分たちがどんなに哀れな立場にあるかがわかってきて、やつらが手出しできなくなるときが来るさ。そしたら出て行けよ。一千マイル以内におまえ以外ジャップがいないどこかへ行けよ。白人か黒人かイタリア人か中国人でもいいから結婚しろよ。日本人以外のなんでもいい。それから数世代あとになれば、おまえの勝ちになる。おれの言っていることわかるか」

「素敵な夢だな、でもそんな夢を見てるのはおまえが最初じゃないぞ」

「そのとおりだ」と、ケンジが口に出した。泣いているかのようだった。「ただの夢だ。大きな風船だよ。おれがどこへ行こうとも、ジャクソン通りのようなところがあるのかな。となると、死ぬってのも辛いな」

イチローは立ち上がり、友に歩み寄ると小さな肩に手を置いて、しっかりとつかんだ。

「ラルフに手紙を書くよ」とケンジが言った。

「ラルフって?」

「エミのだんなだよ。あいつにお前とエミがどんなに仲よくやっているかって書くよ」

「なんでだ。ほんとうのことじゃないだろ」イチローは憤慨のあまり首の辺りが熱くなった。

「そうだ、ほんとうじゃない。でも、あの二人の間でやっていることは間違っている。あいつらは一緒になるか別れるか、どっちかにすべきなんだ。もしおれがあいつに、おまえがどんなにエミに熱をあげているかを話したら、腹を立てて戻って来るかもしれない」

ケンジが言いたいことを理解してイチローはにこりとしだした。「てことは、おれはまんざら役立たずだってわけでもないようだな」

「エミに、おれがずっと気にしていたって言っておいてくれ」

「もちろんだ」

「それに、おまえのことも気にしている。いつもだ」

「ああ」

「酒を飲んだら、おれのことを思い出してくれ。おれがどこへ行こうと旅立ちに乾杯してくれ。そこにはジャップとかチンクとかユダ公とかポー公とか黒んぼとかフランス野郎とかの区別がなきゃいいな。みんなただの人間、っていうのがいいな。おれはそんなことも考えるんだ。なによりそれを考えるんだ。なぜだかわかるか」

イチローが首を横に振った。ケンジはずっと窓の外を見つめていたが、イチローがなぜかをわかってくれるだろう、と確信しているようだった。

「あいつは納屋の屋根の上にいた。おれはあいつを撃って殺した。おれが殺したドイツ人はあいつだけじゃないが、あいつのことは覚えている。あいつが屋根から転げ落ちる。今でもずっとあいつが見えるんだ。だからおれは人間だけのいる別の世界がいいんだ。なぜってもし、おれがまだひとりのジャップで、そいつがドイツ人のままだったら、おれはまたあいつを撃たなければならない。そんなことをしなけりゃならないなんてまっぴらなんだ。でも、たぶんほかの場所なんてないんだろうな。死んだらそれっきりなのかもしれないな。すべてがおしまいになる。終わりだ。なんにもなくなる。それもいいか。中途半端よりなんにもない方がはるかにいいな。生きていくことは辛いよ。引っ掛けるところがほんとうはないのに、あると思っているコート掛けみたいなもんだ。掛けるだろ、すると落ちる、とり上げる、また掛ける、また落ちる……。親父に伝えてくれ、天国でもものすごく会いたいってな」

「伝えるとも」

「しょうもない話だろ」

「いや、よくわかるよ」

「さよなら、イチロー」

イチローの手が友の肩から滑り落ち、白いシーツに軽く触れて体のわきに垂れた。言いたかったことは言葉にはならなかった。「じゃあな」と言ったつもりだったが、その言葉は喉の奥のところで引っかかり声にはならなかった。口は開いたが、空虚な沈黙のまま閉じた。ドアのところで振り向いた。ケンジはまだじっとしていたので、髪が薄くなりかかっているところが見えた。黒い髪の間から不健康な真っ白い頭皮が透けていた。もう数年すればケンジは禿げ上がるだろうとイチローは思った。それから心の中でにこりとしかけた。この先数年なんてないんだな。だがそう思うとすぐにほほえみは消え、突然はげしく息苦しいほどの悲しみに襲われた。


それからおよそ七時間後、イチローはシアトルの町はずれに達し、ハイウェイを下りてエミの家へ向かっていた。

ドアのベルを鳴らして待ち、もう一度押した。誰も現われなかったのでイチローはドアを叩いた。エミは近くにいるに違いないと期待しながら裏手に回った。すると、ガレージとして使われている小屋に、まだ新しく見える戦前のフォードがとまっているので安堵した。おそらく、彼女は町へ車で出て行ってはいないようだ。イチローは裏のドアが閉まっているかを調べたが鍵がかかっていたのでもう一度正面に回った。

疲れと空腹で、戸口に座ってタバコに火を点けた。そのときエミが、数日前の朝、男が前屈みになって働いていた辺りの畑から、家に向かって歩いてくるのが見えた。目を凝らすと、その男はまだそこで屈んで、依然として働いていた。

エミは、しっかりした大股の足取りでやってきた。ときどき走っては、足元に気をつけてひょいと泥地を跨ぎ、畝や丹念に手入れされた野菜の列を跳び越えてきた。イチローは立ち上がって手を振ったが反応はなかったので、エミが近づくまで待ってからもう一度手を上げた。でもまだ返事はなかった。わざとイチローを避けるかのようにして、エミは門に近づき、そこに着くと顔を上げた。生き生きとして、期待のあまり緊張していた。

「ハロー、エミ」

「オールズモビルが見えたから……」エミは失望を隠さなかった。

イチローは戸惑った。がっかりさせてしまったと感じ、「ごめん」と、静かに言った。

エミは、イチローが開けたままにしていた門に手をかけて、ぴしゃりと閉めた。うつむいて口をとがらせ、ほおは膨らみ、ぶ然としていた。歩き出したが足取りは重そうだった。そして戸口に腰を下ろした。

エミの反応にうろたえたイチローは、不安で気を揉み、なにを言ったらいいかと考えた。ようやく隣に座ると黙っていた。見なくてもイチローにはエミが涙をこらえているのがわかった。茶色い泥が一筋彼女の靴のつま先に付いていて、イチローはそれをふき取りたい気持ちを抑えた。

「ただ、ものすごくケンに戻ってきてほしかったの」エミは、ほとんど囁くように話しはじめた。「今回戻ってくることはね、いままで以上になにかずっと重要だって気がしたの。もう、戻ってこないのね」

「ああ、そう思う。あいつは君のことをずっと気にしていた。そう君に伝えてくれって言ってた」

「ごめんなさい」だしぬけにエミは言った。

「なにがだい」

「さっき気分を悪くさせちゃって」

「そんなことない」

「そうよ。ごめんなさい」

「いいよ」

「なにか食べるもの作るわ」エミはそう言って、イチローが断わる間もなく立ち上がり家の中に入っていった。

キッチンでエミが冷蔵庫から流しへ、そしてレンジへと動き回り、必要以上に時間をかけて、こまごまとしたことをしているのをイチローは見ていた。

イチローは皿や必要なものを食器棚から取り出しテーブルに並べた。「あいつのこと愛していたのかい」と、イチローが訊いた。

エミは振り向くと、まったく驚いた様子も傷ついた様子も見せずやさしくほほえんだ。「ある意味ではね。ラルフを愛するのとはまた違った意味でね。あなたを愛しているかもしれないっていうのとも違うの。でも私は彼を愛していた。違う、愛していたなんて、彼はまだ生きているんだから。ものすごく愛しているわ、でも十分とは言えないわね」

「ほかのときだったら、君の言い方がわからないかもしれないな。でも今はわかる」

「そんなことはいいの。わかってくれたら嬉しいけど、ほんとうにそれはどうでもいいの。愛は使わずに貯めておくことなんてできない。人は生まれたときから愛を持っていて、必要に応じてそれを使うんだけど、女はいつも使う以上の愛を持っている。苦しいことや、辛いことや、悲しいことや、やさしさが、愛を育てるのよ」

「君のことをいつも気にしているって、あいつは言ってたよ」

「それはもう聞いたわ。もう言ってくれなくてもいいの」エミは肉とポテトをイチローの皿にとって、どうぞと勧めた。自分にはコーヒーを注ぎ、クリームも砂糖も入れず、ぼうっとしてかき回した。

イチローは、腹が減っていたと思っていたが、気がつくとひと口ずつ口にしては長々と噛んでいた。

「それであなたは？」

エミの言ったことの意味がよくわからずに、イチローは彼女を見た。

「これからどうするの」

「まだ、決めていないんだ」正直に答えた。「不思議なことにポートランドでとてもいい仕事が見つかったんだ。でも断った」

「そのこと、聞かせて」

キャリックさんのことをほめる言葉を延々と並べ、その仕事を最終的に断った理由を長々とイチローは話した。なんだか、自分が断ったことにエミがいらついているんじゃないかと思った。しかし話し終わるとただ「よかったね」と言った。

「おれが仕事を断ったことが?」

「違うわ、あなたが以前と違って、この先希望があるってわかったことがよかったのよ」

「まさに君が言ったようにだ」

「そう言ったでしょう、ね」エミは嬉しそうだった。「あなたが言うキャリックさんっていうのは、アメリカ人がいつも自分たちはこういう人間なんだって言っているときの、そのアメリカ人みたいね」

「百万人に一人のね」イチローが付け加えた。

「もっと少ないわ」すぐにエミが言った。「もっとたくさんの人がその人みたいだったら、強制退去なんてなかったでしょうね」

「そうだな。もっと広げて考えれば、戦争だって起きなかったかもしれないな」

「あなたや私や誰にとっても問題がなかったかもね」

「神様もひまになっちゃうな」なぜかわからずイチローは言ったが、すぐに自分たちが話していたことが、単なるおしゃべりにすぎないことに気づいた。要するに、ポートランドにはキャリックさんのような人がいる、ということだ。でもそれは必ずしも彼のような人が、ほかにもいるっていうことじゃない。世界はなにも変わりはしない。ただエミと自分が、さっきよりもっと悲しい気分になっただけのことなのだ。

「マエノさんのとこで働けるわよ、もしあなたが望むなら。あなたが来る直前にあなたのことを彼に話していたの」

立ち上がると、イチローはレンジの方へ行きコーヒーポットを取り、もう一度座るまで黙っていた。

「いい話だけれどおれにはできない。とにかくありがとう」

「どうして」

「自分のためにならないような気がする。世間から隠れるようなものだからな。あの人は日本人だ。おそらくおれがしたことを褒めるんじゃないか。もしかしたらおれがしたことはあの人にはどうでもいいことだろう。でも、おれはそうじゃない」

「それで、あなたはどうするの」

「日本人じゃない女の子を探して結婚するさ」エミが信じられないという表情をしたので、イチローは急いでケンジが言ったことを説明した。

「ケンは本気で言ったんじゃないわ」エミが答えた。「そういうふうになるべきだって言いたかっただけなのよ。自分が言っていることは、しょせん夢なんだって知っていたと思う」

「そうだな。たぶんそれであんなに悲し気で、心の底ではちょっと憂鬱だったんだろう」

「ほんとうにケンは死んでしまうの」エミが嘆願するようにイチローを見た。嘘だと言ってほしいと言わんばかりだった。

イチローは、うなずくのが精いっぱいだった。

エミは自分のカップを不意に遠くに押しやった。コーヒーがテーブルに飛び散った。両手で顔を覆うと、エミはほとんど音もたてずにすすり泣いた。

「行かなきゃ」とイチローが言った。「もう二度と君に会いに来ることはないかもしれないな。それとも、来ちゃうかな。おれはもう君のことがとても好きになっているし、いずれきっとすごく好きになると思う。でもそうなっちゃいけないんだ。たぶんラルフが帰ってくるから」

「ラフルは帰ってこないわ」エミは顔を手で覆ったまま泣いて言った。

「帰ってくるさ。ケンがラルフに手紙を書くって言ってた。ケンにはなにか考えがあるんだ。そいつでラルフにショックを与えて、ラルフに自分自身がしていることをわからせるんだ。ラフルはもうすぐ帰ってくるさ」

イチローは、一瞬エミのそばに立った。彼女を慰めてあげたくなり、ゆっくりと腕を上げた。が、触れずにそのまま下ろした。すばやく唇を軽くエミの頭にあて、そして走って家を出た。

8

イチローの父は、そっと曲げた腕で大切そうに茶色の紙袋を抱え、もう一方の手でしっかりとそれを胸に押しつけた。八時に酒屋が閉まるその前に到着しようと急いだので、コートも帽子もなしで出てきてしまった。足をすばやく運んで歩道をどんどん進んだ。足の下の歩道は、なんとなく感じるだけだった。まだ三月で、オーバーが必要なほど寒かった。体が少し震え、ぞくぞくした。酒を飲んでから、だいぶたっているせいだ。酔いが醒めてくるときはいつもこんな感じになる。しらふに戻るかもしれないと思うと怖かった。父は走った。中身が、がちゃがちゃしはじめると袋をしっかり抱えた。袋は、ビンが四本入るとちょうどよかったが、買ったのは三本だけだったのでかなり隙間があった。「次は、絶対四本買おう」と呟いた。「そうだ、四本が一番だ。ケースごとならもっといい。クソ！　のどが渇いたな。クソ！　おまけに寒い。すごい寒さだ」

酒屋から一ブロック離れたところで、父は歩道の縁石を飛び越えようとしたがうまくいかなかった。袋を必死に抱えて、なんとか体を空中でねじったので肩から歩道に落ちた。その衝撃で瞬間息がとまった。喘ぎながら横になると何人か自分に走り寄ってくるのが見えた。

息遣いがもとに戻ると、父は紙袋に手を伸ばし濡れていないか、ガラスの破片がないかを調べた。

なにも壊れていないようだった。

「オーケイ」父はたどたどしい英語で、真上から心配そうに問いかける顔に向かって言った。「大丈夫です。転んだだけです」

父はその人たちに手伝ってもらい立ち上がり、再び家までの帰途についた。ドアのところで鍵を取り出すために紙袋を持ちかえてはじめて、肩と背中に痛みを感じた。痛みに少し顔をゆがめながら中に入りキッチンまで行くと、家を出たときと同じで、電球がついたままだった。まごつきながらも急いで酒ビンを一本取り出し、セルロイドの封を破って口に持っていった。歯を噛みしめ、頭を振るとようやくアルコールが体のなかにおさまった。上等だ、ひどい味だが上等だ。首を伸ばしてヒリヒリ痛む肩を見ると、転んだためにシャツが破れ、傷ができていた。父はウイスキーをいくらか手のひらにとってケガをしたところに力強くすり込んだ。燃えるような痛みが走った。あまりにひどかったので、もうひと口がぶ飲みせずにはいられなかった。するとようやくそこそこ落ち着いた。それから腰を下ろすと、まったく手が付けられていない料理と茶碗の冷たいご飯を悲しげに見た。数時間前に自分が用意しておいたものだった。これが初めてでも二度目でもなかった。母は二日間なにも食べていなかった。イチローがポートランドに行ってからずっとそうだった。父はラッパ飲みすると、力を振り絞って寝室へ向かった。

「母さん」と、泣きそうになって言った。「母さん、少し食べなきゃだめだよ」

母はベッドに横たわり、黙ったままで動かなかった。父は怖くなった。暗闇のなかで怯える子どものようになってしまった。母親が死ぬかもしれないと考えたからではなく、狂ってしまったと考えたからだった。横になっているか、目を開いたまま動かず死んだように座っているとき以外、母はおかしなことをしていた。それは缶詰のことから始まった。棚の上に缶詰を並べては床の上に放り投げ、考え込み、いらいらして箱に缶詰を詰めなおす。イチローが家を出てから数時間、ずっとこの動作を繰り返していた。それから沈黙があった。父はもうその沈黙が、母がベッドに横になっていたからなのか、座っていたからなのか、やかんの水が静かに温まっていくのを感じたからなのか忘れてしまった。沈黙のあとは雨になった。静かな雨はいつものように霧雨で、信じられないほど冷たかった。父は物音ひとつ聞かなかったが、母にもう一枚毛布を掛けてやろうと寝室に行くと、母は裏に出て洗濯物をロープに掛けていた。どのくらい長いこと母が雨の中にいたのか父にはわからなかった。母の髪は濡れて真下に垂れ下がり、尻の小さな盛り上がりのところまで達し、濡れた綿の服がぴったりとそこにひっつき割れ目がわかるほどだった。父は戸口から母を呼んだ。母は気にも留めなかったが、父はがっかりはしなかった。無理だろうとわかっていた。そんなわけでずっと見ていたが、もうがまんできないと思うと、今度こそはと母のところにまっすぐ走って行き、ばかなことはやめて、中に入れと叫んだ。だがそれも無駄だった。それから父は中に入って待ち、ウイスキーを飲んだ。半分入っていたビンがほとんど空になったとき、ドアがバタンと閉まった。それからもう一度、恐ろしい沈黙があった。そのときは母は座っていた。それは覚えていた。雨でずぶ濡れになったものをロープからはずそうと外に出たとき、母の横を通るため体を横向きにしなければならなかったからだ。

それからあとは？　父は悲しげに母が横になっているベッドを見つめた。あのあとなにが起きていたかはどうでもよかった。今、あるいは今晩か明日になにが起こるのかだけが問題だった。どこでどうやって、こんなことが終わるんだろうか。母さんはどうしちゃったんだ。

「母さん」父は声をあげて泣いた。「食べなさい。病気になっちゃうよ。食べなさい。さもないと死んじゃうよ」

その声に応えるように、母は動き出し、起き上がって父を見た。

「さあ、母さん、食べなさい」

母は、ためらいがちに数歩進むと父の方に来た。

動揺してドアから離れると、父は急いで母が通れるように場所をあけた。

キッチンの少し手前で止まり、母は、しばらくどうしたものかと立ったまま、自分の感覚を整えるようにゆっくり首を振った。それから決意してベッドの端に飛び乗って、段ボールの衣装ケースの上に積み上げられたいくつかのスーツケースを下ろしはじめた。

「母さん！」絶望に満ちた声だった。父は、母が引き出しをあけて、手当たりしだいにスーツケースに詰め込んでいくのをやるせない思いで見ていた。今度はどのくらい続くのか、と父は思い、震える手で肩の傷をそっとさすりながら椅子にどすんと身を沈めた。両手でビンをつかむと身震いした。苦痛を解き放してくれる溢れんばかりの涙をこらえようと、唇を噛みしめながら前方に崩れ落ちると、テーブルの冷たさが額全体に伝わってきた。これで落ち着いた。突然、寝室内での小刻みに動き回る音や、なにかがぶつかる音がやんだ。ゆっくりと父が顔をあげて、寝室のドアをじっと見つめたちょうどそのとき、母が出てきて大股でバスルームへ入っていくのを一瞥した。母がしっかりとドアを閉めると、すぐあとで鍵がかかる音が聞こえた。それからお湯が浴槽に入る音がしたが、はね返ったり、ドボドボと音をたてたりすることはなく、ちょろちょろ流れ落ち、いやいや出ているようでもあった。

　ウイスキーをラッパ飲みしながら、お湯が少しずつ白い浴槽の底に流れ落ちる音を聞いた。お湯がある程度溜まってくると、水面にお湯が落ちるやわらかな音へとだんだん変わっていった。なぜ母さんは蛇口をいっぱいに開けないのか。父はもどかしかった。いつものようにひねればいいのに。すばやくてきぱきと気忙しく、おまえがいつもやってたようにだ。まず浴槽にお湯を入れはじめ、それがいっぱいになる間にキッチンの床をきれいにする。床が終わったらモップを絞って裏に掛けて乾かす。お湯はちょうどいい深さになっている。おまえは時計のようだ。一秒たりとも無駄にしない。

　父はもう一度ラッパ飲みした。お湯の出は、いらいらするほど遅かったので、お湯が飛び散る様子の変化にほとんど気づかなかった。

　ついに、耐えられなくなって父は店へと戻ると片手でビンをつかんで、暗がりの中を手探りで玄関口辺りまで行った。そこまではバスルームの音は届かなかった。色あせた紅玉リンゴが二、三個入った箱を、逆さにして腰を下ろすと、リンゴが床に転がった。

　背筋を伸ばして酒ビンを持ちあげて口にすると、父は突然ここ数日の苦悩と緊張に襲われた。

「疲れた。ほんとうにくたくただ」大声でうめくと、体を前に折り曲げてウイスキーを床に置いた。ずっとそうしていると、傷ついた肩の痛みが広がって、重くのしかかる苦痛のなかを、何本もの針が一列になって引っかいていくように感じた。父は自分の運命を嘆いた。

　義姉《ねえ》さんは、おまえを今でもキンチャンと呼ぶね。人生が辛すぎて耐えられなくなったんで、義姉さんはおまえをもう一度キンチャンと呼んでいる。そうすれば、みんなが若くて強くて勇敢で、いろんなことにがむしゃらだったころを、義姉さんは思い出すんだ。昨今のがむしゃらじゃなくて、若者らしい素敵な幸せな生き方のなかでのがむしゃらだ。年老いた女のお前が無茶苦茶なのとも違う。かつて私もおまえをキンチャンと呼んだな。キンチャン、キンチャン。あのころおまえは素敵だった。小さくて誇り高くてしっかりしていて、たぶんちょっと気むずかしかったかな。でも内面は素敵で色っぽかった。そう、そう、私もうまくやれたものだった。私には、素晴らしくて甘いっていうことは結婚前にわかった。親や仲人の目を盗んでやったんだったな。おまえの父さんがそこにいて、おまえはその隣にいた。おまえの母さんはすでに死んでいた。私がいて、私の母さんと父さんと村長の弟がいた。名前は忘れたが私らの仲人だ。よく話したなあの人は。話して飲んで話して話して。ひたすら話していたのは、それがあの人の役目だったからだ。あの人は、私の父と母に、自分たちの息子にとっておまえがどんなに立派な嫁になるかを話していた。おまえは下を向いていたが、私にはおまえがニコッとしているのが見えたぞ。うっとりするほどだった。素晴らしいったらなかった。それからあの人は私のことを話した。私は背筋を伸ばして満ち足りて胸を張った。私が一、二度おまえの方を盗み見すると、おまえは喜んだね。私も嬉しかった。誰もが喜んで、ものごとはてきぱきと進んだ。というのも、この宴席は、ただ話をまとめるだけのものだったからだ。みんな陽気になって楽しくなれば、酒が運ばれてくるのは当たり前で、さらに気分は高まった。みんな酔っぱらった、おまえの父さんも私の父さんも村長の弟もだ。私は少しだけ酔った。みんなよりずっと幸せだったし、なにもしてもらわなくても楽しかった。それからその瞬間がきた。母さんが、父さんにあまり飲みすぎないように言っているとき、おまえは台所で酒を温めていた。おまえの父さんとあの男は、おまえなんかには聴かせられない歌を歌っていた。私がトイレに立ったときだった。おまえが私を見て、そして私もおまえを見た。なにも言う必要はなかった。言葉ではなく、ぐっとくる気持ちがすべてだった。そして母屋と臭いのするトイレの間の狭い廊下の暗がりで、私はおまえを立ったまま妻にした。素晴らしかった、結婚した日の夜なんかよりずっと素晴らしかった。あんなによかったことは二度となかったってておまえは知ってるかい。そうだ、キンチャン、あれが間違いだったんだ。私らは待つべきだったんだ。そうすればすべてはちゃんとしたんだ。私らは間違った、だから苦しむんだ。おまえの父さん、私の父さんと母さん、そしてあの人は知らなかった、でも神様は知っていた。暗がりで私らは立っていた。神様は見ていて、うなずいていてそして言ったんだ。恥ずかしい、なんて恥ずかしいことか」「あああ」父はうめき声をあげた。それから暗がりをじっと見つめて静かに呼んだ。「タロー、イチロー」

返事はなかった。相変わらず辺りは暗かった。キッチンとの境につるされたカーテンの下からわずかに光が漏れているだけだった。

父は一生懸命前屈みになって、まるで自分の前に息子たちがいるかのように嬉しそうにほほえんだ。そこに息子たちがいないのはわかっていた。しかし二人の名前を声にしたいという気持ちに抗えず、もう一度呼んでみた。「タロー、イチロー」

まるで息子たちのしっかり応える声が聞こえたとでもいうように、首を持ち上げて、辛い現実からほんのいっときでも逃れて、親子ごっこのようなゲームをできるだけ楽しもうとした。ボコボコという音がしたが弱くなり消えた。なんだろうと聞いていた。ボコボコという音はしばらく続いて、それが止んだ瞬間、風呂のお湯だと気づいた。すると突然、現実が疲れた体のなかに一気に戻ってきた。

腕を伸ばして床の上のビンをさっとひっつかむと、絶望の重みでよろめきながらも体を反らして、ウイスキーをぽっかり空いた口に流し込んだ。全部飲んじまおう。黙って自分に言い聞かせた。男らしく飲み干してしまおう。安酒のまずい味がわからないよう、息をとめてむさぼるように飲んだ。ひたすら飲み続けたので、胃はもう破裂しそうなまでに膨らみ、苦痛に喘いで口元はひきつり、体全体で空気を求めているようだった。それから恐ろしくなり飲むのを止めたくなったが、頭がくらくらしてきて、あとは口が勝手に遠いところへいって、痙攣するように顎を動かしながら酒を飲み続けているなと思うばかりだった。まもなく口から酒が溢れてしまった。指にはもはや意志は伝わらないようで、ビンが手からすべり落ちるのがわかると本能的に顔をそむけた。大きなうめき声とともに口からウイスキーを吐き出すと、箱から床の上に転げ落ち、完全に疲れ切って横になってしまった。

家の薄い外壁を通して、車のタイヤが歩道の縁石をこする音がかすかに聞こえた。ヘッドライトの明かりが店のなかに射しこんできた。父は缶詰の棚の上に貼ってあるラッキー・ストライクのポスターに目の焦点を合わせようとした。ポスターのいろいろな色がいっせいに流れ出し、見覚えのある大きな赤い丸は、ゆらゆら揺れ何重にも見えた。二重になり三重になり、絶えずゆがんで、輪郭がぼやけた、さまざまな丸の群れになった。気持ちが悪くなり、疲れて酔っぱらった父は、目を閉じると、アイドリングするエンジンの音を聞いているうちに、たちまち眠りこんでしまった。

外では、イチローが車の中にいて、家に戻るかどうか決めかねていた。孤独感でいっぱいだった。

もう二度とケンジやエミには会えないだろうとわかっていた。二人ともよくしてくれた。ケンジとエミとキャリックさんの三人は、イチローに好意を抱いていたから、多少なりとも力になってくれようとした。彼らにはイチローがしてしまったことなどどうということはなかったのだ。なるほど、またひとりになってしまった。でも、刑務所を出た最初の日に、ジャクソン通りを歩いて家に帰るときのように、まったくのひとりぼっちじゃなかった。エンジンはまだアイドリング中だった。イチローはちょっと目を細めて店の中をじっと見た。明かりの筋がいくつか奥に見えた。もちろん両親は家にいる。どこかに行ったはずはない。イチローは母がどうしているだろうかと思った。缶詰の作業のことを苦々しく思い出した。

ヘッドライトの明かりが店の中を照らすと、イチローはコカ・コーラ用の赤いクーラーの頭の部分を見た。そのうしろの壁には、缶詰がいっぱい並んでいた。ラッキー・ストライクのポスターを見て、よく目にしていた「トーストしてあります」という宣伝文句がはっきりと見えないのが気になった。座席にゆったりもたれると、店とは反対方向にある駅の時計台をじっと見た。その下でエトに侮辱されたことがあった。まだ九時を数分回ったところだった。衝動的に決心すると、イチローはアクセルを踏み、もうわが家を見ずにケンジの家へと車を走らせた。

イチローが切り立った丘の上でベルを鳴らすと、ケンジの父親が戸口にやってきた。

「こんにちは、カンノさん」イチローはそう言うと、目の前の人のことを思い出した。アイダホの収容所で数年前に会ったのが最後だったが、それほどは変わっていないように見えた。

「車を戻しにきました」

「車って？」

「はい、ケンの車です。一緒にポートランドに行ったんです」

「中に入って」父親は心を込めて言った。「どうか入って」

「いいえ、自宅に行かなくてはならないんです」イチローは車のキーを差し出した。

「ほんの少しだけでいいから、さあ」ケンジの父親は、身振りでイチローを中へと促した。

イチローは家に入ると、その大柄な人が居間を大股で歩いていき、テレビのスイッチを切るのを見ていた。それから父親は、イチローが立ったまま待っているところまで戻ってくると、イチローを見て一生懸命考えた。「君の顔を思い出せそうなんだが……」

「イチロー・ヤマダです。前みたいじゃないと思います」

「そりゃあそうだ。思い出したよ。家族は元気ですか」

「はい、元気です」

「座って。今晩はひとりなんだ。野球の試合を観ていたんだ」

「おじゃましてすいません」

「かまわないさ。今年のシアトルはぼろぼろのチームだ」父親がイチローの方に椅子を寄せた。野球のことなどどうでもいいのは明らかだった。

「車のキーです」そう言って、イチローは父親の手のひらにそれを置いた。

「ありがとう」

家の中は静かだった。静かで温かく、居心地がよかった。

「一杯どうだい」

「いいえ」

「いつあの子に会ったのかな」

「今朝です」

「どうだった」

「かなりいいみたいでした」イチローは、じっとしているべきだとは思ったが、ソファの上でぎこちなく体を動かしてしまった。

父親は、イチローがもう一度落ち着くまで待って言った。「意識は、はっきりしていたかい。口がきけて、目が見えて、感じることはできてたかな」

はっとしてイチローは突然、必死に一生懸命あれこれと話しはじめた。「もちろんです。元気でした。今朝彼と別れたときは、気分も上々でした。一週間か一〇日、そう遠くないうちに、きっと……」

そこで突然話をやめた。父親の目が物語っているものを見たからだ。それはこう言っていた。息子と私には隠し事はないんだ。もし死が避けられず、そのことを君が話したくないのならまったく話さなくていいんだよ。

「気をつかってくれてありがとう。でもいまは親切にしてくれなくていいんだ」と、父親はやさしく言った。

「すみません」

「私たちみんな同じだよ。さあ、聞かせてくれ」

「ぼくらは二日前の夜、車で出かけていて、途中どこか田舎の町でスピード違反のキップをもらったんです。ぼくが運転したんですが、ケンはぼくが免許証を持っていないのを知って身代わりになってくれました。警察官はぼくらに賄賂をよこすよう持ちかけてきたんですが、ケンが断ってキップをもらいました。彼はそれを破り捨てました。そのあと病院に行く直前のことですが、ケンは、警官のことを言ってました。あいつが自分を捕まえようと思ったら、たどり着けないようなところまではるばるやってこなきゃならないって。自分は死ぬだろうっていう意味です。それで……」

「そうだな、あの子らしい」父親は嬉しそうだった。

「一度、病院に見舞いに行ってきました。今朝です。ケンは自分が死ぬってわかってます。そんなふうなこと言ってました。なんだか体が辛そうで、気分もちょっとくさってるみたいでした。彼が間違っていればいいんですが。でも間違いないと思います。時間の問題じゃないかと」

「でも、あの子の精神の方は大丈夫だったかな。わけのわかんないことを言ってなかった？」

「いいえ、少し弱っているようでしたが、それを別にすればいつもと変わりはありませんでした」

「よかった。もしあの子がいかなくてはならないんだったら、時間をかけずにいってほしいと思っていた。実際そうなったんだね」

父親の言ったことの意味をつかみかねて、イチローは尋ねるようにその人を見た。

「ケンは死んだんだ。今日の午後三時だった」

午後三時には、イチローはドライブの途中でカフェにいて、パイを食べてコーヒーを飲んでいた。その間ケンジのオールズモビルにガソリンを入れてもらっていた。突然の衝撃に呆然となった感覚を、言い表わす言葉はなかった。また見つけようともしなかった。

「さあ、ほかのものが戻ってくる前に、君を家まで車で送ろう」父親はやさしく言った。「夕食のときには家族に言わなかったんだ。みんな今晩は映画を見ることになっていたし、みんなのその日の楽しみを台無しにするわけにはいかなかったからね。明日私がポートランドに行って葬式の準備をしてくるつもりだ」

「ケンをここに連れてくるつもりですか」

「いや、以前ケンと私とでそのことは話したんだ。ケンが死んだときのことについて何度か話したうちのなかでのことだ」父親が鍵をかけずにドアを閉めると、二人はゆっくりと車へと歩いて行った。「あの子は言ってた。『おれが死んだら、おれのことであれこれ気をもまないでくれ、父さん。わいわい騒いだり、大きな葬式はなし。もし、おれがポートランドにいるとき、そういうことになったら、あそこの連中に任せてくれ。穴を掘らせてやれ』ってね。それから『もし、おれをほかのジャップと一緒にワシャリの墓地に入れたら父さんのとこに化けて出てやるから。おれには次の場所について考えがあるんだ。次の世ではちゃんと始めたいんだ』ともね」

車を発進させると、父親は思いきりハンドルを切ってオールズモビルを回転させ、速度を落として丘を下った。

「日系のコミュニティーが、まとまってワシャリに遺体を埋める許可を確保できたのは、ほんとうにいいことだと私は思った。長いこと白人だけのためのものだったからな。実際は、日本人の遺体はある区域に隔離されているんだ。しかしそれでも、私はけっこういいと思った。でもケンは、怒ったよ。

おれの遺灰はオレンジの箱に入れて、コネチカット・ストリート・ドックの先の下水が吐き出されるところの入り江に捨ててくれって、あの子はいつも言ってた。私がそうはしないことを知ってたがね。でも、あの子がワシャリに行かないようにするつもりだ。家族だけで小さな葬儀をして、たぶんあの子が喜ぶような場所をみんなで見つけてあげられると思う」

イチローは父親の静かな声を聞いてなにか言おうと振り向いた。そのとき悲しみにうたれた顔に涙がキラっと光るのを見た。顔をそらしてイチローは応えた。「もっと生きててよかったのに」

「それに幸せになって当然だった」父が付け加えた。「いい子だった、楽しくて、思慮深くて、みんなに好かれて、でも、ほんとうは幸せじゃなかった。ほかの子たちはそれほど思い悩むことはないようで、物事はなるようになると自分に言い聞かせて、けっこううまくやっている。あの子はそうじゃなかった。いつも、なぜ物事はこんなふうになるのかって考えていた。あの子のためには、私はアメリカに来るべきじゃなかったと考えることがしばしばある。日本にいるべきだったと。日本であの子は日本人とだけ一緒にいる日本人でいられたんだ。そうすればたぶん死なずに済んだ。そんなことを考えても、もう遅すぎるがね」

二人が黙ったまま、車は食料品店のそばまで来た。口を開いたのはケンの父親だった。「私らのためにいろいろしてくれてありがとう」

「なにもできませんでした。私がケンに世話になったんです。なんてお悔みの言葉を言ったらいいのか」

「家族に知らせなきゃな」と父親が言った。「家に帰ってみんなにケンが死んだことを言わなきゃならない。簡単にはいきそうにないが」

「そうですね」

「さようなら、イチロー」

イチローは手を振って応え、車が角を曲がって消えていくまで見ていた。


ドアの鍵がかかっていなかったので、イチローは店に入ってしばらく暗がりの中に立っていた。あまりの静けさに、驚くと同時にウイスキーの匂いに眉を顰めた。ゆっくりと住まいの方へと進んで行った。すると足がビンにあたった。それがどこにあるのか、床をよく見ると、いくつかの曲がりくねった水の流れが床板の上にできて、低い場所で浅い水溜りになっていた。

なにがなんだかわからず、イチローは水をたどってキッチンまで行った。するとバスルームのドアの下で流れが広がって、強くはっきりしていた。手はドアノブをつかみかけたが、突然、寝室を覗いてみなければと思った。中を見ると、両親のベッドの上にこぎれいに積み上げられたスーツケースの山があった。だが母や父のいる気配はなかった。

急に怖くなった。静けさにつきものの悲劇を感じ取りながらバスルームへと急ぐと、ドアには鍵がかかっていた。腹立たしくなりイチローはドアに何度も肩をぶつけた、その都度わずかながら動くのがわかり、最後の一撃でバスルームへ飛び込んだ。

母は、体半分が浴槽の外へ出ていて、半分が中にあった。くすんだ灰色と白い髪の毛が水面に浮いて、海藻の塊のようにもつれて首や顔を覆い隠していた。これとは別に、溢れ防止用の排水口に髪の毛が吸い込まれて詰まり、湯がバスタブから溢れていた。それは、長い間現実から締め出されていた母の心が、おかしな出口を求めて行きついてしまったのと同じだった。

イチローは嫌悪といらだちしか感じなかった。意を決して手を伸ばし、湯を止めた。もう一度母を見ると、軽い震えが背中に走り、肩まで到達するのを感じた。その瞬間、気力を奪われたが、気がつくと大慌てで母を湯から引き揚げなければと考えていた。妙に体がしびれたようで、動きがぎこちなくなったが、ともかく屈んで母の腰を両手でつかんだ。手で体に触れてみると、まずなにより栓を抜かなくてはいけないと思った。ここで落ち着いて、鎖を探り、引き揚げて脇に出した。しばらく見ていると、水位が下がっていき、それと一緒にもつれた髪が引っ張られ、生気のない白い首があらわれた。

死んでいる。心の中で呟いた。間違いない。覚えている限り、自分にとって母さんはずっと死んでいた。母さんはおれとタローに命を与えて、おれたちを自分が理想とする型にあわせてつくろうとした。でも、おれたちはそんなものは知らないから、それは事実上ないに等しいものだった。よその息子や娘たちが、両親を知ったり感じたり見たりする仕方からすると、おれたちは母さんが生きてきたとは思えない。母さんはずいぶんと多くの間違いを犯した。日本を捨てたのが間違いだった。日本を捨てアメリカに来て、二人の息子を持ったことが間違いだった。そして、母さんがアメリカのような国でおれたちを完全に日本人にしておくことができると思ったことが間違いだった。おれについては、母さんはうまく育てることができた、あるいはそうだったのかもしれない。ときどきおれは、母さんが完全にうまくやっていたら、もっとよかったのにと思うことがある。母さんは幸せだったろうし、おれも人として満たされた感覚がわかったかもしれない。でも、母さんが犯した間違いは、あまりに数多くて大きかったから、今度はおれが間違いを避けられなくなった。おれは自分のことをずいぶん長い間憐れんできた。それが突然母さんのことを憐れんでいる。母さんが死んだからではなく、幸せを知らなかったから憐れんでいるんだ。さあ、もう自由だ。すぐに戻りなよ。ずっと忘れられず愛していた日本へ戻りなよ。そして幸せになりなよ。それが一番なんだ。母さんが死んでしまってからこんなふうに感じられるようになるなんて、でも、たぶんそういうものなんだ。おれは母さんが不幸せだったことを知るのが遅すぎた。死んで初めて母さんを少し理解できるようになったし、少し母さんのことが好きにもなった。きっとこれ以外にはありえなかったんだ。母さんがもう一〇年、いや二〇年生きたとしても、きっと遅すぎただろう。それどころか、母さんがもっと憎くなっていただろうな。母さんが死んだ今、おれはちょっと気持ちが落ち着いた。母さんには幸せになってほしいと心から願ってるよ。母さんはおれを幸せにしようと一生懸命やってくれたわけだし……。

前屈みになって、イチローは母を軽々と持ち上げ寝室へ運ぶと、山積みになったスーツケースの横に寝かせた。しばらくはその場にいて、母の顔から湿った髪の毛を払いのけてそーっと頭のうしろでまとめた。それからキッチンを通り、カウンターの向こうの店に入ると電話の方に行った。誰に電話したらいいのかはっきりはしなかったが、知らせるべき人たちがいることに気がついた。クマサカさんやアシダさん一家のことを思い、そして、以前聞いたことのあるひとりの若い日本人の名前を思い出した。その男のことはよくは知らなかったが、いまは葬儀屋をしていて、年寄りの日本人が次々に死んでいくのを商売の種にしているそうだった。イチローはその男の名前を思い出そうとしたが、何年か前の風体しか漠然と覚えていなかった。そのとき男は、汚れた細い足首の上、三インチのところまでしかない、色あせた太い畝のあるコーデュロイのズボンをはいていた。それからイチローは検視官のことを思い出し、電話をすることにした。番号を調べるため頭上に手を伸ばして明かりをつけた。突然の光りにまばたきした。すると野菜の台にぶつかるようにして、床の上にウイスキーのビンがあるのを見つけた。さっき蹴飛ばしたやつだ。どうしてそんな乱暴にビンが置かれているのか不思議に思って店を見回すと、ひっくり返ったリンゴ箱があり、それと並んで靴下をはいた父の足が見えた。急いでカウンターから飛び出すと、イチローは床に横たわっている人影を確認した。

「父さん」緊迫した声で叫んだ。

父は顔を横に向け、仰向けに寝ていて、いくぶん開いた口の端から唾液が一筋たれていた。眠っていて穏やかないびきをかいていた。

父の肩をつかむと、イチローは力強く揺り動かした。すると目を開けて、酔っぱらってぼうっとしたまなざしを向けてきたので諦めた。口は曲がって、間抜けな笑いを浮かべていた。そしてすぐに目を閉じ、激しい息遣いが始まった。ものすごい勢いで、イチローはもう一度揺り動かした。同時に体を引っ張って座らせた。両目がもう一度開くと、父は抵抗するように何度か意味不明のうなり声を発した。

「父さん、大丈夫か！」イチローは叫んだ。

父はにたっと笑うと首を振った。

「母さんが死んだ。聞こえるか。死んだんだ。自殺だよ。母さんが自殺したんだ」

父はニヤニヤし続け、わかっているようすはなかった。「病気だよ」だみ声で言った。「母さんは病気、父さんは病気。イチローはいい子だ。みんな病気だ」

「なに言ってんだよ、父さん。母さんが死んだって言ってんだろ」

「タローに帰ってこいと言ってくれ。母さんにはあの子が必要だ」そう言うと、父は目を閉じて倒れかけた。

イチローはしばらく父をつかまえていたが、やがて倒れるにまかせた。頭にきて電話のところへ戻ると、電話帳をめくって検視官の番号を調べた。

9

葬儀は数日後、坂の上にある、児童公園と隣りあう仏教のお寺でとり行われた。イチローは狭い控室にいた。窮屈な思いで座り、部屋の中央のテーブルに集まった男たちがおしゃべりをするのをいらいらしながら聞いていた。父は男たちと一緒に座っていた。このときのために新しく買ったらしい濃紺のスーツを着て、あきらかに落ち着かない様子だった。しかしそれでも楽しんでいるようだった。話をするとき、とても熱心に、厳粛な空気を壊してはいけないと懸命だった。しかし嬉しそうな表情は隠そうとしても隠しきれなかった。

「そうです、そうです、いい妻でした。でも、逝ってしまったし、妻の話はもういいです。泣いても仕方ない」

父はこう否定したが、誰もまともに受け止めなかった。みんな葬式に出席するために集まってきたので、なにかそれらしいことを言わなければいけない、と思っていたからだ。

「何年になりますかね、ヤマダさん」礼儀正しい背の高いやせた人が、精一杯その役割を演じてにこりともせずに言った。

「二八年です。ノジさん」と父が答えた。

「そんなになりますか。私は女房とは一緒になって三二年ですが、二八年も長いですよ。さぞかし淋しいことでしょう」ノジさんは大きな音で鼻をすすって汚れたハンカチで形ばかり片目をおさえた。

「実際、ほんとうに悲しいことですな」アシダさんが付け加えた。彼は窓のそばで、しわくちゃのグレーのスーツを着て座っていた。「でも、奥さんは二人の立派な息子をあなたに残したんだから。二人の立派な息子をだ」

誰もが振り向いて、一瞬壁際のソファーにひとり座っているイチローの方を見た。イチローはきまりが悪そうにもじもじして、タローが自分の送った電報を確認したかどうかが心配になった。タローがカリフォルニアの基地で基礎訓練を受けているということがようやくわかり、前日に打っておいたのだ。黄色の発信紙にいよいよ書き込む段になって、イチローが書けたのは「ハハシヌ　ジサツ」だけだった。もっとなにか書くべきだったんだろうか。

「そろそろ時間です」と、クマサカさんが静かに言った。家族の親しい友人として、彼は進んで葬式の一切を取り仕切っていた。

男たちの何人かが、懐中時計を出したり腕時計を見たりして、なにかぼそぼそ言ってうなずいた。

「用意はよろしいでしょうか」体の大きな男が声をかけた。イチローはその男の名前を思い出せなかった。

「ええ、大丈夫です」クマサカさんが答えた。彼の思慮深い表情は、すべて抜かりがないか、急いで確認していることを示していた。

「あ、弔電だ。弔電はどなたかお読みになりますか」大男がふいに、弔電のことが話題になっていなかったのを思い出し、大変だというように訊いた。

クマサカさんは彼をじっと見つめた。

「ああ、なにか見落としていたと思った。やることがたくさんあるし、こまごましているからね」

その場の雰囲気にあわせ、大男が立ち上がりアシダさんに合図した。「お願いします、アシダさん。どなたか探してくれると助かります。ここに来ている若い人の中のどなたか。時間がほとんどありませんので急いでください」

アシダさんは急いで部屋を出ようとしたが、クマサカさんが腕を伸ばして引き留めた。「その必要はありませんアシダさん。弔電は来てません」彼は大男を見上げて、制するようにやさしく繰り返した。「電報はありません」

面食らってその男は席に戻った。「そうですか、いや、私はもしあるのならと思っただけでして」

「まあ、弔電はなくてもいいですよ」背の高いやせた人が言った。「どれも同じですから。どこのお葬式でも弔電を読みますがね。私は言葉はわかりませんが、どれも同じだということはわかります。電報局でカードを見て、電報の内容を選ぶんですよ。私は送ったことがあるから知ってます。葬式用、結婚式用、クリスマスや正月用と、場合に応じていろんなカードがあるんです。私はみんな自分で送ったことがあります。電報局へ行ってお葬式の電報を送りたいと言うと、係の女の人がそれ用のカードをくれるんです。そこに一〇種類ぐらいあるから、ただ好きなものを一つ選べばいいんです。もし親しい友人なら一番長いものを、それほど親しくなければ短めのものを選びます。何年も前のことですが、私の従兄弟の末っ子がオレゴンで列車事故に遭い死にました。私は電報局へ行って……」

「みなさん、時間です」お寺の案内係が、ドア口からみんなに声をかけた。

男たちは列をなして、厳粛に案内係について廊下を歩いて行った。父とイチローは反対側から歩きだし横のドアから講堂へ入ると、親族のための最前列の席にまっすぐついた。二人がそこに座って、わずか二、三フィート先にある蓋の開いた棺を黙って見ていると、僧侶が金色に飾り立てた豪華な祭壇の前をゆったりと歩いて行き、磬子《きんす》の横に座った。参列している人たちに構わず、僧侶は磬子を数回打ち鳴らし、すぐに続けて意味不明のちんぷんかんぷんな言葉を唱えた。参列している年寄りたちはありがたがっていたが、誰にもその言葉は理解できなかった。

会場の空気はお線香の匂いで満ちていた。うしろの方から、熱心にもごもごとお経を唱える声や、時折り息を吸い込む音がし、遠くの方で一つ二つすすり泣く声がするのをイチローは聞いた。背筋を伸ばすと、厚化粧されて冷たくなった、石のような母親の横顔が、棺の縁から突き出ているのが見えた。立派な棺だったが、なぜ父は二五〇ドルの灰色の棺で十分だったのを四〇〇ドルのライトブルーのにすると言い張ったのか、イチローにはいまだに理解できなかった。とくに反対はしなかった。父にはどうするのがいいのかわかっていたのだろう。

イチローは、父がちらっと自分の方を向くのを感じて、父と視線を合わせた。

丸い顔には抑えきれない興奮があらわれていた。母の訃報が広まって以来ずっとそんな感じだった。数少ない親しい人や多くのちょっとした知り合いが小さな店に集まって、お手伝いをしてくれたりお悔みの言葉をかけてくれたり、座り込んでは話をしたり、お茶を飲んだりクッキーやケーキを食べたりしていたのだ。多くは見知らぬ人たちで、イチローは会った記憶がなかったが、みんなこの日の夜までずっと昼も夜もお店に詰めていた。その間、父は一滴も飲まず顔を紅潮させ、数えきれないほどの友情の復活に酔い、尽きることなくかけられる同情の言葉に高揚していた。女たちはいつもレンジ前に寄り集まり、遺族や弔問客のために食事をつくったり、床を磨いたりベッドを整えたり子どもを静かにさせたりしていた。その間男たちは食べて飲んでタバコをふかし際限なく話しこんだ。こうしたことは、一つの大がかりなショーのようなものだったが、それもすでに最後の場面にきていた。このショーが結局なにか意味のあるものだったとしても、イチローにはわからなかった。ただもう早く終わってほしかった。

ここで父は興奮してイチローに言った。「大勢来てるね、イチロー。いいお葬式だ」

イチローは、不快な気持ちが顔に出るのを感じた。しかし、父はもう別の方に顔を向けてしまっていた。軽く頭を下げ、肩をそっとすぼめて座り続けた。そうすることで、おそらく悲しみに満ちた姿をうしろにいる参列者に示したのだろう。

連打する磬子の音で読経が終わりになると、僧侶は立ち上がり、哀悼の意を示す参列者の方を向いた。男やもめとその息子にお辞儀をして、金糸の輪袈裟をかけた黒い法衣の胸もとへ両手をもってきて、黙考するような面持ちで数珠をもんだ。

僧侶のぴかぴかのはげ頭は鉢が張り、ピンク色の肌はいまにもぷちんとはじけそうなほど張りつめていた。小さな黒い目で辺りを見ている丸い大きな顔は、ぬっと目の前に現われたら怖いかもしれないが、自分たちにとって人徳のあるお坊さんだとわかる人たちには、その顔から他人の心がよくわかるやさしい人柄が伝わってくるのだった。僧侶の声はかん高すぎて、故人の死を悼むひとりの人間として話している今は、お経を読んでいたときの素晴らしい響きもリズムもなかった。僧侶が実際に話したのは、葬儀の式辞で、亡くなった人と近親者の名前をあげ、それから父と息子に同情のまなざしを送り、勇気づける言葉をかけた。

イチローは、ただもじもじとして右も左も見ず、そびえたつ花崗岩のように自分の隣にいる父の存在を感じていた。僧侶のあとで話をしたのは、体に合っていない一張羅を着た年老いた男たちで、故人について話をしてくれと言われ戸惑っていた。男たちはまったくスピーチの準備をしていない小学生の弁士のようで、無意味な身振りをして言葉に詰まっては聴衆をうんざりさせた。それでも唇を震わせ笑ってみせたが、居心地の悪い参列者をより不快にしただけだった。男たちは、亡くなった女について立派な言葉で立派なことを言った。ふだんは使われない言葉だが、近頃よく聞かれるようになったのは、たんに葬式の数が増えているからだったようだ。そして弔電の件で失態を演じだ大男が、ほとんど叫ぶような声で、故人の生涯を読み上げた。がなり立てるような言い方を聞いて、イチローはまるで見知らぬ人のことを聞いているような気がした。大男が話したのは、明治三一年に農家に生まれた女の赤ちゃんのことで、その子は健やかに成長して学校に行き、優れた成績のため表彰され、りっぱな若者になり教師になったが、その職を辞して同じ村の聡明で大志ある若者と結婚したのだった。大男の話が、若い男女が大海を越えていい暮らしが待っているアメリカへと移った辺りで、イチローはもう聞いていなかった。棺から突き出ている母の顔を見ていて、その男が母について話していることが、どれひとつとして母についてだとは信じられなかった。それから父を見ると、父は意味のないほめ言葉一つひとつに熱心に聞き入っていた。今では自分の存在意義にすっかり満足して、姿勢を正し、集まっている人みんなに嬉しそうにほほえんでいた。ここで初めてイチローは気分が悪くなり外へ出たくなった。それから笑いが込み上げてきた。あまりに起っていることすべてが滑稽に思えてきたので、まじめにしなければと思い、母親の顔を見ようと向き直った。母を見ているうちに式は終わり、燕尾服に縞のズボンをはいた葬儀場の男たちが、棺のところへ来て蓋を閉めた。彼らはそれをゆっくりと台車にのせて中央の通路を通り、歩道に横付けしている黒くて長いキャデラックの霊柩車へと運んだ。イチローは父と一緒に霊柩車のうしろについたリムジンに乗って、ほかの人たちがそれぞれの車に乗るのを待っていた。オートバイの横にいる制服のパトロール警官は、一行を目的地まで先導し、特別手当をいただこうと待ちきれない様子だった。

「父さん、気分が悪いんだ」イチローは言った。

「そうか、イチロー。でももう少しだよ。もうそんなにはかからないから」

父は窓の外を見て、見送る人たちのお辞儀に応え挨拶した。

「次はなんだい。もう十分だよ」

「あと少しだよ。葬儀場の休憩室に行くんだ。そこでお坊さんから短い話があって、棺を釜に入れて、それから食事をするんだ」

「食事だって?」

「そう、それがしきたりだ。わざわざここに来てくれた人たちにごちそうするんだよ。家じゃ狭いから日本食レストランでね。みんな手配してある」

「なんてこった」イチローがうなるように言ったそのとき、リムジンのうしろを急いで行くフレディーの顔がちらりと見えた。フレディーは通りを斜めに横切り、停めてある車の方へ向かった。見ていると、フレディーが乗り込んだ小さなクーペが、黒煙を吐きだしながら前後の詰まったスペースからなんとか出ようとしていた。イチローはリムジンから飛び出すと、走って道を横切った。フレディーはちょうど通りへと出るところだった。そのときイチローは車に追いつき乗り込んだ。

「なんだこの野郎！」フレディーが罵り、そうするがはやく、迷わずどでかいパイプレンチを振りかざした。

「おれだよ、落ち着け」イチローは顔をぐっと差し出した。フレディーは驚いてまばたきし、静かに繰り返した。「なんだこの野郎」

「急いで出してくれ、頼む」イチローが急かした。

「いいとも」フレディーは急いで車を走らせて、お寺や人々や葬式から遠ざかった。こんなことしちゃいけないんだ、イチローは内心思った。ことがちゃんと終わるのをいって見てなきゃいけないんだ。母さんにはとても世話になった。ある意味では、母さんはおれのためにいろいろしてくれた。たいていの母親がする以上のことをだ。母さんの身になってみれば、とても大変なことだった。母さんに悪気はなかった。ずっと間違っていたし、ずっと狂っていたし、無情で頑固だった。でも、正しいことをしていると思っていたんだ。物事がうまくいかなかったのは母さんのせいじゃない。おれたちみんなが戦争で苦しめられ、ジャップが太平洋沿岸から追い出され、あまりにもごちゃまぜの憎悪をかきたてられ誰もがまともに考え、感じられないようになったのは、母のせいじゃない。そうだ、母さんは母さんなりに筋を通してきて、おれにはまだそれができない。でもおれはそれを認めちゃいけないんだ。おれはここにいたいし、働いて食べて、ときどきは少し笑える場所を見つけたい。この望みが大きすぎるというのか。おれは間違ってない。母さんのせいでおれは間違った。でも、おれはどうしたらいいかわかっているという点では正しいんだ。とにかくどこかで仕事を見つけるぞ。そして、最後は少し笑えるようになるんだ。体中気持ちよくなって笑いたくなるだろうからな。時はなんとゆっくりと過ぎるのだろう。でもおれは望み、待ち、望み、待つ。そうしたら、いずれ笑える時が来るに違いない。母さんは死んだ。時は、母さんを遠くへと押しやった。そして時がおれの過ちを覆い隠すだろう。母は死んだ。おれは悲しくはない。以前より少しだけ自由で、わずかだが希望も感じる。


車は猛烈な勢いでキーッという音を立てて角を曲がった。その衝撃でイチローの考えも吹き飛んだ。「クソ！」フレディーは悪態をついた。「赤信号が見えなかったぜ」ハンドルを両手でつかんで、怯えながらも覚悟を決めて思いきり飛ばした。

「なんでそんなに急ぐんだ」イチローは慌てて訊いた。

「なんで急ぐかだと？」フレディーはまっすぐ前を見続けた。

「ああ」

「なに言ってんだ、こいつ」

「なんだって？」

「おまえが言ったんだろ。急いで車を出せって」

「もうスピードを落とせよ。だいいちそんな意味で言ったんじゃない」

思い切り、突然ブレーキを踏んで、フレディーは車を歩道に寄せて停めた。「はっきりしろよ。まったく。おまえの方がうまいだろ、運転しろ」上着の内ポケットからタバコを出してくわえると、車のライターを点けようと押し込んだ。いらいらしながら待ち、ライターを早く取り出し過ぎたので吸っても火が点かなかった。もう一度ライターを穴に戻そうとしたが手はぶるぶる震えていた。

イチローはフレディーからライターを取り上げてもとに戻すと、マッチを擦ってやった。「なにを難しい顔をしてるんだ」イチローは、フレディーが即座にレンチを手にしたのを思い出した。

「いや、なにも。おまえのせいでいらいらしてんだ。それだけだ」

「なぜだ」

「なぜかって、急いで出せって言ったろ。だから飛び出したんじゃないか」

「おまえがあのレンチでおれを殴るのかと思ったぞ」

「間違ったんだ」

「なにをそんなに怖がってるんだ」

「なんでもない、まったく。なんにも怖かねえや」フレディーが激しい手振りをした勢いでタバコの先があたった。先端の火が点いている部分が上着についたので、慌てて払い落とした。それから残ったタバコをすぱすぱ吸ったが、もう火は点かなかった。吸い殻を指ですりつぶすとダッシュボードに投げつけた。

「まったくもう」フレディーはうなった。「おまえ、二度とあんなことすんなよ」

「なにをだ?」

「あんなふうに脅かしやがって。クソ、今度やったら、キンタマとキンタマの間をナイフで突くぞ」

長い溜息をつくと、フレディーは急に前屈みになりハンドルに額をつけた。

「葬式に来てくれてありがとう」イチローが言った。

「ああ」

「家まで運転していこうか」

「いや、大丈夫だ」

「おれのこと誰だと思ったんだ」

「あいつらのうちの誰かだ」

「誰のことだ」

「おふくろさん気の毒にな。大変だったな」

「この方がよかったんだ」

「ああ、でも、辛いよな」

タバコに火を点けると、イチローはフレディーの肩をぽんと叩いて、タバコをくわえさせた。フレディーは顔を上げたが、もう震えてはいなかった。

「誰が追ってくるんだ」

「何人かだ」

「なんでだ」

「あいつを刺したからだ」

「誰だ」

「エトだ」

「ああ」

フレディーは笑い出し、それから喧嘩腰で言った。「あいつがしかけてきたんだ。バーにやってきて、あれこれいやがらせしてきた。失せろって言ってやったが、あいつはそのままおれをからかい続けた。まわりのやつらは笑ってた」

「みんなが か」イチローは知っておきたかった。

「いや、なかにはやめろと言ってたやつもいた。が、あいつはやめなかった。それからあいつは、おれのようなクソ野郎は唾をかけるのももったいないって言った。ならやってみろって言ったんだ。あいつはそうした。でも酔っぱらってたから、唾はやつの顎にだらだらと落ちただけだ。チクショウ、あのバカ」

「それでおまえはナイフを使った」

「やるぞって言ったんだ。頭にきてたからな」

「ひどくやったのか」

フレディーは笑い出した。「ケツにだ。おれがやつに襲いかかったとき、うしろにいた誰かが、あいつをスツールから下ろそうとした。それで体が回転して、やつのケツにブスリだ」

「それで?」

「中国人が止めに入った、あそこを経営しているやつだよ。いかれたおれたちが店をめちゃくちゃにしようとしていたんで、それで営業許可を失ったらまずいってやつも考えて、おれたちを仲直りさせた。こっちはそうするしかなかった」

「それならいいじゃないか」

「そうさ、いいさ、まったくだ、と言いたいところだが、あいつら家に帰る途中のおれを轢き殺そうとしやがった」

「偶然だろ」

「おれは歩道の、建物に近いところを歩いてたんだぜ。なのに車はおれから一インチもないところを通ったんだ」

「そうか」

フレディーは車を発進させ、ゆっくりと通りに出た。笑みを浮かべ、さっきまでの気持ちの高ぶりもすっかりおさまっていた。「あの野郎ども」と、口にした。「やつらはこの国のご主人さまのつもりでいやがる。おれの前からどきやがれってんだ」

二人はしばらく黙って車を走らせ、ドライブスルーのレストランへ寄った。フレディーはハンバーガーとコーヒーを二人分注文して、運んできたウェイトレスにちょっかいを出そうとした。「最近どうしてたんだ」イチローが訊いた。

フレディーは不機嫌な顔をした。「またかよ。この前も訊いたろ」

「そうだったな」

「まあ、まだ楽しくやっているよ、遊んで暮らしてる」

「ポーカーゲームでまだ集っているのか」

「興味あるのか」

「少しな。なにかやらなきゃな」

「おあいにくさま」フレディーがまんざらでもなさそうに言った。「おまえがやりにくるだろうとは思ってた。でももう自分でなんとかしてくれ。おれはもうやらない」

「ゲームが荒っぽくなってきたのか」

「おれにはちっとも荒っぽくはない。荒っぽいのは好きだ。おれはあいつらにがまんできないんだ」

フレディーは窓から唾を吐いた。

「みんな臆病者だ」

ウェイトレスが戻ってきて、トレイをドアのところに掛けた。フレディーは恥ずかしげもなく色目をつかった。勘定は八〇セントだった。フレディーは、一ドル二五セントをトレイの上に投げ出すと、彼女に取っておいてくれと言った。彼女がにこっとした。

「いまに見てろよ」そう言って、フレディーはハンバーガーとコーヒーをイチローに手渡した。

「ものは試しだよな」

「いいね」と、フレディー。「あの子は、ブタ女からのいい気分転換になるぞ」

「2－Aのか？」

「ああ」ふてくされて答えた。「よく覚えているな。おまえは大学の先生になった方がいいよ」

「おまえの運もよく続くな」

「イッチー君よ、運が続いているどころじゃない。おれは生まれたときからケツにウンがついていた男だぜ。あの女の亭主はおれと仲がいいんだ。どうだ驚いたろ」フレディーが手をさっと振って車を指し示すと、ピクルスがダッシュボードに飛んだ。「これはその亭主のだ。おれに使ってくれと言う。いつでも好きなときにだ」

「亭主は知らないのか」

フレディーは唇を少し噛んで、クスクス笑うのを抑えながら「そうだ、おれはあの男の願いを聞いてやってるんだ。『私は水曜の夜はいつもボーリングに行くんだ』っておれに言う。『土曜日は、仲間と遊んでくるから、うんと遅くなるまで帰らない。映画も好きだし、よく見に行くから、そのときは君に教えよう』って言う。『君は私を送って、そのあと車を使えばいい。私が映画に行っている間、車を外に置いておくのは無駄だからね』あの男は自分は知っていると言わないが、間違いなく知ってるんだ。おれが越してくる前から、あの男は女房にうんざりしていたんだ。いい男だよ。でも臆病なんだよ。口数は少ないけど、いいやつさ」

「頭がおかしいんだ」

「えっ」

「そいつはどうかしているって気がするがな」

「どうかしなさ過ぎるんだよ。そこがやつの問題さ」フレディーは大声で笑って、自分の冗談にやけに満足していた。

話していてイチローは少し気分が悪くなった。ハンバーガーの残りをコーヒーカップに詰め、手を伸ばしてフレディー越しにトレイの上に置いた。

「うまくないか。いけると思うけど」

「うまいよ。ただそんなに腹が減ってないんだ」

「そうか」フレディーは無理に同情して言った。「大変だな。おまえみたいなやつはなんでも深刻に考えるからな」

「おまえは違うのか」

「ああ」

「どうなんだ」

この質問にちょっとの間フレディーは戸惑ったようだった。座り心地が悪そうに体をよじった。「ああ、あいつらは古い国の人間だ」とフレディーは言った。「あいつらはここに来るべきじゃなかったんだ。ここに来る権利なんかなかったし、おれを産んで古い国の人間にする権利もなかった。日本についてくだらないことを言うだけだ。日本がどうした、こうしたって、クソ！　おれがどうなったかを見りゃ、ちっとは反省しそうなもんだが、反省なんかしやしない。前とおんなじようなことばっかり言ってやがる。鬱陶しいったらねえ。やつらはほんとに鬱陶しいよ。おかげで頭が変になっちまったぜ」

「どうして、どこかへ出て行かないんだ」

「なんだって？　うまくやってるって言ったろ。家賃は払わなくていいし、食べるものはたくさんあるし、金も使えるし、車も女もだ。これをみんな捨てる気はないぜ。おまけにやつらのあれこれくだらん話ももう気にはならない。言わせておくさ。やつらはほかになにも生きがいがないんだ」

「おまえの言うことはもっともだよ、フレディー。おれはそんなふうに一度も考えたことはなかった」

「なにについてどんなふうにだ」

「あいつらが古い国に帰って、自分と同類の人間の中に入って、小さな平和や幸福を知ろうとすること以外に何も生きがいを持っていない、ということについてだ」

「そうかね。おれがそんなこと言ったか」

「そう思ったけどな」

「おれ、学校へ行こうかな」と、フレディー。「おれはそんなバカじゃないかも」

イチローは満面に笑みをたたえているフレディーを見た。騙されたようで悲しかった。表面上は、機知に富んでいて相手のこともよくわかり、魅力的ですらあった。しかし、もっと深みがあると思ったのは間違いだった。イチローは、フレディーがなぜそんなに、自ら言うように楽しくやるってことに、いつもこだわっているのか今理解した。それは水上スキーをしているようなもので、適度のスピードで進んでいる限りは、水面をかすめて飛んで行くが、速度を落とすか止まった瞬間に、なにも手助けしてくれない無の中に沈んでしまう。

「家に帰りたいんだが、かまわないか」イチローはフレディーに言った。

「いいよ、いいよ。気にすんな。大変なんだから」フレディーがクラクションを鳴らした。ご用の際はライトを点滅させてください、とお客に向けてはっきりと書かれた案内は無視した。別のウェイトレスが慌ててやってきて、フレディを憎らしそうに見てすぐにトレイを持って行った。「いつでもいいよ、彼女！」その背中に向けてフレディーは叫んだ。

狭いところからバックして出ると、エンジンをふかして通りに出た。道路中央の盛り上がったコンクリートの分離帯に、車をぶつけて乗り越えた。これで一ブロック走ってUターンする必要はない。フレディーは、命がけで急いで突っ走ることに憑りつかれた男のように運転した。ただ現実から逃げるためだけに、狂乱状態で車を走らせた。止まってじっとその場にいることは考えることを意味するのだろう。イチローはフレディーを見てこんなことを感じた。そして、自分は内面に問題を抱えていて、そこから部分的にでも逃れようと努力していることは、自分自身これでよかったと思った。イチローはフレディーの夜がどんなものなのだろうかと想像するばかりだった。

「むきになるなよ」イチローが言った。

フレディーは振り向きもしなければ、スピードも落とさなかった。「ああ」と言った。

「仕事のことは考えたのか」

「そんな時間はねえ」

「そのうちできるさ」

「そのとき考えるよ」

イチローはしばらく待って次の質問をした。「誰か働いているやつはいるのか」

「おまえ仕事が欲しいのか」

「ほかに選択肢はないからな」

「湖のそばのあそこへ行ってみろよ。どこのこと言ってるかわかるだろ。キリスト教更生センターとかいうやつだ。あそこはおれたちみたいな者のことをわかってんだ。おれも行ったよ」

「お前が？」

「ああ、ただ見るだけにな。おれとゲーリーでだ。ゲーリーにさっそくを仕事をあてがってくれた。教会のやつらはほんとうにいいやつだ」

「おまえはどうなんだ」

「おれは考えておくって言った」フレディーはハンドルから片手を離してタバコに火を点けた。

「ゲーリーだけなのか」

「いや、おれが知らないのが二、三人いる」

「どこか別のところで働いているやつは？」

「マイクのおやじはホテルを持っているし、パットは清掃会社かなんかのトラックの運転手をしている。学校に通っているやつもいる。ちょうど昔みたいにだ。まったく」

「悪くないんじゃないか」

「そうさ、昔とおんなじようなつまらない仕事さ、おんなじはした金もらって。戦争前ジャップは白人のやつが嫌がったことをしたが、いまじゃ、もしおれたちが仕事をしたけりゃ、立派なジャップが嫌がる仕事をするんだ。ゲーリーは鋳物工場でけっこうもらっていた。一〇日しか続かなかったけどな」

「なにがあったんだ」

「あいつに聞いてみろよ」

「会うつもりはないんだけど」

「おまえ働きたいのか」

「もちろんだ」

「キリスト教センターのところへ行けと言ったよな。おれに紹介されたってそこで言えよ。ゲーリーに会えるよ。あいつはそこが気に入っているんだ。でかい廃品置き場があるだけで、酔っ払いや怠け者やホモがいるが、別になにもしやしない。どいつも自分が抱えている問題で精いっぱいだ。ゲーリーが教えてくれるさ。あいつはそこが好きなんだ」

イチローはがっかりしているように見せるつもりはなかったが、どうしようもなかった。「わかったよ」というのが、精いっぱいだった。その言い方もまったくいい加減だった。

フレディーは怒ったように言った。「おまえが頼んできたんだよな。ありがとうのひと言もないじゃないか。おまえが仕事を探しているならあそこでありつける、おれはそう言ったんだ」

「あした行ってみることにするよ」イチローはそう答えて、黙ったままでいると、そのうちフレディーが店の前で降ろしてくれた。


明かりは点いてなかった。イチローはキッチンまで手探りで進み、腕を振り回して、テーブルの上の方にある明かりを点ける鎖に触れた。母は死んだ。父はたぶんいまごろ日本食レストランで葬儀のあとの夕食の接待をして、注目の的になって目いっぱい楽しんでいるだろう。

父さん、楽しんできなよ。イチローは呟いた。もしこれで幸せになれるなら、長いことかかって自分でつかんだものだよ。でもそのあとで、母さんのことを思って淋しくなるかもしれない。母さんが死んで以来みんなが出入りして、父さんはいろんなことを考える機会があまりなかったね。たぶん悲しいのはこれからだろう。それとも悲しみは父さんにとっては、とうとう終わったのかい。おれにとっては、ある意味悲しみは終わった。そのこと、父さんと話さなくちゃならないな。

イチローはお湯を沸かそうとポットを火にかけた。その間、スプーンを探していると、古い一組のトランプを目にした。タローが家を出て家族から離れていった日の午後、ひとりソリティアをやっていたトランプだ。古いトランプでぐにゃぐにゃしてべとべとだったので、丁寧に一枚ずつカードをめくらなければならなかった。なにもしないよりましだった。初めてイチローは、家の中にはラジオすらないんだと気づいた。学校に通っていたころは、よくラジオを聴いていたのを思い出した。母はそれが気に入らなかった。ちょくちょくイチローの部屋に入ってきては、イチローが勉強をしながらグレン・ミラーやトミー・ドーシーを聴いていると、ラジオのスイッチをしっかり切ったものだった。

それから仲間がダンスを始めるようになると、イチローも少し熱を上げてその時々のレコードを買いはじめ、やがて積み上げるほどの数になった。レコードプレーヤーを借りてきては、二、三日か一週間手元に置いていた。母はそれがまったく許せなくて、大きなもめ事に発展した。どうみても、イチローにはプレーヤーを買えるお金などなかったから、そのときは大変だった。二、三日、夜ごとレコードを聴いていると、母は、バカなことに夢中になるのは時間の無駄だとか言った。もちろん、イチローはまったく気にしなかった。レコードを聴いて楽しみ、それが害になるなんて思わなかった。ある土曜の夜のこと、イチローはダンスをしに教会の体育館に出かけていた。家に帰ってみるとプレーヤーは完全に粉々に壊されていた。まったく形を残していなかった。母はわざわざコードを一インチか二インチより短く切り刻んで、数えきれないほどばらばらにしてしまった。母はプレーヤーのお金を払って、イチローがほかに借りてこないのを見て満足した。

こんなに何年かが過ぎたいまも、イチローは、母はなんて自分勝手だったのかと思う。ラジオ、レコードプレーヤー、それにマンガ本なんて、認めてくれたってよかったのに。もし母が譲歩してくれたなら、息子たちを家族の一部に留めておくことができたかもしれないんだ。なにもかも、母から始まったことじゃないのか。母が息子たちのためにアメリカに求めていたのは、教育であり、学ぶことであり、日本で立派な人間になるための知識だけだった。ほかのアメリカ的な趣味や習慣や感情を身につけることもせず、息子たちにとってそういうことが可能だと母が思っていたなんて信じられない。しかし、実際そうだったんだ。

まったく哀れなものだ、とイチローは思った。こんな乗り越えられない障害と必死に戦ってきたなんてほんとうに哀れなことだ。母にとってはもちろん障害なんて存在しなかった。母はアメリカが存在することを否定していたのだ。もし母が理解しようとしてくれたなら、自分のやり方が無意味だということを、筋道立てて考えてみようとしてくれたなら、それだけでよかったのに。この何年もの間に、母はうすうす感づいていたんじゃないか。しかし、イチローには、はっきりとはわからなかった。同じように、すべてがどこでどう間違ってしまったのか知りたかったが、それもわからなかった。それほど母と心を割って話せる関係ではなかったのだ。

そんなことを考えていると正面玄関のドアを叩く音がした。イチローはじっとして耳を澄ました。

もう一度、ためらうような音がかすかにした。誰だろうと思いながらイチローは店の中を抜けて行った。

女の人がドアから少し離れて立っていた。街灯がうしろからその姿を照らし、顔に影をつくっていたのですぐには誰だかわからなかった。ようやくエミだと気づくと、イチローは中に入るよう、なんとかぎこちない身振りで合図した。

「今晩聞いたばかりだったの」エミが言った。「マエノさんが新聞で読んで。ほんとうにお気の毒に」

「どうも」とイチローは言った。

暗がりの中に立つ二人は、互いの顔を見ようとした。

「ケンのことは知ってるかい」

「ええ。お母さんのこと知らなくて、お葬式に間に合わなくてごめんなさい」

「べつにいいさ。母とは面識もなかったんだし」声にとげとげしさが出てしまったようだ。

エミが横を向いたので、窓越しに通りから差し込む薄明かりの中で、エミの顔が見えた。その様子に、イチローは無性に悲しくなった。顔に浮かんでいたのは、悲しみでも絶望でも不安でもなかった。こうしたものも含め、読み取れるような感情がなかった。エミの美しい顔は虚ろで、固まったままだった。

「ああ、立たせておいてごめん、どうぞ入って」エミの腕をしっかりつかむと、キッチンへと案内した。

エミはコートを着たまま座り、イチローがむっつりしてソリティアのゲームを始めるのを見ていた。

「私、ラフルと離婚するわ」エミが言った。

「ラルフは知ってるのか」

「彼がそうしようと言ってきたの」

「残念だな」

「なぜそう言うの」

「いや、わからない。そりゃあやっぱりいいことじゃないからな。それだけだよ。ケンはあの手紙をとうとう書き終えられなかったんだな」

「それでなにかがうまくいったかもしれないなんて、到底思えないわ」エミが言った。

「ラルフのことは、もう愛していないのかい」

エミは丸めたクリネックスを広げて鼻に押しあてた。「いまさら愛について話すことはないわ」

「チクショウ」そう言ったのは、感情的になっていたからではなく、頭のなかでそう考えていたからだった。でも、エミにどう言うべきだったのか。彼女はひどい扱いをされてきたけど、もっとましな扱いを受けて当然だということを、そして、自分も含めて多くの男たちが彼女のような女性のためならなんだってするだろうってことを、どう言ったらよかったのか。

イチローは、ほとんどやけになってまた言った。「だめだ。チクショウ」

「おねがい」そう言うと、エミは今にも泣き出しそうだった。

「ごめんよ」イチローは慌てて言った。それから付け加えた。「確かに、ごめんって言うところだよな。これもごめん。あれもごめんって。で、どうして来たんだよ」

「あなたのお母さんのことを聞いて、あなたに会いたくなったの」

「そりゃあ嬉しいな。もう一度会えるなんて思ってなかったよ。ほんとうさ、まったくおかしなことだな、誰も話し相手がいないんだから」

「マエノさんがあなたのことを訊きにきたの。あの人は今も働いてくれる人を探しているわ」

「だめだ」

「えっ?」

「仕事については、まあまあいい話があってね。明日見に行くつもりなんだ」イチローはゲームがうまくいきそうもないのでカードをかき集め、切ってからゲームをやりなおすためカードを並べはじめた。

「おねがいだからやめて」エミは自分の手をイチローの手に重ねた。

「ごめん」と、また言ってしまい、イチローは照れ笑いした。それからあいている方の手で彼女の手を包み込んだ。「君が独身に戻るのは、男どもにとってはいいことだよ」

「ほんとう?」エミは全然嬉しそうではなかった。

「もちろんだ。君はまだ若くてかわいい、いや、かわいいんじゃなくて美しい。どんな男だって魅力を感じるさ。ラルフはくそったれじゃなく、バカだよ」

「やめて」

「わかった、でもあいつはそうだ」

話しながら、エミはその手をそっとイチローの両手の間から引っ込めて自分の膝の上に置いた。

「私、ずっと淋しかったのイチロー。あの夜あなたがうちに寄って私にケンのことを言って、それからあなたに、もう私に会うことはないかもしれないって言われて、初めて自分がどんなに孤独か気づいた。そのあとラルフから手紙が来て、ほんとに辛くなった。なにかしなけりゃ、気が変になるわ」

「時間がかかるさ」イチローは、なんの意味もないと知りながらそう言った。

「会いにきてね」エミは懇願した。

「おれは君にふさわしくない。誰にもふさわしくない」

「なぜ。なぜそんなこと言うの」

「ほんとうのことだから。そうさ」

「そうじゃない、そうじゃない、そうじゃない」エミは静かにすすり泣いていた。

イチローはポケットからハンカチを取り出して彼女に手渡した。エミはそれで鼻をふき涙をぬぐうと、なんとか落ち着きを取り戻そうとした。

「もう行くわ」エミが言った。

彼女を見ずに、イチローはまたゲームのカードを並べはじめた。

「ケンが死んで、ラルフから手紙が届いてから、とても孤独だった」とエミは言う。「そのとき思ったの。昔みたいにダンスをしに行ったら素敵だろうなあって。あなたが私を連れ出しにきてくれるのを期待していたわ。どういうことかわかる？　女の子の考えよね」

「行こう」イチローは突然言った。

「どこへ？」

「ダンスだよ」

「でも、お母さんが……」

「母はどうでもいい。おれは葬式を抜け出してきたんだ。ま、そういうことだ」

「だめ」エミは頑なに断った。「今晩はだめよ、よくないわ」

「意味ないね。若い二人がしたいからダンスに行くことのどこがいけないんだ」

イチローはネクタイを締めて急いでオーバーを着た。エミは気が進まない様子だったがそれ以上言わなかった。

「行こうぜ」腕を組んで二人は一緒に店を出ると、歩道脇に停めてあった彼女のフォードへと向かった。車に乗って走り出すと、二人は心が安らぎ、自由で、幸せを感じた。

「どこへ行こうか?」イチローは浮かれていた。

「あなたのいいところでいいわ」エミが答えた。

イチローが思いついた唯一の場所は、ミッドタウンのトリアノンだったが、自分を知っている人間に偶然会うかもしれないので迷った。どこかほかの場所がないかと考えながらイチローはゆっくりと車を走らせた。そこでふと思った。町を出てにぎやかなハイウェイをドライブしながらどこか場所を見つけるしかない。車を南に向けた。そばにいるエミの温かさが心地よく、イチローはエミがお悔みを言いにきてくれたことが、ものすごくありがたかった。

二人は車中ではあまり話をしなかった。かなり大きなナイトクラブを見つけ、六人編成の楽団による心地いい音楽にあわせて踊りだしてからも話はしなかった。イチローは楽しかったし、エミが楽しんでいるのもわかった。これがあるべき姿なんだ。イチローは心の中で呟いた。好きな女の子とダンスができて、心底夢中になれる。すべてが平和で、悩みの種といえば、毎度の支払いとか、家族の病気とか、最近仕事に遅刻することが多いとか、そんなありきたりなことだけだ。なぜおれがそんなふうに暮らしちゃいけないんだ。誰もおれたちのことなんか気にしちゃいない。誰もおれに戦争中どこにいたかとか、なんだって太平洋岸に戻ってきたのかなんて訊きはしない。自然にしていればトラブルにも遭わない。すべてはまったく昔と変わらない。反感は以前にもあったし、たぶんこれからもあるだろうが、それ以外はとくに悪い感情を持たれることはない。要は態度の問題だ。おれの態度を変える必要がある。昔みたいに世の中を愛さなきゃいけないんだ。世の中と人々を愛せば、いい気分になる。そうなれば人生が価値あるものになるんだ。起きてしまったことを嘆いても仕方ない。もしおれたちがそんなふうにできるんなら、このダンスフロアーや社会の雑踏の中でも、おれやエミやフレディーの居場所はある。なのにおれは世の中と喧嘩をし、世の中を憎んできた。自分自身や母や父、それにタローに対する苦々しい思いを、見当違いな見方から、世の中全部に向けてしまった。おれはただ生きていたいし、幸せでいたいだけだ。自分自身にそうすることを許しさえすればいいんだ。

曲の最後の音が消えるまで、ぴったり体を寄せ合っていた二人は、ゆっくりとテーブルに戻って、次の曲は見送るか、あるいはもう一度踊りたくなるまで休むことにした。二人は顔を見合わせほほえんだ。なにも言うことがなかったからだ。イチローがタバコに火を点けたとき、向こうからひとりの男が近づいてきた。

若くはない男で少し酔っていた。離れたところのテーブルで、男は途中、二、三の椅子にぶつかり、謝る羽目になった。それでもイチローとエミからは目を離さず近寄ってきた。

「おじゃましてすいません」と男は愛想よく言った。

「はい?」深い疑念からイチローの顔が曇った。この先起るかもしれないことに身構えて、内面から熱いものが込み上げてくるのをイチローは感じた。

「お二人を見てて、一杯ごちそうしたくなってね」

「その必要はないわ、ほんとうに」とエミが感じよく言った。

「あるんですよ」と男は言った。その声は突然高くなって「なぜって私がそうしたいから。それで十分じゃないですか。そうでしょう?」

「そのとおりだな」イチローは落ち着いた。その男は明らかに問題なかった。

「よかった。いや、立ったままでけっこう。ただ一杯おごりたいだけだから。オーケー?」

「オーケー」

喜んで男は仲間のところに戻って行った。少しすると、ウェイターが来て飲み物の注文を訊いた。それが来ると、二人は少しずつ口にして、なんだったんだろうと見つめ合い、一、二度その男のテーブルを見たが、二人が知る限り、男の方は、それ以後テーブルの二人に目を向けることはなかった。

「どう思う?」とエミが訊いた。

イチローは、テーブルの濡れているところを指でこすった。

「あの男には昔たくさん日本人の友だちがいたんじゃないか。たぶん以前農産物の買い付け人かなにかをしていて、戦争が終わって戻ってこなかった日本人のことを淋しがっているんだ」

「そんなのだめよ」とエミが言った。

「思うに」イチローはまた始めた。「あの男のひとり息子が、ある米軍部隊にいて、戦争中に山の中でドイツ軍に囲まれたところを、最後に日系人兵士たちによって助けられた」

エミが笑った。「ひどい」

「あの男は、日本人だが幸運なことに日本人には見えず、ジャップらしいジャップに会うといつも気の毒になる」

「もっとひどいわ」

イチローはタバコを手にとると、灰皿で火を消した。「こう考えたいな」イチローはまじめに言った。「彼は若いカップルを見てその様子が気に入り、二人に一杯ごちそうしたくなったからそうした」

「それにしましょ。きっとそうだったのよ」

二人は立ち上がって抱き合い、ダンスフロアーへと出て行った。

「たぶん君に気があったんだ」イチローが言った。

「そうね」とエミが言った。「ほかの女なら、ただ眺めて想像で服を脱がすだけだけど、私の場合、男はほんとに服を脱がせて一緒にベッドに入ろうとする。私ってそういうところがあるみたい」

「もっと話してくれ」イチローは、素晴らしく満ち足りた気分になり、その瞬間が終生続いてほしいと思った。

家に帰ると午前三時だったが、キッチンの明かりは点いていた。父は、すっかりしらふで、せかせかといくつか大きな荷物に紐をかけていた。

「日本に?」

「ああ、イチロー。明日送るんだ」

イチローはコートを掛けると座って見ていた。「気分が悪かったんだ。葬式のあとあそこにいられなくなったんだ、父さん」

「いいよ、母さんはわかっている」父は太い撚り糸をていねいに茶色の荷物のまわりにかけて、イチローに、指を添えてくれと顎で合図した。

「淋しくなるだろ、父さん、ねえ」

「それほどでもない。母さんは病んでたからな。これでよかったんだ」父は力一杯結び目で引っ張り、あやうくイチローの指を挟むところだった。

「店を続けていくつもりなの?」

「ああ、父さんにはそれしかないからね。少し手を加えてな。棚のペンキを塗って、ましなレジスターにして、ハムや卵なんかのための立派な白い陳列ケースも買おうかなと思っている」

「お金がかかるだろう?」

「ああ、でもあるから。母さんが日本に行くために貯めておいたんだ。母さんは出費を嫌ったからな。しばらくしたら、私もそうなった」

包みを縛り上げようとして少し汗をかき、父はきれいなハンカチで額の汗をぬぐうと、座って宛名を書いた。妻を失ったばかりの男にしては、めずらしく満ち足りているようだった。まだ新しい濃紺のスーツを着ていて、荷造りを始める前に脱ぐ時間もなかったかのようだった。

父が一つひとつの包みの数ヵ所に、英語と日本語で名前と住所を走り書きするとき、やる気と沸き立つ喜びを抑えきれない雰囲気があるのを、イチローは感じ取った。全部で四つ、包みはある意味で父の自由の象徴だった。荷物を送ることについて、もうあれこれ考える必要はなくなった。自分の意志で送るのであり、それを邪魔するものはもうなにもなかった。日本や、ありもしなかった勝利になんの幻想も抱いてなかった。妻の影に隠れていて意気地なしだったかもしれないが、父は道理のわかる男だった。物事がどうなっているのか知っていたし、ついに自分なりの道理にかなったやり方を実行できることに大満足だった。なににもまして父は自然な感情の持ち主で、本人が思うに、それでいつも妻とトラブルになっていた。妻は、無理につくりあげた感情に従って、自分の人生と夫婦の人生を送ろうとしていた。それがいけなかった。

「人生について考えたことがあるかい」父は突然息子に訊いた。

「なんだって?」

「ああ、突然すぎたな」と、父はほほえんだ。「ただ、人は現実世界で生きなければならないって言おうとしただけだ。人は自然に生きなければならない。そうじゃないか。いつも幸せな生活ばかりじゃないが、悲しくても幸せでもいい人生に違いない。季節みたいなものだ。いつも秋だとは限らない。私は秋が好きだがね」

「そうだね、父さん。わかるよ」

父は小包をきれいにテーブルの上に積み上げるとご満悦だった。「時間をかけて、イチロー。急ぐ必要はない。おまえがなにを悩んでいるのか、みんなわかっているわけじゃない。でもわかるよ。とても大きいってことだけは感じる。時間をかけなさい。きっとうまくいく。しばらくすれば、たぶんおまえも働くか、行きたいのなら学校にも行ける。できるさ。寝るところはあるし、食べる物にも不自由はしない。お金はなんとでもなる。時間をかけて、なあ」

「そうだな、父さん。おれは心配してないよ」

「そうか？　よかった」父は唇を少し震わせたが、イチローにはその理由がわかった。父は長い間すべきだったことをついにいま実行し、口にしたのだが、それが遅すぎたともわかったからだ。

「明日、仕事のことで出かけてくるよ」イチローはそう言ってバスルームへ行った。

「ああ、そりゃあいい。そりゃあいい」じっと考え込むように座りながら、父はネクタイを首からはずしはじめた。

10

シアトル市民ではない人たちが、いかにもシアトルらしい天気だ、と言いたくなるような朝だった。実際、濡れるほど湿っているわけでないが、湿り気があり、どんよりと灰色がかった薄靄がまち全体を覆っていた。雨が降ったあとで、漂う微細な霧の粒がほおに感じられ、葉っぱの上の露のように、耐水性の服にぴったりとくっついた。気温は四、五度で、ひんやりと湿っぽい冷風が、コートに染み入り下着を抜け、肌そのものから温かさを吸い上げた。

バスのむっとするような熱気をあとにして、イチローは体を震わせ元気よく湖へ向かって丘を下って行った。朝靄のなかに黄色に塗られた大きな横長のフェンスが見えた。そこには高さが人の背丈ほどある赤い文字で、そのフェンスの先にあるもの——ペンキを塗ったみすぼらしい継ぎはぎだらけの小屋や建物、スクラップの大きな山、洗車したばかりのトラック数台、悲しげな顔をした男女——がすべて、キリスト教更生センターと呼ばれる慈善団体のものだと告げていた。

入り口のところでイチローは、小さな番小屋の中で座っている不愛想な男に事務所への道筋を尋ねた。男はガレージのような木造の建物が固まっているおよその方向を指し示した。イチローは、それじゃまったくわからないと顔に出し、そこに立っていた。男は雨の中に出していた手を引っ込めて座ってしまい、イチローには男の頭のてっぺんしか見えなくなった。

軒下に入って濡れないようにしようと、道の端に寄りながらイチローはぶらぶらと教えてもらった方へと歩いて行った。両側には屋台があって、あちこちの屋根裏や地下室からいらなくなったものが、見た目は仕分けされて並び、掘り出し物としてお客が品定めできるようになっていた。

ガラクタはテーブルの上に積まれ、ゴミ箱の中に詰め込まれ、壁や天井から吊り下げられ、また、霧雨がかかるところに押し出されていた。客の相手をする者が何人かいたが、みすぼらしい風体の男や女たちだった。彼らの唯一の仕事は、さらにガラクタを押し込むことができる、見過ごされた、貴重な隙間や隅っこを探すことだった。彼ら自身がガラクタのようだった。継ぎはぎされ、補修されているが、もう昔のような姿には二度と戻らない。彼らがあちこち運びまわした、古くて傷つき、もはや再利用されることがまずないガラクタも、再び日の目を見ることはなさそうだった。

屋台を過ぎると広々とした空き地に出た。そこにあるのは、いくつもの黄ばんだ冷蔵庫や古ぼけた洗濯機や堆く積み上げられた鉄製のベッド、それに壊れて錆びた機械や、ぐちゃぐちゃに山になったパイプと、タイヤも車輪も、フェンダーとモーターもない、ぼろぼろの二トン半の軍用トラックといったガラクタだった。

長い黒のレインコートを着た老人が、トラックの荷台の端に座って、端から脚をぶらぶらさせていた。いくつか道具が置かれた横で、老人は陽射しでも浴びているかのように、のんびりとパイプをくゆらせていた。老人の目は、ほとんど毛深い眉毛と深い皺で覆われていたが、イチローが近づいてくるのをじっと見ていた。

「なにが欲しいんだい」と老人が叫んだ。

「なにもいらないよ、おじさん」

「いい冷蔵庫が入ったぞ。すごく安いんだ。わしが修理したからわかってる」

「今日は買いにきたんじゃないんだ」

「洗濯機はどうだ。昨日一台入った。最高だぞ」ドライバーを取り出し、老人は自分のうしろを指した。

「いくらだい」

「あんた、買わないんじゃなかったか」

「そのとおりだよ」

「じゃ、なんで聞くんだ」

「訳なんかないさ」

「おもしろいやつなだ」老人はそう言うと、顔全体にさらに皺が寄って満面の笑みになった。「ところであんた、酒を持ってたら一杯飲ましてくれんか」

イチローはとりあわずに先へと進んだ。するといくつか建物があり、それらは入り口からはガレージのように見えたが、驚いたことに作業場だった。窓の向こうでは、男たちが家具を修繕したり塗装したり、三輪車や四輪の子ども用ワゴンを修理したり、また椅子を張り替え、布切れを種分けして、ものすごく大きな長方形の束にまとめたりしていた。女たちはグループで衣類やカーテンや敷物や寝具類を縫ったり、切ったり、つなぎ合わせたり、きれいにしたりしていた。みんな快活で、気持ちよさそうで、満足気に見えた。

建物のひとつの端に「管理事務所」と書かれた看板があり、赤く塗られた手が右を指していた。イチローは角を曲がると、若木の植栽に囲まれ、ガラス窓のたくさんある新しいレンガ造りの平屋を目にしてはっとした。ドアのところで立ち止まると、イチローは、引き返して仕事のことなんか忘れよう、という気持ちをなんとか抑えた。大きなゴムのマットで靴の汚れを落とすと、ロビーの机の向こうの女性が自分にほほえむのが見えた。時間をかけてわざとゆっくりと歩を進めながら、緊張しないためにその女性のほほえみに気持ちを集中させようとした。そして彼女に話しかけるほど近くなったころには、イチローは、まったく変わらぬままの笑顔にすっかり気をとられていた。

「お若い方、なにか？」彼女は素早く反応したが、ちょっと不愛想な言い方だった。

そのときイチローは、彼女の目が笑っていないことに気づいた。口元の笑みは顔の片側の傷のためだった。傷が口の端を引っ張っていたからで、ほんとうはにこりともしていなかった。

「仕事のことで来ました」とイチローは言った。

彼女は、茶色のプラスチックボックスの上の六つのボタンのひとつを押してから、受話器をとって耳にあてた。二、三秒も待たずに話した。「モリソンさん、面接の時間はありますか」

少し間があり、「お若い方です。日本人だと思います」と言うと、彼女はイチローに「廊下を通って左手の部屋です」と、片手で指し示し、もう一方の手の受話器を置いた。「モリソンさんが会うそうです」

「ありがとう」イチローは廊下を歩いて行き、なにも表示のないドアをいつくかやり過ごした。わからなくなったので立ち止まり、女性の方を振り返った。彼女はまっすぐ前を見ていた。その横顔は、さっきとは別の側だったので笑みはなかった。

「君、こっちだ」数メートル先で、廊下に出てきたモリソンさんが呼んだ。背が高く金髪で、きちんとした青いスーツを着ていた。イチローに事務所に入れと身振りで合図すると、「座って、ちょっと待っていてくれ」と言った。

机が一つと書類の整理棚が一つ、金属製の台の上にタイプライターが一台、ほかに椅子が二脚あった。イチローは机の前のひとつに腰かけた。数分するとモリソンさんが戻ってきた。

「モリソンです」と、手を差し出して言った。

その人のことを三〇歳そこそこだろうと思いながら、イチローはその手を取って言った。「ヤマダです。イチロー・ヤマダです」

「イチロー・ヤマダ」と、その人は流ちょうに繰り返した。「私の発音はどうかな」

「とてもいいですよ」

「そのはずなんだ」モリソンさんは明らかに得意げに言うと、机の端を回って椅子に座った。「一五ヵ月日本にいたからね。行ったことはある？」

「いいえ」

「残念だ。機会があれば行くといい。素晴らしい国だし人々も素晴らしい。ニホンゴ　ガ　ワカリマス　カ？」

「少し」

「私自身、けっこううまく話せるんだよ。その国の人々を知る唯一の方法は、そこの言葉を学ぶことだね。私は言葉を覚えて人々を知るようになった。戦争が始まる前にいたんだ。父のおかげでね。父が日本でかなり商売をしていたんだ」と言うと、モリソンさんは、イチローにタバコを勧めて、自分でも一本くわえた。「さあ、きみ自身のこと話してくれないか」

「そんなに話すことはありません。仕事がしたいんです。ここに来ればあるかもしれないと聞いたんです」

「ここで働いている誰かから？」

「いいえ、ここで働いている人の友人からです。ゲーリーを知っていますか」

「もちろんだ。ゲーリーは立派に働いている。本物のアーティストだ。われわれのトラックに看板文字を描いているのは彼だ」机の中央の引き出しを開けて、モリソンさんはノート大のカードを取り出し、上の欄にイチローの名前を手際よく書いた。彼は両親や住所、学歴、特殊技能に関するお決まりの質問をして、下の欄に同じように手際よくメモした。それから尋ねるべき質問が思っていたように簡単に出てこなかったので、今まで書きこんだ事柄について考えているようなふりをした。イチローはきまりが悪くなった。モリソンさんは安心させるようにほほえんで、そのカードをもう少し見ていた。そしてやっと言った。「ゲーリーが問題を抱えているのは知っているね」

イチローは顔を上げた。最初はよく理解できなかったが、すぐに、モリソンさんが、双方ともできるだけ傷つくことがないような言い方をしようと一生懸命なのがわかった。「私も同じ問題を抱えています」と、イチローはきわめて冷静な声で言った。「なるほど」失望の色がモリソンさんの顔に広がった。イチローがそれに気づかないようにと、モリソンさんはさっと表情をもとに戻して笑顔をつくろうとした。が、うまくいかず、急いで立ち上がると振り向いて窓の外を見つめた。「嫌な日だな」と、彼は意味もなく言った。

「たしかに」イチローにはモリソンさんの不快な気持ちがわかった。

「済まないな」モリソンさんが椅子にもたれて言った。ほほえんでみたものの、疲れた様子で一瞬老人のように見えた。「もし、この質問が失礼だと感じたらそう言ってほしい。でもできるなら教えてほしいんだが、なぜきみは徴兵に応じなかったのかな」

「もっともな質問だと思います」

「わからないのかな」怒っているような言い方だった。

「ええ、はっきりとは、モリソンさん。立退きや収容所、両親、そういったものすべてと、あといくつかのことのためだと思います」

「後悔してるかい？」

「はい」

「じゃあ、申し訳ないと思っている？」

「はい」

「そりゃあそうだろうな」モリソンさんは、前屈みに座って考え深げに両手を顎の下で組んだ。「私は自分の仕事が好きなんだ、イチロー。助けを必要としている人と一緒になって、その人たちのために働けるから好きなんだ。酔っ払い、精神に問題がある者、能力の劣る者、法律を犯した者、障害者。

私は彼らみんなを助けてきたが、それで大いに満足している。しかし、君やゲーリーは肉体的にも精神的にも問題はない。ここは君らが来るようなところじゃないんだ。私にできることは仕事を与えて、そのことで希望を与えることだが、これが難しいんだね。希望を持つのはいいことだ。ただ、希望を実現しようとするのはもっと素晴らしいことだ。でも君たちに対しては、私にはそれができない。私はそのことをずっと考えてきた。ゲーリーがきて以来ずっとだ。若さ、知性、魅力、美術の学位、それに健康。彼にはすべてある。君もそうだ。だから私はまったく役に立たない。君ら二人は今すぐにでも町なかで、どんな仕事にもとりかかれるし、君らは、今その仕事についている人たちよりもっとりっぱに仕事ができる。残念ながら私は君らのような病気の治療法を教えてもらったことがない。とまあ、そういうことなんだ」モリソンさんはそう言って突然立ち上がった。「君の悩みに私の悩みまでつけ加えても仕方ないね。ゲーリーと一緒に働くのはどうだい」

「たぶん大丈夫です」

「週給三五ドルだ。しばらくすればもう少しは増えると思う」

イチローはわずか一週間前にキャリックさんから提示された月給二六〇ドルのことを思った。引き受けるべきだった。もしあのとき母が死んでいたら引き受けただろう、そう思った。やっていたら気に入った仕事だったろう。きっとうまいことといったかもしれない。彼のもとで働いたらよかっただろうな。いろんなことがあっただろう、でも、残念ながら実際はなかったんだ。モリソンが、若くてあれこれ思い悩んでいるからといっても、彼が悪いわけじゃない。善意で言ってくれているんだ。ベストを尽くしてくれている。「それで十分です」と、イチローは返事をした。

「もちろん、いますぐイエスという必要はないよ」

「ええ、もう少し考えてみます」

「そうだな。二、三日のうちに知らせてくれるかな」

「わかりました」

モリソンさんは立ち上がり机を回ってもう一度イチローと握手をした。「帰る前にゲーリーのところに寄って話してみるといい。私よりももっと仕事について教えてくれるよ」

「助かります」

「横のドアを出て右だ。すぐ見つかるよ」

「ありがとう、モリソンさん。あとで連絡します」

モリソンさんは、イチローが廊下に出ていくまでずっとイチローの手を握っていた。イチローをもう少し引き留めておきたいように見えたのは、なにか言い足りなかったからだった。モリソンさんは、なにか言うべき適当なことを探しているようだった。とうとう最後に握った手を力強く振って、熱意をこめて言った。「君はここの仕事を気に入ると思う。たぶんわれわれ三人で君たちの特異な状況に対する解決策を探すことができるさ。何事にも答えはあるもんだよ」

「ありがとう」と、イチローはもう一度言って、ドアの方へ歩いて行った。

イチローは脚立の上にいるゲーリーを見つけた。彼は、「Rehabilitation（リハビリテーション）」という単語の最後の「·i」の文字にとりかかっていた。それは大きな緑色のワゴン車にペンキで描かれているところだった。手際よく確かな筆さばきで、ゲーリーは赤のペンキをつかって、すでに丁寧に描きあげた文字の輪郭の内側を塗っていた。それをやり終え、うしろに身をそらせて自分自身の仕事を確認すると、ようやく自分が誰かに見られているのに気づいたようだった。しかし、じっとして、すぐには振り返らなかった。筆を手にして二度軽く塗ると満足げだった。それから入り口の方を向いて、イチローを確認すると、考え込むように眉間にしわを寄せた。

「おーい」イチローが言うと、ゲーリーが脚立から降りて近寄ってきた。

「久しぶりだな、イッチー」と、ゲーリーが言った。

二人は握手を交わしたが、イチローには、そこそこ親しげに見えるゲーリーが、ちっとも笑顔を見せないのに気づいた。

「今モリソンさんに会ったところだよ。彼はおれが君と一緒にここで働けるように手配してくれるみたいだ」

「そりゃあいい」ゲーリーが言った。「いいことだ」そのときまだ筆を手にしっかり握っていることに気づいて、ゲーリーは裏手にまわって缶の中に入れた。それからしばらくそこにいて、ペンキ入れの壺とぼろきれを持ってせかせか歩き回り、整頓されている棚にそれらを押し込んだ。

イチローは、ゲーリーのよそよそしい態度に少し戸惑い、トラックの方へ歩くと描きあがった文字のできぐあいをじっくり見た。

「うまいね。いいできだよ」とイチローは言った。

ゲーリーはすぐに振り向いて、そして突然満面の笑みを見せた。「ええい、もういいや」ゲーリーは大声で言った。「おれのケツを蹴飛ばしてくれていいぞ。やり直そうぜ」ゲーリーはもう一度手を差し出して、イチローと力強く握手した。

「これが二番手の挨拶の仕方なら、こっちの方がいいな」そう言ってイチローはすっかり安心した。

ゲーリーはシャツのポケットからタバコを取り出し、箱を振って一本を途中まで出すとイチローに勧めた。二人は火を点けて、壁の前に並んでいる椅子に腰かけた。

「おまえが出たって聞いたよ」とゲーリーが言った。

「出たって?」イチローがにやりとした。「もしこれが出ているっていうことなら、おれはそれほど望んじゃいなかったよ」

立ち上がってゲーリーはトラックの方へ歩き、まだ終わっていないレタリングの仕事を確かめた。彼は、背は高くなくほっそりしていたが、肩幅が広く、がっしりしたみごとな腕と脚をしていた。両手をふさふさしたウェーブのかかった黒い髪に通し、首の後ろで組んでちょっとの間立ち止まっていた。「たぶんおれの方がちょっと楽だったんだろう」ひとりごとのように静かに言ってイチローに背を向けると、もはやイチローの存在を忘れているようだった。「おれは画家だ、おれはそう思っている。いい画家に、芸術家になりたいんだ。いま絵を描いているが、昔は必ずしもそうじゃなかった。昔は、タバコの灰のかかった冷めたコーヒーを飲みながら、人生やセックスや哲学や歴史や音楽や真の芸術について語っては、恐ろしく興奮してきて、いまにも漆黒の夜の中に走り出し、創造することへの燃えるような情熱で、ビルのまわりすべてを思い切り塗りたくってやろうとした。だが実際は、動き出さずに、ただ話し、夢を見て、自分の尻に鉛の重りをつけているみたいに座っていた。たまにじゃない、ずっとだ。何週間も、何ヵ月も、何年も、話をして、もじもじしてた。それで、ごくまれにキャンバスに向かった。といっても、昼でも夜でもほんとうにやることがなくなったときのことだ。それで描けなくなった。尻の鉛の重りがそこにはない椅子の匂いを嗅いで探し回ったからだ。もしおれがおしゃべりなんかに費やした時間を絵を描くことにあてていたら、おれは今、絵を、ほんとうの絵を描いていたかもしれない。多くの時間を無駄にしたよ。なんてこった、こんなにも多くの時間を無駄にしてしまった」

イチローは静かにタバコを吸い込み、まだ若々しい体をしているゲーリーが緊張を解いて、再び話しはじめるのを見ていた。

「刑務所にいたのは、自分にとってよかったよ。鉛を自分の尻から出して、くだらんおしゃべりも自分の中から捨て去った。おれは刑務所で死んだ。生き返ったときは、自分にとって重要なのは絵を描くことだけだった。おれは家に帰り、家族にやあと言って話をしようとした。でも話すことがなかったんだ。そこを出て下宿部屋を見つけた。古ぼけた屋敷の一番上にある、空に手が届きそうな大きくて隙間風の通る屋根裏だ。自分のことしか関心がない下宿人でいっぱいなんだ。昔の友達は今じゃ見知らぬ者たちだ。話す相手はいないし話したいとも思わない。おれの絵の具のチューブや絵筆が生み出すもの以外のことで、話すことはないからだ。日中は生活のために絵筆を握る。夜は自分自身のために絵を描く。おれが望む絵は自分の内面の絵だ。おれは手探りでそれを探している。そいつのおかげでおれは安らぎと充足感を得られるんだ。おれにとっては、杯は溢れているんだよ」

ゲーリーが振り向くと、今、口にした安らぎがはっきりと顔に浮かんでいた。「おまえにとって不運だったことが、今までおれの身に起きたなかで最高だったということだ」

「そうだな」とイチローは言い、友人の目をじっと覗きこみ、そこにあるはずだった恐れや孤独や苦悩を探したが、見えたのは静かにやさしいほほえみの中に浮かんだ平穏だけだった。

「おれは狂っちゃいない」とゲーリーが言った。

「そんなこと思っちゃいないさ」イチローが安心させるように言った。

「おれはただ、ようやくまっとうな道を歩んでいるっていうことだ。もしそれを狂っていると言うなら、別にとやかく言うつもりはない」

「もしそれがおまえにとって正しいなら、大切なのはそれだけだと思うよ」

筆を取りに作業台へと戻って行き、ゲーリーは脚立に上がるとレタリングをまた始めた。「こいつを昼前にやり終えないといけないんだ」

「おれももう行ったほうがよさそうだな」とイチローが返した。

「もしよかったらここにいて見ていてくれ。おれはかまわないから」

「また会えてよかったよ」イチローは歩きはじめた。

「待ってくれ」

ゲーリーが脚立から飛び下りてイチローに歩み寄った。「おまえが来たとき、なんかおれの感じが悪かったとしたらごめんな。そんなつもりは全然なかったんだ。人とのつきあい方をただ忘れちゃって。おれたちすごくうまいこと一緒にやっていけると思う」

「ありがとう。でもおれの気持ちはここに来る前に、かなりはっきり決まってたみたいだ。モリソンさんからの誘いは断ることにしたと彼に言ってくれ。それじゃ、またな」

「わかった」

イチローは行こうとしたが、ゲーリーが鋳物工場でちょっとの間働いていたとフレディーが口にしていたのを思い出した。イチローは立ち止まり、入り口のところで「ゲーリー」と、再び声をかけた。

ゲーリーは脚立に上がりはじめたところだったが、三段目で止まって待っていた。

「鋳物工場で何があったんだい？」

「あったかって？」

「ああ、フレディーが言ってたんだが、おまえがそこでけっこう稼いでたって」

ゲーリーが笑った。「いいやつだな、フレディーってのは。聞いてないのか」

「聞いてない」

地面に下りると、ゲーリーはイチローに近寄ってきた。「聞いてなくてよかったよ。どうしても知りたいんだろ。あいつは、実際よりひどい話につくって話しただろうからな。いい仕事だったさ。お金に関しては言えばけっこうよかったよ。もちろん、仕事はきつかった。残業を入れると、全部で週に百ドル近くもらってた。同じ仕事場には大勢の退役軍人がいて、以前よく知っていたのも二、三人いたな。やつらはおれを避けていた。おれを歓迎していないのはあからさまだった。でもそう言ったって、おれだって食っていかなきゃいけない。思うに、やつらはおれのことをみんなに話した。すぐに白人たちもおれと話をしなくなった。バーディーもそのことを知っていた。しかし、あいつにはどうでもよかったようだ。バーディーってのは黒人だ。あいつはおれのことを気に入っていた。みんなに、おれに辛くあたろうなんてやつは、あいつとやりあわなくちゃならないってことをわからせた。聞いたところじゃ、バーディーは何年か前はジョー・ルイスとスパーリングをしていたってことだった。おれはとんでもない保護を受けたわけだ。そこで仕事をやめるべきだったんだ。でも、おれは、もし落ちてきた下水管にあたって死んだり、かなてこで頭をめった打ちにされても、たぶんそれは自業自得かなにかだって思ってたんだ。前に言ったようにおれは一度死んで戻ってきた男だ。おまけの人生を生きている。そう考えて生きていけば、不安はあるけれど一種の心の安らぎが得られて、ふつうの人が感じているような、人に危害を加えられるんじゃないかとか、死ぬんじゃないか、という不安はまったくなくなるんだ。おれは働き続け、無視されたが気にしなかった。実際、これっぽっちも悩ましいことはなかった。バーディーはおれのことで危うく二、三度喧嘩をするところだった。でもそれは、なにかの理由で気に障ったってことらしかった。バーディーには、やつらのことは放っておいてくれ、おれは無視されたり悪口を言われたりしても平気だって言ってきた。でもあいつは見てられなかったんだ。あいつは、おれのことを心配してくれていた。ほんとうに気にかけてくれた。まだまだいい人間がまわりにいるんだ。そうだろう」

イチローはうなずいて、ケンジやエミそしてキャリックさんのことを思った。

「もうそんなに言うことはないんだが」と、ゲーリーが静かに続けた。「おれにはわかった。もしこのままいったら、なにかがおれに起こるだろうって。そいつは、日に日に大きく、そしてひどくなっていき、不気味なほど静かに増強していくのをおれは感じた。やつらはおれが怖がっていないと感づいたが、それがさらに悪いことにつながった。もう一度言うが、おれはそこを離れるべきだったんだ。

分別のある人間ならそうする。が、そうしなかった。おれがほかの場所に行って同じような目に遭わないという保証はなかった。ことの全体を見れば、やつらがおれに対してできる最悪のことはおれを殺すことだった。でもそれはおれにはたいしたことじゃなかったから、こんなけっこうな収入を諦めなきゃいけない理由はなかった。要は単純なことだった。おれは自分のことはどうでもいいが、他人のことになったら違う。だれか頭のいいやつがそのことに気づいたんだ」

「バーディーのことか」

「そうだ。あの悪党ども。やつらはバーディーの車の車輪のナットを緩めた。時速五〇マイルで走っているとき、車輪が外れて車は三回転だ」たかぶった気持ちを声にしてゲーリーは続けた。

「かすり傷ひとつなく、あいつはうまいこと外へ出た」

「やつらは、自分たちがしていることがわかってないんだ」

「そうとは思わない。やつらは、自分たちがしていることはわかり過ぎるくらいわかっている。ゴー・フォー・ブロークってことだ。聞いたことあるだろ」

「ああ」

ゲーリーは、考え込んで筆の柄の先端でほおをこすった。「嫌な時代だ。おれたちにとってはそうだ。まわりは感情で支配されている。感情に走るばかりで頭で考えようとしない。これじゃまともなやつもおかしくなる。まあもう少したてば物事もぎすぎすしなくなるだろう。現実を知れば、やつらのうぬぼれもおさまるさ。銀行に何百万ドル持っていたって、まだ高級住宅街のブロードムアに家を買えないことを、やつらもそのうちわかるだろう。たいして頭がよくなくても白人だというだけの白人に、自分たちの仕事を奪われちまうことをやつらは知ることになる。リゾートへ旅行をすることもあるだろうな。ここはどこも民主主義の地で、自分は民主主義のために一ダースのドイツ人を殺したんだ、なんて考えながらだ。でもな、不幸にも予約の際の手違いで、ガツンと追い出されちまうんだ。というのも、予約申し込みの手紙にOharaとサインしていたんだけれど、リゾートの受けつけ係は、それを立派な古いアイルランド系のO'Haraと勘違いしちまったからだ。Oharaみたいな名前を持つと辛いぞ。たぶん天国の工場で、人間がつくられているとき、神の僕《しもべ》のひとりが、アポストロフィーを忘れてしまい、それでそいつは、アメリカ合衆国のなかで、アイルランド人じゃなくてジャップになっちまうんだ。そう思うのも辛いことだ。でもまあ、そんなことは別の話だ。自分たちが、どこまでいってもジャップにすぎないとわかるころには、おれたちをいじめている暇もないだろうよ」

「おれたちがしたことが、忘れられるときが来るってほんとうに思うか」

「そうは言わなかったぞ。やつらが忘れるだろう。ほんとうに辛い思いをしているやつの何人かは、密かにおれたちを羨んですらいるかもしれない。時がたてばやつらも忘れる。でもおれたちが忘れるかどうか、おれにはよくわからない。いま、状況はかなり感情に動かされているんじゃないか。やつらは全力を尽くして、やつらの血がジョーンズやトーガソンやメイヨーなんかと同じように赤いことを証明してきた。やつらは人を殺し、また殺されることを経験してきてそいつを証明してきた。おれはやつらが平気でおれたちを殺しても、少しも責めはしない。おまえやおれは、やつらにとって洗濯したての服についた大きな黒いしみだ」

「もし、それがあべこべだってことになったらどうなんだい」

ゲーリーがにっこりした。「家に帰ってひとりで言ってりゃいいさ。このことについて『もし』とか『しかし』とかはな。おれは今あることがわかるだけだ。おれたちは、そいつを受け入れていかなきゃならないんだ」

イチローは手を伸ばし、ゲーリーの手をしっかり握った。「おまえが言ったことを考えてみるよ。筋が通っているよ」

「がんばってな」

「ありがとう」


イチローはガレージを出て歩いた。新しいビルを通り過ぎ、作業場のところを曲がって入り口へと上がって行った。この先も走ることはないトラックの上に、まだ腰かけている老人の方は見なかった。霧雨ははっきりとした雨に変わっていた。バスを待ちながらイチローは少し震えを感じた。レインコートのボタンを留めていないのに気づいた。指で手探りしてボタンを穴に通すと、振り返って丘の下にある、さっきまで自分がいたみすぼらしい建物群を見下ろした。雨は激しく頭を打ちつけ、髪に染み込み、首のうしろからしたたり落ちた。イチローは瞬間、心が肉体から分離してしまった男のようだった。

イチローはアポストロフィーのことを考えていた。あの、文字の上の方につけるコンマ、もしくは尻尾のついたピリオドみたいな印のことを。それは人間たちの運命を左右する小さな天秤だった。滑りやすい頭のはげた天秤の軸に人間は生まれる前、名前もないときからぶら下がり、突然気がつくと、自分がこっちの皿の上か、あっちの皿の上かで身もだえしている。もちろん、どちらの側に落ちるかで違いはあるのだが、ずっと下に厚い雲があってよく見えないとき、人はただ急いで決心し、あとはなんとかなると思うしかない。こんな決まりかたは、全能の神による気まぐれな方法だったのか。アポストロフィーひとつで決まるOharaとO'Haraの違いもこんなものだ。アポストロフィーは、しばらく使用禁止だ。なにしろアイルランド系が多すぎるからな。

イチローはバスが来る音を聞いたが、タイヤが歩道の縁石近くで飛ばした泥水を、すぐに下がってよけることができなかった。黒いしぶきがレインコートの前に飛び散り、それを手でこすろうとしてさらに汚してしまった。

バスに乗り、トークンを入れ、居眠りをしている男の隣に座った。

イチローのせいではなかった。母のせいでもなかった。その母はもう死んだ。ぶざまに吹き飛んでしまった夢にすぎない信念のために。九千万人の日本人を憎悪し、その反対に嫌われてしまった五億人の中国人のせいでもなかった。ちょっと見回せば、世界中に憎悪があるのがわかる。みんなが説く寛容の精神というやつはどこにあるのか。憎悪と相殺されてしまわないだけの寛容の精神は。イチローは、いつも聖書を読んでいたトミーと一緒に、アイダホの教会に行ったときのことを思い出した。トミーは、砂糖大根畑の息苦しいほど埃が舞うなかで、まずいピーナッツバター・サンドイッチを食べる前にいつも祈りを捧げていた。ほかのものは、みんな悪態をつき不平を言いながら汚れた顔でパンを食らっていた。みんなトミーをいじめた。フレディーもそのひとりだった。トミーがある日、屋外便所の穴の上にしゃがみながら神様にシアーズローバックのカタログのことで感謝の言葉を捧げていたのを聞いた、とフレディーは言いふらしていた。トミーは気にしてないようだった。すべてわかってる、というようにただ笑っていた。というわけでイチローはその日、飯場でポーカーをするかわりにトミーと連れ立って教会へ行った。もしトミーが答えというものを知っているなら、イチローはそれが知りたかった。二人は静かにその教会に入ったが、トミーはそれまで何度か日曜日に行ったことがあった。イチローは、すぐに自分たちが歓迎されていないと感じた。トミーは盗み見されていることや、あきらかなひそひそ声にまったく気づいていないようだった。イチローは教会を出たときほっとした。二人がバス停まで歩いていると、車がふたりの横についた。

男が窓から上体を乗り出した。「ジャップは一人でも余計なんだ。おれはみんなに言ってるんだ。今日のジャップ二人は、たぶん次の日曜には一〇人になるってな。二度と来るなよ」

イチローはポーカーゲームに戻り、トミーは、みんなで別の農場へ移るまで町へは行かなかった。数週間経ち、背が低くてずんぐりして勉強熱心にみえるトミーは、イチローがシャワーを浴びているときに近寄ってきた。「この町に素晴らしい教会があるんだ」とトミーは言った。「ほんとうのキリスト教の教会で、喜んでぼくらを迎えてくれるよ。今度の日曜日に行かないか」

「クソくらえだ」イチローはそう言ってからすぐに、トミーの目の中に傷つけられた様子を見て、言わなければよかったと思った。

「今回だけだから、頼むよ」トミーは懇願して近づいてきて、「この前はほんとうにごめん。最初にあんなひどい思いをさせちゃって、埋め合わせをしたいんだ」と言った。

結局イチローは行くと言ってしまった。トミーが正しかったようだった。小さな教会だったが、席はすべて埋まっていた。礼拝のあと信徒たちは、二人を一時間も外で引き留めて、友情たっぷりに旧友のように際限なく質問をしたり、会話を楽しんだりした。三度目の日曜日には、二人はロバーツさんと夕食をともにしていた。彼には子どもが六人いるが、それでも来客は歓迎する、と断言していた。イチローは楽しかったし、トミーは大喜びだった。

はっきりとは覚えていなかったが、それは六度目か七度目の日曜日のことだった。暑くて席も混み合っていたため、イチローはジャケットを脱ごうとして、もぞもぞと体をよじると、白髪の黒人がうしろに立っているのが見えた。イチローは、なぜ座席の案内係が、席がいっぱいのときによく使われる、折り畳みの椅子を取り出さないのか不思議に思った。数分後、うしろで椅子がガラガラと音を立てるのを聞いて、イチローはほっとした。牧師が訓話を終えたあとイチローはもう一度見た。すると黒人はまだ立っていた。椅子は、遅れて来たケネディー家のために出されたもので、一家は黒人からわずか一メートルほどのところに座っていた。

以前の教会で見聞きしたような、ささやく声も首を伸ばして辺りを窺う姿もなかった。しかし誰もが黒人がいるのをわかっているようだった。礼拝が締めくくられると、牧師はステージの上で黙って身動きせず立っていた。信徒たちは、いつもなら待っていたとばかりにばらばらになって、たくさんのグループに分かれておしゃべりするところを、そうせずに座ったままでいた。するとかなりはっきりと、背後を横切って階段を下りて、熱い太陽のもとに出てゆく邪魔者の、ゆっくりと孤独な足音が小さな教会の中に響きわたった。すると突然、みんな活気を取り戻した。まるで、映写機の故障かなにかで一瞬停止していたスクリーン上の俳優が、再び動きはじめたときのようだった。

イチローはまっすぐひとりで飯場に戻った。腹が立って仕方がなかった。すぐにポーカーゲームには入れなかったので、怒りのはけ口がなかった。ようやく一時間近くたって誰かが抜けた。その夜はかなり遅くまでゲームをやり、終わったときイチローはこれまでの稼ぎをつぎこみ、さらにこの先一週間半の賃金分を負け越してしまった。

数日後トミーが、有望な新入りの信者を失いたくなくて、あの事件のことを弁明しようとした。「主の行いはしばしば不可思議なんだ」と、トミーは言った。「われわれには理解するすべもないことがあるんだ。次の日曜日までには気分もよくなるよ」

「神聖な御託は、自分のためだけにしておけよ」と、イチローは応じた。「おまえらご立派なキリスト教徒は、慈悲の心をずいぶんとケチるようじゃないか」

するとトミーは、自分が哀れで、脅されていて、虐げられた日本人だという立場をさらけだした。「なんてこと言うんだい」トミーは逆上して叫んだ。「あの人たちはおれたちのことが好きなんだ。おれたちのこと、ちゃんと扱ってくれている。おれたち自身、問題を抱えているんだ、ほかのもめ事に首を突っこめるような立場じゃないんだ」「けっこうなことだ。ずっとそいつにすがりついているわけだよな。え?　おまえみたいな野郎は、ああいういい思いをしたいんだろ」

イチローがトミーと離れて、フレディーが次から次へと繰り出す低俗な冗談を喜んでいる連中のところへ行くと、すすり泣きが聞こえたように思った。

このことは、おれがどういう道を選択するか、決めなければならなかったときより前のことだ、とイチローは思った。それはおれたちがぞっとするような砂漠の中の収容所にいたときのことだった。しばらくの間、砂糖大根の畑でただ同然で働いていて、その間は収容所への出入りは自由にできるような生活をしていた。すべて、おれが「ノー」と言ったことで、なにもかもめちゃくちゃにした前のことだ。今おれは、自分のみじめで小さな人生が、未だにみじめででかい世界の一部にすぎないことがわかる。世の中は以前と同じなんだ。大きくて中に腐った茶色い部分のあるピカピカのリンゴと同じだ。大事な真ん中のところは腐っていないが、皮の下に腐ったところがある。よく切れるナイフなら十分うまく切り取れるんだ。おれは重大な過ちを犯して有罪になった。自分の罪に対して法に定められた報いを受けた。おれは許されたのであり、こう感じることだけは許されているんだ。そうでなかったら、おれは陰鬱な雨でずぶ濡れになる日に、シアトルの街を走るバスに乗りながら、人に気づかれず、煩わされもせずにいるはずはない。

バスのフロントガラスを通してイチローはバスターミナルの時計台を見た。あと二つ三つ先のバス停まで乗るはずだったが、立ち上がってコードを引いて降りる合図をした。雨の中に降り立ち、レインコートの短い襟を立て首にぴったりつけた。ここがあのバス停だった。同じコンクリートの歩道が続いていた。最初にシアトルの街と、わが家と、そして友達のところに帰ってきたあの朝、イチローはスーツケースを持ってそこに立っていた。いまも若いが、前より少しは賢くなった。たぶん以前より気持ちも頭の中も少し落ち着いたようだ。雨だ、雨はいい。「雨のち晴れ」イチローは呟いた。でもそう簡単にはいかないだろう。もしかしたらずっと雨かもしれない。しかしだ。思ってもみなかった善意もたくさんあった。どんな人たちにも居場所があった。ひょっとしたら自分のような人間にだって。

おれはそう信じ、考え続けなければならない。そうするつもりだ。それは一本の糸にすぎないけれど、なにもなかったかもしれない人生の中では、とっても大切なんじゃないだろうか。

イチローはバスターミナルの方へ歩いて行き、曲がるとジャクソン通りを上がった。信号が変わるのを待っている間、バス停にいる一群の人たちは、イチローに目をやることはほとんどなかった。

11

イチローはベッドに横になり、店であり住まいでもある古い木造の壁を通って、時折り伝わってくる夜の雑音を聞いていた。コンクリートの路面を疾走するゴムタイヤからのヒューというやさしい音、遥か遠くでセミトレーラーが鳴らすぼんやりした汽笛の音、そしてさほど遠くないところで、列車が進行方向を切り替えるときのゴトゴト、ギーギーというこもった音が、ときどきしていた。静かな時間帯だった。しかし、イチローは不安でいっぱいだった。

店の電話が鳴り響いた。イチローはその音を聞いていた。一回、二回、三回……、ああ、父が出た。

「イチロー」

「なに?」

「おまえにだよ、電話だ」

起き上がって靴に足を突っ込んだ。

「イチロー」父がもう少しはっきりと呼んだ。

「わかった、わかった、いま行くよ」床の上を引きずる靴紐の端で、カチカチと音をたてながら、イチローは急いで出て行った。カウンターの向こうで、父が、手にした受話器を差し出した。「誰から?」

「さあな。おまえと話したいと言っている」父は肩をすぼめた。

「もしもし」電話に向かって言った。

「イッチーか」フレディーの声だった。

「ああ」

「フレディーだよ」子どもみたいな言い方だった。

「やあ、フレディー」

「おい、なんかしようぜ」

「なに？」

「なにとはなんだ。なんかだよ。車があるんだ。なんかしてるのか」

「のんびりしてるよ」

「なんだよ、おい。外に出てなんかしなきゃ。迎えに行くからな」

「うーん」

「なあ、おれはこれから靴を磨いてもらいに行くんだ。そのあと女を買うのもいいな。昔タバコ屋があったところ覚えてんだろ。ジャクソン通りの映画館を上がったところだ。知ってるよな、男どもがみんなよくエロ漫画を買っていたところだ」

「ああ、覚えてるよ」

「よし。そこはいまは靴磨き屋だ。一五分か二〇分後にそこで会おう。いいよな」

「そうだなあ」

「なんだよ、外で楽しくやろうぜ、そう言ったろ。もし、そこに行っておまえがいなかったらおまえんとこ行くからな」

「わかったよ、わかった」イチローはそんなに乗り気ではなく、むしろいらだちを覚えた。

「よし、じゃ今言ったように一五分か二〇分でな」

電話を置くとイチローはタバコの箱を取ろうとした。

父は店の装備品のカタログをめくっていて満足そうだった。「誰からだったんだい？」顔を上げずに尋ねた。

「フレディーだよ」

「アキモトさんとこの子かい」

「一緒にでかけようって言うんだ」

「ああ、そりゃあいい。行って楽しんできなさい」レジを叩いて開けると、息子に札を二、三枚を手渡した。

「なんだよ、父さん」イチローはすぐさま言った。「お金をもらってばかりいられないよ」

「もうすぐ仕事が見つかるさ」と父はやさしく言った。

「時間がかかるんだよ。いいんだ。もって行きなさい。楽しんでくればいい」

「うーん、おれはもう子どもじゃないんだけどな」

「取っておきなさい」と父は勧めた。「そうしてほしいんだよ。母さんはいなくなったし、タローはどこかへ行ってしまった。今はおまえと私だけだ。うまくやっていこう」父は泣きそうな顔をしていた。

「わかったよ、父さん。そんなに言うんなら」イチローはお金をシャツのポケットに入れた。

「そうさ」そう言って父は玄関のところまで行き、ドアの鍵をかけて明かりを消しはじめた。「少し手を入れないとな。店に必要なものをいくらか買わないと。おまえは学校へ行って、できればときどき手伝ってくれ。それがいい」

「わかってるよ」イチローは、なんだか父は少し心細い思いをしているんじゃないかと感じた。薄暗がりの中で、父は怯えている孤独な男そのものだった。ついさっきまでの自由で屈託のない人間ではなくなっていた。「わかってる。もし仕事が見つからなかったら、学校へ通いながら店の手伝いをしてもいいよ」

「そりゃあいい、イチロー。母さんも喜ぶだろう」

「そりゃあよかったね」イチローはぶっきらぼうに言って、すぐに後悔した。母さんはもういないんだ、そう思った。もう母さんと喧嘩をすることもないし、母さんを憎むこともない。父さんが、母さんのいない生活に慣れるには少し時間がかかるだろう。「仕事が見つかるか、学校へ戻ると決めるまで、店の手伝いをしてもいいよ」イチローは慰めるように言った。

父は、気持ちよくうなずいて、カタログを持ってキッチンへ行った。


フレディーは椅子に座って、白髪のやせこけた黒人に靴を磨かせていた。すっかりピカピカになった靴にぼろ布をあて、男は手馴れた仕草で小刻みに動かした。

「よう、イッチー」とフレディーが叫んだ。「座れよ」。イチローはフレディーの隣に腰かけると、薄汚れた狭い靴磨き屋を見渡した。けばけばしく、いろいろな色で塗りたくられたどでかいジュークボックスがうしろに突っ立っていた。

「どうにかなんないか、ラビット」

黒人は、ぼろ布を動かすリズムを崩さず顔を上げて、機敏な手の動きとはまったく対照的に、けだるい声を発した。「今晩はだめだね、明日ならたぶんいいよ。うちの女の子はみんな予約済みなんだ、ほんとだよ」

「おいおい、ここにいるおれの相棒は、二年間もやりたくてうずうずしてんだ。明日まで待てやしねえんだ」

「ほんとうか」男はイチローをぐっと見上げ、それからフレディーを見て言った。「同じことでか」

「そうさ、そうだ。おれと同じだ」

「そりゃあいい。おれがあんたらだったら、兵隊に行けと言ってきたやつらに、おれのケツでもなめろと言ってやっただろうよ」何度かゆっくり磨いて仕事を終えた。

「磨くかい」

「いやいいよ」

ラビットはイチローの靴を軽くさっと布でこすると立ち上がった。

フレディーは跳びおりて、ラビットの肩に手をのせた。「頼むよラビット。なんとかしてくれよ」

「悪いけど、さっき言ったとおりだ。お役に立ちたいがそういうことだ」

「クソッ」フレディーは怒って一歩下がった。「いつも欲しいものならなんでも手に入れられるっておれに言ってたじゃねえか。ホラ話ってことかよ」

ラビットは穏やかに笑った。「あんたには物のいいエルジンの腕時計を格安で売ってやったよな」

「だからなんなんだ。時計と寝ろってか」

「あんた小柄だからちょうどいいだろ」

「ああ、ウケたよ、おもしれえよ。口のへらねえ野郎だ。おい、行こうぜ、イッチー」

すぐにラビットが手を差し出した。「磨き代、二五セントいただきますよ」

フレディーは硬貨を取り出して、広げた手のひらにパシッと音を立てて置いた。

「程度のいいラジオが安いけど、どうだい」とラビットが言った。

返事もせずに、フレディーがぶ然として出て行き、イチローがすぐあとに続いた。二人は停めてある車まで歩き乗り込んだ。タバコに火を点けると、座席について黙ってくゆらした。

「まったく、あのへなちょこやろう」やっとフレディーが言った。

「なんのことだ」

「あのラビットのやつだ。いつもでかい口を叩きやがる。女の子が欲しいときはいつでもオーケーだ、ラビットはなんでも引き受けるよ、なんていつもおれに言ってた。あいつはくわせものだ。これからは、靴なんぞ自分で磨くぞ」フレディーは、窓を開けて通り過ぎる車に向けてタバコをはじき飛ばした。「玉突きでもやるか？」

「そうだな」

「おまえ玉突きやるのか」

「ああ、でも」

「でもなんだ。やるのかやらないのか」

「ああ、やるよ」

「だったら」

「いいよ」

フレディーが車から降りてイチローがあとに続いた。二人は歩いて戻り、さっきの靴磨き屋を通り過ぎ、角を曲がって玉突き場に来た。テーブルは三台あってどれもあいていた。フレディーが「やあ」と、タバコのカウンターの向こうにいる眠たそうな日本人に言った。「こんちは、若いの」学校で英語を習っていない男が言った。「奥の方のテーブルを使ってくれ。もめごとはごめんだぞ」男は、五〇歳前後のがっしりした体つきで、しわくちゃのズボンにシャツを着ていた。

「いやだね。好きなテーブルでやるさ」と、フレディーは手前のテーブルに行き、きれいに並んだボールにラックをそっとはめて、揺すってボールをもう一度所定の位置に戻した。

男はそれとわかるほど顔を強張らせ、フレディーの腕をぐいっとつかむとテーブルから引き離した。「奥のテーブルだと言ってんだろ。前にお前がやるのを見たことがある。おまえにはあのテーブルで十分だ。嫌なら出ていけ」

フレディーは男を見返すと、手を伸ばしてキューボールをつかみ、男に投げつけそうな気配を示した。

素早くイチローが二人の間に割って入った。「おい待てよ。かっとなるほどのことじゃないだろ」イチローはフレディーを軽く押し戻した。「おれを楽しませてくれるんじゃなかったのか」

「まったく、いまいましいジャップだ。いつも嫌な思いをさせやがる。オーケー。ひと勝負しようぜ」

フレディーは、ラックをテーブルの上に投げて、ふてくされて言った。それでも男をじっと見て、一番奥のテーブルにのらりくらりと歩いて行った。

男はイチローの袖を引っ張って一瞬引き留めた。「あいつ、あいつはだめだ。いつも面倒を起こす」

「わかった、わかった」イチローが言った。「大丈夫だ」

首を振りながら、男はカウンターのうしろのスツールに戻った。

フレディーは壁のラックに立てかけてあるキューを何本か取りあげた。それぞれ目の高さまで持ちあげては一直線になっているか見て、次に重さをはかろうと剣のように振り回し、指の上にのせてバランスを確かめた。「なんだこりゃ、箒の柄のほうがましだぜ」と、腹立たしげに言った。もう何本か試すとようやくキューを一本選んだ。「コインで順を決めようぜ。イッチー君」フレディーはコインを上にはじいた。

「表だ」壁に立てかけてあるキューを選んでいたイチローが、背中を向けたまま言った。

フレディーは落ちてきたコインをさっとつかむと、見もせずに自分のポケットに入れた。「おまえの負けだ。おれから始める」

キューボールを手にして、フレディーは、最初の一打をどこから始めようかと時間をかけてあれこれ考えた。結局クッションの近くに決めて、キューボールを置いて始めようとしてしゃがんだ。キューを小刻みに動かして狙いを定め、また動かして、足の位置を変え、尻を動かして、ようやくキューをうしろに引いて、そして突いた。かすかにカチッと音がすると同時に、打ち損ねたキューは上に跳ね、フエルトから離れた。白いキューボールは一方に傾いて回転し、横のクッションにあたり、また転がって、あっけなくきれいにまとまっていたピラミッドにあたると、ちょっと形を崩しただけに終わった。「くそいまいましいキューだ」

すべてがあまりに急なことだったので、イチローは止めに入ることができなかった。キューがさっと上下に振られ、テーブルにぶつかるバシッという音が響いた。破片が飛び散り壁にあたった。

「よおし、こいつ。よおし、いいか、覚悟しとけよ」男は真っ赤な顔をしてすぐさま二人の方へ向かってきた。

「アホジャップ」フレディーはボールをさっとつかむと、激怒した店の男に投げつけた。男はテーブルのうしろに身を隠した。ボールはソーダ水の空ビンが入ったケースに激しくぶつかった。「逃げろ！」

二人はドアへと走り、フレディーは逃げながら男のいる方に向かって二、三個ボールを投げた。イチローはとにかく逃げ出したい一心で闇雲に走った。もう追ってくるものはなかったが、二人は車のところまでずっと走った。

ようやく座席に着くと口もきけなかった。呼吸が整うのを待ってタバコに火を点けた。

「おまえ頭おかしいんじゃないか」イチローが言った。

「おお、やつならなにもしてこねえよ」

「来るかもしれん」

「させておけ。どうってこたねえ」フレディーは吸いさしをダッシュボードに叩きつけると、燃えかすが車の床に落ちた。

「これが、おまえが言う楽しくやるってことか」

「なにもないよりいいだろ。なにかもっとおもしれえことするつもりだったのか。どうだ」

「寝てたってよかったんだ」

フレディーはクスクス笑って、ぼんやりと前を見つめていた。もうずいぶん昔のことのように思えたが、あの日アパートにいたときよりフレディーはずいぶんとやつれて見えた。

イチローは心の底から友のことを哀れに思った。生きる活力となる、前向きな肯定の姿勢を捻じ曲げて、空虚な否定の姿勢に変えてしまった現実社会。友は、この理不尽で混沌とした弱肉強食の世を嫌悪し、自分自身や家族や社会を憎み、拒絶することで、やみくもに慰めを求めていた。そしてこの哀れみに、痛ましく、また慈悲深い気持ちが重なり、イチローは、ケンやキャリックさんやエミや、そして、母や父の姿を通してわかりかけていたことを、もっと深く理解できた。

イチローがフレディーを見ると、まだ疲れた老人の顔をして前を見つめていた。

「フレディー」イチローが呼んだが返事はなかった。もう一度、今度は少し大きな声で言った。「フレディー」

「うん、そりゃあおれのことだ」

「おれのうちへ行こうか」

「なにしにだ」

「話をしにだ」

「いま話してるだろ」

「わかったよ。なにが気になるんだ」

フレディーは考え込んでいるようだった。それから喧嘩腰になった。「なにも。なんで訊くんだ」

「おれには、おまえがひとりで世の中に戦いを挑んでいるように見える」

「違う、でももしそうでも、だからなんだ。おれはただ楽しくやっているだけだ」

「落ち着けよ、フレディー」

「ええ、うるせえ」怒りで顔が強張り、イチローに向かって怒鳴った。「おれはおまえに説教してもらうために誘い出したんじゃねえぞ。説教ならアパートでうんざりするほどされているんだ。あのデブのブタ女。そのうちほんとにいい女を見つけて、あいつとはおさらばだ。あいつにはむかむかしてんだ」

イチローは、フレディーに家に来るようにもう一度言ってみようかどうか考えていた。一緒にいても楽しくはなかったが、一緒にいるとなると、フレディーを放っておけなかった。「うちにはビールもウイスキーもあるから、行こう」とイチローは言った。

「ばか言え。おれたちはなんかすることになってんだろ」

「なにをだ」

「そんなこと知るか。なんでもいいんだよ」

完全に嫌気がさして、イチローは冷静に応じた。「そりゃあいい。楽しんでこい」イチローはドアを開けて外へ出ようとした。

「待てよ、待てったら」フレディーが叫んだ。「こういうのはどうだろう」

イチローは座った。「わかった。言ってみろよ」

「ああ」フレディーはしばらく考えた。「飲みに行こう。どこか感じのいいところで、人はいるが、うるさくないところだ。知ってるだろ」

「いや、知らない」

「なんだよ。わかってんだろ。おれが言っている意味」

「ああ、まさにぴったりの場所を知っている」イチローは、声の調子と言い回しにたっぷり皮肉を込めて答えた。「クラブ・オリエンタルだ」

「ばか、おまえなにを……」と、フレディーは言いかけた。と同時に、顔つきが明るくなっていたずらっぽく言った。「いや、いいじゃねえか」

「ちょっと待て」イチローは急いで反対した。「おまえ、まさかおれが言ったこと本気にしてないだろうな」

「この世は自由だ。違うか」

「ああ、でもな」

「びびってんのか」

「違う、違う。でもごたごたが起きるのを承知で行くことはない」

フレディーは車を出していた。よからぬ腹積もりで興奮してか、顔は照り輝いていた。「このおれにおとなしくしてろなんて誰にも言わせねえぞ。おれはまだジジイじゃねえ。歯があって髪の毛だってちゃんとあるんだ」

「やつら、おまえが来るのを待ち構えているぞ」

「だからなんだ。もう怖かねえよ。おまえとおれでやれるぜ」

「おい、だめだ。おれはそんなばかじゃない」イチローは怒りのあまり自分の声が大きくなるのがわかった。「おまえ、いったいどうしたってんだ。おれたちはいまもめ事を抱えているんだ。これ以上なにか無茶をしようなんて、どうかしてるぞ。もしそう思ってんなら、おまえ、どこかおかしいんだ」

フレディーはよせよと言わんばかりに手をあげた。「ちょい待ち、ちょい待ち」と、いたずらっぽく笑った。「一杯飲む。それだけだよ。気持ちよく静かに飲む。そこで静かに一杯飲む。まあ二杯か。もめ事はなし。喧嘩もなし。なにか言ってくるやつがいたらおれは帰るから。これでどうだ」

「ほんとうにそうするつもりならな」

「オーケー、そういうことだな。危ないと思ったらすぐずらかる、そうだな」

「そのとおりだ」

「二度確かめたぜ」フレディーは荒々しくギアをローに突っ込むとタイヤをきしませ、歩道脇から通りへと車を急発進させた。フレディーとやつの狂気に逆らい、逃れようという気持ちはあったが、イチローは状況に身を委ねようと黙って座っていた。フレディーはあまりに突飛なことばかりするからちっとも信用できない。それでも、フレディーの頑固なほどの反抗精神にはそれなりの理屈がある。この世は自由だ。だが、まず自分たちの小さな世界で、居場所をつくっていかなければならない。それから大きな世界の自由を楽しむんだ。もしかしたらフレディーのやり方が正道なのかもしれないと、イチローは自分に言い聞かせた。しかしそう考えても落ち着かなかった。

フレディーは車を走らせ、丘をのぼり薄汚れた商店街や老朽化したホテル、賭博場を通り越し、車を停めるスペースを探したが見つからなかった。辺りを走り回っているあいだフレディーは、ひっきりなしに悪態をついた。しまいには路地に入り、クラブの入り口へたどり着くと、駐車厳禁と書かれた看板の下に駐車した。

「反則のキップを切られるぞ」イチローが警告した。

「だからなんだ。このおんぼろ車はおれのじゃねえ」フレディーは車から出てイチローを待った。

「おれたちはあんまり利口じゃないんじゃないか。ここに停めない方がいいぞ」

「黙ってろって。もうここまで来たんだから。なにも起きやしない」

「約束したよな」

フレディーが叫んだ。「約束する、そう言ったろ。おれに聖書を積み上げて、胸の前で十字を切れとでも言うのか」

なにも答えずにイチローは入り口に向かって行った。ブザーを押すと、二人はブザーがもう一度鳴ってロックが外れるのを待った。イチローがフレディーを見ると、初めて少し不安げな様子だった。フレディーが用心していることがわかりイチローは気分が楽になった。もめ事もなく過ごせるかもしれない。ブザーが鳴り二人してドアをさっとつかみ入った。中はほの暗く、煙が立ち込め混雑していた。

「悪い晩を選んだかな」イチローは、できれば帰りたかった。

フレディーが黙ってうなずいた。かなりぴりぴりしているようだ。強気な顔つきは変わり、緊張と警戒の色が表情にあらわれている。

「出ようか？」

フレディーは首を振り、連れの方は見ずに用心深くきょろきょろと人混みを見回した。「あいたぞ」ようやくそう言うとバーを指さした。一組のカップルが席を立とうとしていた。二人は急いで空いたスツールに座った。

両側とうしろのテーブルの客たちに囲まれるような形になって、イチローは奇妙なことに安全な感じがした。グラスを掲げて言った。「ケンジに」

「それは誰だ」

「友達だ。そいつのために一杯やってくれって頼まれたんだ」

「刑務所の仲間か」

「いや、友達だ」

「オーケー、おまえの友達に。そのバカヤローがどこにいようが」

「そいつはよけいだ。どこかは関係ない」イチローの声は低くはっきりしていた。

「なんだよ」ぎょっとしてフレディーは言った。「悪気があったわけじゃないんだ。そいつのために乾杯しているんだ、そうだろ。そいつがほんとうのバカヤローなら、おれはそいつのために一杯だって無駄にはしねえぞ。もしそいつがおまえの友達なら、そりゃあかまわないさ。そいつに、おまえの友達に乾杯だ」フレディーはグラスを掲げた。

その瞬間、ふとイチローは、ケンと二人でまさにこのバーにいて、同じような気分で話をしていたことを思い出した。ケンに乾杯するにはここは相応しい。イチローは笑って、グラスをフレディーのグラスに向けて掲げた。が、二つのグラスは重ならなかった。突然フレディーの靴がバーにどんとぶつかり、体はまっすぐうしろに飛び出しスツールから落ちた。

イチローは振り向くと胃が締めつけられる思いだった。ブルが醜悪な顔でニヤッとしながら、フレディーを動けないようにつかまえていた。ごつい拳で獲物のコートの襟をつかんで背中の上できつくねじり上げた。

フレディーはもがいた。「放せ、この間抜け野郎」

「おれに指図するのか、ジャップ・ボーイ」ブルは見てみろとばかりに客たちに目を向けた。

「放してやれよ」イチローは少し不安になった。

「できるもんならやってみろよ」ブルが黒ずんだ顔で意地悪そうに言った。「このチビの自業自得だ」

「やめろ、ブル」客の中から声が上がった。

ジム・エンが人をかき分けて騒動に駆けつけた。

「落ち着いて、落ち着いて」震えるようなキーキー声で繰り返した。

ブルはフレディーを小突きまわしてドアの方へ押して行った。誰かがブルの腕をつかんで「放してやれ」と言った。ブルは怒ってその手を振り払った。「じゃましたいやつがいたら、代わりに玉をつぶしてやるぞ」

客たちはブルとフレディーに道を開けた。イチローはそのすぐうしろについたが、一瞬袖を引っ張る手に引き止められた。覚悟して振り返った。「関わらないほうがいいよ、あんた。ろくなことにはならない」話しかけてきたのは感じのいい若者で、黒い手袋の手を、ぎこちなく固くしてだらんと脇に垂らしていた。

「仕方ないんだ」

「一杯おごるよ。あんたは騒ぎを起こすようなタイプじゃない」

ドアがバタンと閉まった。抵抗するフレディーの大声が消えた。イチローは人混みを押しのけて路地へ出た。ブルが小さな相手を前へと押し出して、クラブの入り口の照明から遠ざけた。イチローは二人に駆け寄ってブルの腕をつかんだ。

「放してやれよ」と、頼み込んだ。「もう二度と来やしない」

「おれは、それに念を入れてんだよ。おまえらジャップ野郎は自分がけっこう賢いと思っているんだろ、え！　おれはおまえらみてえなくだらねえやつのためにひでえ戦争を戦ってきたんじゃねえ」

フレディーは、ここがチャンスとばかりに肘を敵のみぞおちに鋭く打ち込んだ。ブルは、一瞬うーんとうなり、つかんでいた手の力を緩めた。フレディーは体をねじって離れると、前方に大の字になった。

イチローは、ブルが突進して行き獲物を再び捕まえようとするのを見て、自分の肩を固い肉塊にぶつけた。二人は取っ組み合ったまま路地を転がり、つかみ合い、無意味な格闘をして、相手を打ち負かそうと力を振り絞った。上になったり下になったりし、最後はイチローがなんとか馬乗りになった。激怒するブルにまたがったイチローは、戦争に行って死んだ者たちの思いを代弁しようとする男の憎悪に満ちた顔に、自分の顔をぐっと突き出した。

「頼む」イチローは叫んだ。「頼むから喧嘩はやめてくれ」

するとブルは悪態をついて、力をふりしぼり起き上がろうとした。イチローはもうこれ以上抑えられなかった。恐怖に駆られ、そしてどうやっても破壊することはできないだろう、この葛藤から逃げるわけにはいかないという思いから、イチローは拳を振り上げて打ち下ろした。相手の目が怖じ気づき、拳をよけようと頭が動いたのをイチローは見た。それから気持ちが悪くなるほどの血が鼻と口からどっと噴き出した。

「殺してやる」という濁った言葉が、押し殺した怒りを帯びて、血の混じったつばでいっぱいになった口から出てきた。

イチローは怒りに満ちた目を覗き込みさとった。今やめれば静まることのない怒りに屈服することになるだろう。自分がしなければならないことにうんざりしながらも、イチローはもう一度拳を振り上げた。しかし、一撃をくらわす前に引き離されるのを感じた。

「もういいだろ」と誰かが言った。

「終わりにしろ」別の声がした。

ブルは片肘をついて起き上がった。憎悪に満ちた目はまっすぐイチローに向けられた。「オーケー」と、ブルはうなるように言った。血だらけになり、不気味にニヤッと笑っているのが見えた。

「ブル、もうやめろ」命令するような声がした。

「なんだ、誰だ言ったのは」ブルは袖で口を拭って立ち上がろうとした。その目は片時もイチローから離れなかった。

イチローは、もうやりあいたくなかったのでじっと見ていた。自分を軽くつかんでいるだけの手を振り切るのも面倒だった。突然ガサガサと足音がした。イチローはブルを見た。ちゃんと座っていなかったブルは、身を守るように両手を上げてうしろに倒れた。

その瞬間、フレディーが倒れた相手の腹に踵で蹴りこんだ。ブルが痛みに喘ぎ、目いっぱい毒づいた。そしてほぼ立ち上がったかに見えた。態勢をととのえたその素早さにフレディーは驚き、しばらく身じろぎもせず立っていた。ブルが歩み寄ってきて、はじめてフレディーは車へと死に物狂いで走った。

ブルは片手で腹の辺りを押さえながら、なんとか五、六歩進むとよろめいて膝をついた。毒づき続けるなか、憎しみを表わすこもった声が、痛々しいほど張りつめた。再び、ブルは立ち上がると、たどたどしい足取りで車に近づいた。フレディーは必死にエンジンをかけ、車を出そうとした。うなりをあげて車が発進しようとしたまさにそのとき、ブルがドアを開けた。中に手を伸ばし、フレディーをつかんだ。体をよじってその手をよけたフレディーが逆にレンチを振り回すと、それがブルの側頭部にあたった。

車は急発進し、ブルは外へ放り出された。エンジンが咳き込むように鳴る。アクセルペダルがあわただしく踏み込まれ、車はキーという音を立てて路地を抜けた。歩行者がひとり、ちょうど道を横切るところで、滑稽なほど慌てて飛び上がってどいた。

「イカレたバカタレが」と、イチローのうしろで声がした。

イチローは、車が表通りに飛び出して、横切っていくのを見た。次の瞬間、こもったような鈍い音がした。フレディーが運転する車が空中へまっすぐ舞い上がり、辺りが死んだように澄み切ったその一瞬、宙で静止したように見えた。それからひっくり返り、ものすごい音を立て、通りの反対側のビルの壁に叩きつけられた。そのときになってイチローは、もう一台の車の潰れた前面が、視界に入り込んでいるのに気づいた。

誰かがひっくり返った車に走り寄った。興奮した叫びがひとつ、ふたつと上がり、そしてまもなくして、人々があちこちから我先にと事故車の方に駆け寄り人だかりができた。イチローは長い間ひとりでそこに立っていた。すっかり消耗していたが、なんとなくフレディーはもう戦う必要がないだろうとわかった。

クラブの入り口の方で、ブルはゴミ箱にもたれて座っていた。顔を両膝の間にうずめていた。

イチローはブルに歩み寄って言った。「ブル」

「一杯くれよ」ブルは身動きせずに低い声で言った。

「ああ」

「チクショウ」

「なにがだ」

「あのガキ。今のでくたばってりゃいいが」

クラブのドアは開いていた。中ではジュークボックスが鳴っていて、一組の男女がテーブルにいた。カウンターにはべろべろに酔って動けないひとりぼっちの姿があった。イチローはカウンターの向こうへ回ってボトルをひっつかんだ。

ひとりの若い日本人が、走って入ってきた。タローと同じくらいの歳だ。興奮して顔を紅潮させながら、イチローに大声で言った。「すげえぞ、見たか？　かわいそうに、あいつ車がビルにぶつかったとき、体が半分出てたんだろうな。ほぼ真っ二つだよ。ウェ！」男は電話ボックスへ急いだ。

イチローはボトルから酒をひと口飲み、外へ出てブルがまだ座っているところへ戻った。

「ほら」

ブルはうなった。が、ボトルを取ろうとはしなかった。イチローはブルの髪をつかんで体を起こし、ボトルを血だらけの口に突っ込んだ。ブルはそれを飲むと咳き込み、また少し飲んだ。それからボトルをイチローから取り上げたが、もう一度顔をうずめた。

「あいつは死んだらしい」イチローが静かに言った。

「だからなんだ」

「なんでもない。ただな、ただ……。かわいそうにな」

ブルは首を振って顔を上げた。目は恐れで大きく見開き、口元は怒りでゆがんでいたが同時に震えていた。喉の奥から出るうなり声が、今にもヒステリーを起こしそうに続く苦しみの絶叫とまじりあった。「そうか？　そうか？　おれは思わねえぞ。これっぽっちもかわいそうだとは思わねえぞ。あのチビ野郎はずっと前からこうなることはわかってたんだ。かわいそうだとは思わねえ。聞いてるか。かわいそうじゃねえ。ほんとうだ。あいつは地獄に行きゃいい。あいつは……」

それ以上言葉は出てきはしなかった。口はあんぐり開いたままで、唇を震わせ、ブルは顎をたまに動かすのが精いっぱいだった。突然、きゅっと口を閉じた。ほおはぱんぱんに膨れて、その目は、怯えた孤独な目は、涙というどんよりとした膜を透かしてじっとなにかを見つめ、与えられることのない慰めを求めていた。

「うああああ」ブルは叫ぶと、破壊することしか能がないバカ力でウイスキーのボトルを路地の向こう側に投げつけた。それから泣きはじめたが、それは悲嘆にくれる男のようでもなければ、痛みに苦しむ兵士のようでもなく、大声で喘ぎ、哀願して泣きわめく赤ん坊のようだった。

サイレンの音がうなり、高く響き、またうなり、ブレーキのキーという音とともに止まった。車のドアがバタンと鳴って、警官の声が群衆をどなりつけた。野次馬たちの話し声が路地に広がっていった。

イチローはブルの肩に手を置いて、大きな図体の中の空虚な悲しみを理解し、また、苦しみに満ちた悲嘆という恐ろしいほどの孤独を感じたが、なにも言わなかった。ブルの肩をやさしくつかみ、頭を一度そっと叩き、そしてゆっくりと路地を歩き、クラブの明かりと異常な雰囲気の群衆から遠ざかった。イチローは、ケンやフレディーやキャリックさんや、自分とエミに酒をごちそうしてくれた人のことを、それからゲーリーの味方をした黒人や、暗闇で子どものように泣いているブルのことを考えたかった。かすかに見えるものがある。それは……希望と言っていいのだろうか。どことはいえないが、あるにはある。まだ見えはしないから言葉にはできないが、あるという感覚は確かだ。

イチローは歩いて行った。考えながら、探しながら、考えそして確かめながら。アメリカのほんの一部である、ちっぽけなコミュニティーの路地の暗闇の中で、イチローは、かすかで捉えどころはないが、希望の兆しを追い求めた。それは心の中で形になりつつあった。

ジョン・オカダと物語の背景——訳者あとがきにかえて

『ノーノー・ボーイ（No-No Boy）』は、ジョン・オカダが著した最初で最後の小説である。一九五七年、東京とアメリカに拠点をもつチャールズ・イー・タトル出版から出された。当時の発行部数は一五〇〇部で増刷されることはなかった。オカダはその後次作にとりかかっていたようだが一九七一年、四七歳のとき心臓発作で亡くなった。このままであれば作品も著者も忘れ去られてしまうところだった。ところが五年後の一九七六年、この本を〝発見〟し衝撃を受けたアジア系アメリカ人の若者たちの手により『ノーノー・ボーイ』は復刊される。これをシアトルにあるワシントン大学出版が引き継ぎ、以後少しずつ版を重ねアメリカを中心に読み継がれてきた。一昨年には三八年ぶりに新たな序文を加えて新版が出された。

日本では一九七九年に英米文学研究者の中山容氏の訳で晶文社から出版された。ボブ・ディランの全詩訳（片桐ユズル氏との共訳）などを残している中山氏は、当時京都の学生街にあった「ほんやら洞」という若者文化の拠点のような喫茶店でこの本に偶然出合い「読みだしたらやめられなくなった」という。これが翻訳・出版のきっかけだった。日本語版も少しずつ版を重ねたが、二〇〇二年に増刷されたのを最後にやがて品切れ状態となり、近年では一部の図書館などでしか読むことはできなくなった。

日系アメリカ人が英語で書いた戦争直後のアメリカを舞台にした小説。主人公は日系アメリカ人二世だ。特殊と言えば特殊な作品と見られ、最初から興味の範囲外だと感じる人は少なくないだろう。しかし、そんな、人間でいえば肩書きのようなものなど気にせずに読んでみれば、この本には読む者の心を捉えるなにかがある。なぜなら「自分とは何者で、自分はどこへ向かって生きていったらいいのか」という誰もが一度は考える普遍的なテーマを掘り下げているからだ。

この小説が、日系アメリカ人の文学作品であるという前提は、極端にいえばなんら本質とは関係がない。とはいうものの、物語の背景である日系アメリカ人と戦争との関係について、参考までに少々触れておきたい。

日本からアメリカへの移民は、明治維新前後に始まり、カリフォルニアなどアメリカ西海岸の諸州を中心に広がっていった。やがてアメリカは、日本からの移民を抑制し、土地の所有を禁止するなど排日政策をとるが、日系人の数は一九四〇年にはアメリカ本土で約一二万七〇〇〇人、ハワイ地区で約一五万八〇〇〇人となった。この時代になると生活基盤も整い、また二世の代はアメリカ市民としてアメリカ社会に順応していた。それが一九四一（昭和一六）年、日本軍によるパールハーバー攻撃で一変する。まず、アメリカ西海岸とハワイに住む日本人一世のなかで、〝親日〟であるとされた立場や職業にあるものなどが逮捕され、次に日本人・日系人に夜間外出禁止令が出された。

一九四二年二月、ルーズベルト大統領は行政命令第９０６６号に署名し、これによって日本人を祖先とする者は、「敵性外国人（人種）」だとして、約一二万人が太平洋沿岸のワシントン、オレゴン、カリフォルニアの三州の西半分とアリゾナ州南部から立退きを命ぜられた。日本軍による西海岸への攻撃に対する懸念があるなか、日本人の血をひく者がこの地域にいることは、敵対行為に加担する可能性があると考えられたためである。その後自主的な立退きが無理とわかると七つの州に分かれた一〇ヵ所の収容所へ送られ隔離された。この措置に対して、アメリカ市民なのに日系人だからといって強制退去させられたり夜間外出を禁止されたりすることは憲法違反である、などとして、あえて逮捕されその不当性を法廷で争う行動にでた人もいた。戦後何十年もたってからこれらは憲法違反だったと判定されるが、当時最高裁は合憲だと判断した。

退去を命ぜられた人たちは、財産を二束三文で処分したりそのまま放置したり、誰かに預けたりして混乱のなか自宅をあとにした。収容所は、砂漠や荒野の真ん中に人工的につくられ、粗末なバラックが生活の場となった。収容された人のうち、三分の二はアメリカ市民である二世だった。アメリカ陸軍は、収容所内から志願兵を募るために、アメリカ市民かどうかは関係なく、一七歳以上の全員約七万八〇〇〇人を対象に国家への忠誠度を調べる質問状を出した。質問は三三項目で、そのうちの二つが重要だった。

第二七項は、徴兵年齢に達していた男子に「あなたはアメリカ合衆国の軍隊に入り、命ぜられたいかなる場所でも戦闘義務を果たしますか」と問い、続く第二八項では、全収容者に対して「あなたは無条件でアメリカ合衆国に忠誠を誓い、合衆国を外国や国内の敵対する力の攻撃から守り、また、日本国天皇をはじめいかなる外国政府・権力・組織に対しても忠誠を尽くしたり服従したりしないと誓えますか」と質した。

この質問は、日系アメリカ人たちにこの先どう生きていくべきなのか、そして、自分はいったい何者なのかと考えさせることになった。開戦直後からいち早く、自分たちはアメリカ人であり、そのことを理解してもらうために国家の方針に進んで従う姿勢を示した日系アメリカ人市民連合（ＪＡＣＬ）のような立場もあれば、二世でも親の方針で一時日本に帰され、日本の教育を受けた「帰米＝キベイ」と呼ばれる人たちに多く見られたように、日本人である部分を捨てられない気持ちもあった。その結果、同じ日本人・日系人のなかでも激しい対立が起き、家族内でも意見がぶつかることがあった。

質問する側は、志願兵を募るための忠誠度を推し量るつもりでも、答える側の心理は複雑だった。イエスと言った理由もいくつかあり、アメリカのためという忠誠心もあれば、アメリカ人であることを示すため、あるいは収容所にいる親兄弟のためもあった。また、忠誠心からではなく収容所から出たいがためのイエスもある。ノーの理由も、日本を祖国と思い、祖国に対して弓を引くことはできないという思いもあれば、反対に、ほんとうはアメリカ市民として国家に忠誠を誓いたいが、国が市民としての自分の権利を剥奪するのは許せないという義憤も少なくなかった。第一次大戦でアメリカ陸軍に従軍した人の中にその気持ちがあったのはよく理解できるところだ。しかし、理由はともかく、この二つの質問に対して「No（ノー）」と答えたものが、「ノーノー・ボーイ」と呼ばれた。条件付きのノーを含め、こうした回答をしたのは全体の約一一％であり、反米的とされカリフォルニアのトゥールレイク収容所に集められた。

忠誠登録に加えて、さらに日系人の心を揺さぶったのが徴兵問題だった。開戦前の一九四〇年にアメリカでは選抜徴兵制が始まった。二世の中にはすでに兵役についていた人もいたが、開戦後日系人は敵性外国人と位置づけられたので徴兵される資格はなくなり新規の入隊もなくなった。しかしハワイではすでに入隊していた日系人二世からなる兵士によって四二年五月に日系人部隊が編成された。また、一九四三年になると二世男子に対する志願兵制度ができ、各収容所から志願する人は従軍していき、日系人だけからなる第四四二連隊戦闘部隊が編成された。そして翌四四年一月には、収容所にいるに日系人に対して再び選抜徴兵制が適用されることになった。

多くの者が不満を抱きながらもこれに従った。しかし、アメリカ市民でありながら忠誠を疑われ収容所に入れられ、今度はアメリカの軍人として戦えと命令されることへの憤りなどから二六五人が徴兵を拒否した。彼らは徴兵忌避罪で逮捕されたが、収容されている者を徴兵することは違法であると異議をとなえた。しかし裁判では認められず有罪となり、多くが二、三年の懲役刑を受け犯罪者として連邦刑務所へ入れられた。

一方、ハワイの日系人からなる第一〇〇歩兵大隊は、一九四三年九月ヨーロッパ戦線で戦うためイタリアへ入った。翌四四年には中部イタリアの山岳地帯でドイツ軍と戦い、大きな犠牲を払いながら移動。四四二連隊もイタリアのナポリに入ってから北上し第一〇〇歩兵大隊と合流した。その後さらに北上してフランスに入った日系人部隊は、四四年一〇月使命を受け、ドイツ軍に包囲され孤立したテキサス兵から成る大隊の救出にあたった。連合軍はすでに六月にはノルマンディー上陸を果たし、八月にはドイツ軍支配のパリを奪還していた。しかしまだ中部ヨーロッパでは戦いは終わっていなかった。

四四二連隊のモットーは、ゴー・フォー・ブローク（当たって砕けろ）。熾烈な戦いの結果、一〇月末ようやくテキサス大隊を救出した。これはアメリカ戦史に残る殊勲と認められ日系の部隊には栄誉だった。が、二〇〇人余りを救出するのに八〇〇人以上の死傷者を出した。その後四五年三月イタリアに戻り、ドイツ軍を掃討する戦闘を続けた。ようやく五月に戦争が終わり四四二連隊は数多くの勲章を受けた。だがその代償は大きく八六〇人が戦死、六七人が行方不明となった。

ヨーロッパ戦線とは別に太平洋戦線でも日系人は戦った。敵国日本の情報を得るため陸軍情報機関（MIS＝Military Intelligence Service）の中に日本語学校ができ、日本語の能力をある程度備えている日系二世は、この語学学校で訓練を受けたあと太平洋で戦闘態勢にある各部隊に配属された。彼らは、軍事上の日本語資料の英訳をはじめ、日本軍が交信する情報の探知や傍受や捕虜の尋問にあたり、ときには戦闘員として前線に赴いた。日本の敗戦が時間の問題になってきたとき、サイパンや沖縄などでは、投降するようにと日本人や日本兵を説得し、結果として多くの命を救った。戦後は占領政策を担う一員としても任務についた。ジョン・オカダもこのMISに所属していた。

終戦と前後して収容所はすべて閉鎖され、人々は収容所から出身地に戻ったが、かつての生活基盤を失うなどして別の地に移った人やなかには戻るあてがない人もいた。一方、戦地にいた二万五〇〇〇人の日系兵士は引き揚げ、それぞれ出身地で学校に通ったり就職したり、あるいは出身地以外の東部の学校で学びはじめた。

日系人に対する世間の目は、日系人部隊の活躍はあったものの場所によっては依然として厳しく、差別や反発はすぐにはなくならなかった。また、日系人同士の間でも、戦時中の立場や考えの違いによって複雑な思いが交錯した。退役軍人の中には、ノーノー・ボーイや徴兵拒否者へのわだかまりを持つ人は多かった。それに対してまたノーノー・ボーイからの反発もあり、両者の確執は続いた。

『ノーノー・ボーイ』の主人公イチローの場合は、最初は収容所に入るが、そこで徴兵を拒否したため有罪となり刑務所に服役する。そして二年が経ち戦争が終わると刑務所を出て故郷のシアトルへ帰ってくる。物語はその後の数日を、家族や友人、同胞とのかかわりのなかで描いている。

ところで、ノーノー・ボーイとは、忠誠を問う質問にノーと答えた者を指すので、徴兵拒否者とは違う。しかし、この小説では、徴兵拒否者であるイチローのことをノーノー・ボーイと呼んでいる。この点については、著者は違いをわかっていてあえて国家に背いたことのイメージの総称としてインパクトの強いこの言葉を使ったのか、あるいは当時その区別を認識していなかったのか、定かではない。

オカダは、戦争開始後に日系人に降りかかった事実を踏まえて物語を組み立てている。小説の中のさまざまな出来事は、ほとんど事実にもとづいていると思われる。とくにイチローにはモデルと思われる人物がいた。彼は、実際徴兵拒否をしたとされて逮捕され服役したがノーノー・ボーイではない。また、彼の母親もイチローの母親同様自ら命を絶っている。

ジョン・オカダは、一九二三(大正一二)年九月二三日、シアトルで、父、岡田善登(フレッド・オカダ)、母、孝代(タカヨ)の三男として生まれる。日本名を幸三という。善登は一八九四年、広島県安佐郡可部町(現在の広島市安佐北区)出身、一九〇八年に先に渡米していた父富吉(ジョンの祖父)に呼ばれ渡米。モンタナ州で鉄道労働に従事し、シアトルでは日系の商店で働くなどして金を貯め、一旦帰国して結婚、妻を伴いアメリカに戻る。このあとシアトル市内で庶民的なホテルをいくつか経営した。

学校時代の成績は優秀で運動のセンスもあったというジョンは、地元の高校を出たのちシアトルのワシントン大学に進み、小説や脚本づくりを学ぶなど、英文学に関心を示していた。日米開戦翌年の一九四二年、彼が大学二年のとき、オカダ家はアイダホ州の砂漠の地ミニドカにある収容所へ送られた。ここにいる間、ジョンはネブラスカ州のリンカーンにある短大に通うことを許されそこで軍に志願。まずミネソタ州キャンプ・サベージのMISで、日本語通訳のための訓練を受け、その後フロリダ州ジャクソンビルでの基礎訓練を経て陸軍航空隊の一員として戦地に赴いた。

グアムを本拠地とするこの部隊は、南太平洋上など日本の制空権内を偵察飛行した。ジョンは機上にいて、日本軍の戦闘機などが地上基地と交信するのを傍受してこれを英訳する任務にあたった。終戦後は、占領軍の通訳として五ヵ月任務につき一時は日本にも滞在した。一九四六年にシアトルに戻りワシントン大学に復学、その後ニューヨークのコロンビア大学ティーチャーズ・カレッジに学び修士となる。このときハワイ出身の日系二世ドロシー・アラカワと出会い結婚、のちに一男一女をもうける。

このあと再びシアトルに戻りワシントン大学で図書館学を学び、同時にシアトルの公立図書館で働く。五〇年代はじめには、家族ともどもデトロイトに移りデトロイト公立図書館で職を得る。数年後、今度はデトロイトから四〇〇マイル離れたイリノイ州スターリング・タウンシップというところにあるクライスラー社の弾道ミサイル部のテクニカル・ライターとなった。このころ一家は地元の教会に通うが、歓迎されないという苦い思いを味わった。一九五六年には西海岸へ戻りロスアンゼルス近くのヒューズ航空機社のテクニカル・ライターとして働きはじめる。

一九六〇年代半ばには、広告代理店でコピーライターの仕事をしたり、ＵＣＬＡの図書館で働いたりした。最終的には宇宙産業関係の小さなメーカーの出版マネジャーの職に就いた。そして六四年までにはロサンゼルスの東にあるサウス・サンガブリエルに自宅を購入した。ここで妻と二人の子どもと暮らしていたが、一九七一年二月二〇日心臓発作をおこし亡くなった。葬儀はロサンゼルスで行われ、その後、生まれ故郷のシアトルで荼毘にふされ、多くの日系人の墓もあるワシャリという墓地に埋葬された。

経歴を見てわかるように、ジョンは自分のスキルを活かして、家族を養うためよりよい仕事を絶えず探し求めていた。生活はゆとりがあるとはいえなかったようで、創作意欲はあったが『ノーノー・ボーイ』以後作品を残せなかった。『ノーノー・ボーイ』についても、たいした評判にならなかったことを知るだけでこの世を去った。だが、彼が亡くなる前年にこの本に注目した若者たちがいた。初版一五〇〇部で姿を消しかけたこの本が、一九七〇年にサンフランシスコのジャパン・タウンの書店で、中国系アメリカ人作家のジェフリー・チャン（Jeffery Paul Chan）によって〝発見〟された。当時、若者によるベトナム反戦運動や公民権運動の高まりなどで既存の社会価値や権威への反発ムードが広がっていた。マイノリティーの自覚も高まり、アジア系アメリカ人の若者の中からはアイデンティティーを問う動きが芽生えていた。

文学との関係でいえば、アメリカ文学といえばフォークナーやヘミングウェイのような白人の文学だけが文学と思われていたとき、それ以外のアメリカ文学が当然あり得ることを希求していた若者たちがいた。そのひとりであるチャンやその仲間が、埋もれていた『ノーノー・ボーイ』に出合い、アイデンティティーの危機という問題に正面からぶつかったこの作品に感動し〝黄色い文学〟の可能性を確信する。「おれたちにはジョン・オカダがいたんだ」という誇りを実感する。そして中国系の劇作家フランク・チン（Frank Chin）、日系詩人のローソン・イナダ（Lawson Fusao Inada）、中国系のショーン・ウォン（Shawn Hsu Wong）らが、総合アジア系アメリカ人資料プロジェクト（CARP=Combined Asian American Resources Project）をシアトルで結成しこの本を広めようとした。

入手できる限り多くの冊数を集め、キャンパスやコミュニティーにばらまいて宣伝。『Aiiieeeee!』というアジア系アメリカ人の作品集を編集し、その中にこの本の第一章を収録した。そして〝発見〟から六年後に、彼らは自ら六〇〇ドルずつ出資しファンドを募って『ノーノー・ボーイ』を復刊させた。初刷りは三〇〇〇部で、ほとんどがメールオーダーによる注文で売り切れ、さらに三〇〇〇部が刷られて完売したという。

その後一九七九年に、シアトルのワシントン大学出版が引き継ぎ今に至っている。当時のメンバーでのちにワシントン大学で教鞭をとるショーン・ウォンはこう語っている。

「『ノーノー・ボーイ』は、偉大なアメリカ文学です。私は一九歳の時、作家になろうと決心しましたが、その時はアジア系アメリカ人の作家を一人も知らなかった。だから、ジョン・オカダを発見したときは、是非これを再出版しようと思った」

復刊にあたっては熱意のこもった序文とあとがきが加えられた。今回の新たな日本語版では小説以外は掲載していないので、ここでその内容を紹介したい。序文は、ローソン・イナダが書いた。小説に感銘したイナダとチンは、当時まったく情報のなかったジョンの家族を探しだした。やがて妻のドロシーを訪ねようとイナダと連れ立ってロサンゼルスまで車を飛ばす。面会したドロシーからイナダたちは「本のことでジョンを訪ねて来たのはお二人が最初です」と言われる。

イナダは、ジョンがアジア系アメリカ人の作家として新たな時代を切り開いたと、その偉業をたたえ、自分たちが復刊して世に送り出すことは誇りであり喜びだという。そこには本が売れるか売れないかといった懸念などまったくなく、とにかく価値ある本を多くの人に届けたいという純粋な気持ちの高まりが感じられる。

あとがきを書いたのはフランク・チンで、彼の作品「ザ・チキンクープ・チャイナマン」は、アジア系アメリカ人の作家による、ニューヨークの公認の劇場で上演された初めての作品だった。「ジョン・オカダを探しに」と題したあとがきで彼は、同じアジア系アメリカ人の作家という視点から、アメリカという国で白人以外の文化が語られ、文学が登場することへの渇望を語り、『ノーノー・ボーイ』を、これこそ待ちに待ったアジア系アメリカ人による作品の誕生である、とばかりにその意義について熱い思いを吐露している。

生前のジョンにタッチの差で会えなかったことを悔やんだチンは、『ノーノー・ボーイ』の舞台となったシアトルを訪ねさらにイナダとともにドロシーに会う。ジョンは当時、移民一世を主人公とした第二作に取り組んでいて、ドロシーの話によれば、初稿はすでにできあがっていたという。しかし、ジョンの死後こうした原稿やノートなど、書き残したものをUCLAのジャパニーズ・アメリカン研究プロジェクトに寄付しようとしたが、断られたのでみんな焼き捨ててしまったという。これを聞いたチンは、「おれはドロシーをまじでぶっとばしてやりたくなった」、「UCLAに火をつけたくなった」と、そのときの無念と怒りを表している。

この点については、一昨年出版された新版で、新たな序文を寄せている日系アメリカ人の女性作家ルース・オゼキがジョンの兄弟の話としてやや違った経緯を紹介している。UCLAは当時日本人一世の日本語による資料を受けつけていたのでジョンの残したものは受け入れられず、また、ジョンの第二作は当時まだ調査の段階で実際は書きはじめていなかったという。ことの真偽は定かではないが、いずれにせよジョンが残したものはなかった。

チンたちはそのあと再びシアトルを訪れ、ようやくジョンの兄弟らに会いジョンの人となりや半生を知る。さらに、ジョンがシアトルで暮らしていたころ勤めていた図書館の上司で、シアトルからデトロイトへ移ったのちも親交のあったドリス・ミッチェルに会い、ジョンについて記憶しているすべてを語ってもらう。彼女によれば、ジョンは新作を書く余裕もないし、よりよい仕事を求めてデトロイトを抜け出したいと思い、そのための略歴と自伝的エッセイを用意していた。それをドロシーがとっておいた。自画像ともいえるその文章は次のようなものだった。

「私は三三歳の既婚者で、妻をこよなく愛し、嬉しいことにまもなく五歳になる息子と六歳になったばかりの娘の二人の子どもに恵まれています。平凡な夫であり父親であるものとしてあたりまえの感情かもしれません。しかし、自分の家族はとても特別だと考えるようにしています。たぶん、私は人一倍ふつうであることを受け入れられる資質があるようです。

家族ほどではありませんが、個人的な執筆も私にとって大切なことです。副業ではありますが、時間をひねり出せるようにスケジュールを立てて書いています。どうやら形になってきました。一年前に完成した小説はこの六月か七月に出版される予定です。二作目をいま手がけていて、不規則ながら進んでいます。

体は健康（過去五年で病気で休んだのは二日）です。また、一貫して時間厳守に努めています（この冬、四インチと九インチの降雪時には、一六マイルの通勤ドライブで、いささか時間をとられましたが）。仕事に追い立てられても平気ですし、山積みの資料の中でも仕事をこなせます（残業や家に仕事を持ち帰ること、また休暇が取りやめになることがあっても異存はありません）。」

平凡で家族思いで仕事熱心、でもそのなかで創作の意欲を燃やしている謙虚で真面目な中年男性の横顔が浮かび上がってくる。それが強烈なインパクトのある作品を残したジョン・オカダなのだ。この文章を読むとなおさら、処女作の成功を知らずに世を去ったことに同情を禁じ得ない。

チンは、あとがきの最後で、シアトルがアジア系アメリカ人のジャーナリストや作家（ジェイムズ・サカモト、モニカ・ソネ、ビル・ホソカワ、ジム・ヨシダ）を生んだ特別なまちであるとしたうえで、力を込めてこう言っている。

「ジョン・オカダこそ唯一の偉大な作家である」

このあとがきが添えられた一九七六年の復刊から三八年を経た二〇一四年の新版では、チンたちより一世代以上若い、ルース・オゼキが新たな序文を書いている。彼女の小説『A Tale for the Time Being』は、翻訳され『あるときの物語〈上〉〈下〉』（田中文訳、早川書房）として出版されている。彼女の祖母は戦時中収容された経験があり母親は自宅軟禁された。しかしアジア人が少ない東海岸で育ったルースは、自分が日系人である意識がなく、日系アメリカ人の文化活動には興味を持たなかった。『ノーノー・ボーイ』が復刊されたときは二〇歳で、この時点でも読むことはなく、四〇代になってから初めて読んで衝撃を受けた。

彼女もまた『ノーノー・ボーイ』を「栄誉ある最初の日系アメリカ人小説」であり「アジア系アメリカ文学の不朽の名作のひとつ」と評価する。その一方で彼女は、この小説の出版当時は、まだ日系人が戦争の傷跡を抱えて必死にアメリカ社会に同化しようとしていたころで、このテーマは日系社会にとってはラディカルに思われ、そのため本は評価されずほとんど無視されたことに触れ、オカダが自分の作品を失敗と思ったのではないかと思いやる。

日本での『ノーノー・ボーイ』は、翻訳が出て以降、移民問題やアジア系アメリカ文学の研究者の間では話題になっていたが一般にはそれほど読まれていなかった。私自身この小説と出合ったのは日本での発刊から二〇年ほどたったころだった。ある街の〝シャッター通り〟の古本屋にたまたま立ち寄ったとき、書棚に並ぶ背表紙のなかに「ノーノー・ボーイ」というタイトルを見つけ、その語感に惹かれて買った。一〇〇円だった。

小説の背景となる日系アメリカ社会のことなどほとんど知らなかったが、日本とアメリカという二つの祖国に挟まれて苦悩する主人公の物語に引き込まれた。しばらくして、もう一度読んだ。そしてもう一度。ここから先は職業的な興味も手伝って、見知らぬ作家ジョン・オカダと、小説の背景を掘り下げてみたくなった。一〇〇年以上前に太平洋を渡った日本人とその子孫たちとはどんな人たちで、第二次世界大戦を挟んでどう生きてきたのか。また、たった一作だけを残して、かつ、その一作も生きている間は評価されることはなかった作者の人生とはどんなものだったのか。

それから、小説の舞台であり彼の故郷でもあるシアトルへ向かった。まず歴史ある邦人紙である北米報知を訪ね、現地の日系社会の基本的なことを学んだ。それから、ジョンと同じ二世で、従軍した人、しなかった人、そしてジョンの兄弟や主人公イチローのモデルともいえる人の家族に会った。そこはおそらくこの小説にも描かれていると思われる日系人が多く暮らす、急な坂の多い地区だった。

ジョンの兄と弟は、私の訪問を快く受け入れてくれ、ジョンの若いころややさしかった両親などオカダ家のことを聞かせてくれた。改めて訪問した折にはジョンの二人の妹もかけつけてくれ、みんなでチャイニーズ・レストランの丸いテーブルを囲んで、ジョンの話をして最後に家族の写真を私に見せてくれた。

七〇年代にこの本の復刊に尽力した当時の若者にも会いに行った。デビッド・イシイを訪ねたのは、彼が経営するシアトルのノスタルジックな小さな古書店だった。中国系アメリカ人のショーン・ウォンには彼が教鞭をとっていたワシントン大学のキャンパスで会った。やさしい紳士だった。彼らより若い、ドキュメンタリー映画の監督であり、『ノーノー・ボーイ』についての映像作品も手がけているフランク・アベとは、何度もやりとりをし、彼に小説の舞台となったかつての日本町を案内してもらい、その近くのスターバックスで話を聞いた。アメリカではこの作品についてもっとも思い入れの強い人だ。

現地の浄土真宗の寺や多くの日系人が眠る郊外の墓地へも出かけた。そこには「廣島縣安佐郡可部町　岡田家之墓」と裏に彫られた墓石があり、近くに「JOHN K OKADA」と文字の浮き出たプレートが地面から顔を出していた。イチローとケンジがドライブしたように田園の広がる郊外へ出て、さらに州境を越えて南のオレゴン州ポートランドへ足を運んだ。カリフォルニア州では、ロサンゼルスでジョンの長男に会い、息子から見た父親としてのジョンのことを聞いた。小説が初めて舞台化されたと聞き、ビーチリゾートに近いサンタモニカの小さな劇場の階段席に腰を下ろしたのは二〇一〇年春だった。脚本を書いた三世のケン・ナラサキに連絡をとると、わざわざ滞在するリトル東京のホテルへ訪ねて来てくれた。

シアトルの日系人は戦時中アイダホ州のミニドカという収容所に集められた。日系社会では当時のことを記憶しておくためにも、収容所跡への「巡礼の旅」を続けている。私も一度このツアーに参加し一〇時間以上バスに揺られて砂漠のど真ん中へ向かった。バスの中ではみんなで「うさぎ追いしかの山」と声を合わせたのが思い出に残っている。

最後にオカダ家のルーツを探した。ジョンの日本の親戚がわかったことから、今は広島市の一部となっているかつての農村へローカル線に乗って行った。歴史を感じさせる瓦葺の家には岡田と表札があった。ジョンの父親が育った家だった。戸主はジョンの従兄弟にあたる穏やかな人で、旧家らしく、アメリカに渡ったジョンの父が戦前から戦後にかけて実家であるこの岡田家へ送ってきた古い写真の数々を今も保管していた。昔ながらの土間のある上がり口で、アルバムの写真を見せてもらいながら「この辺からはけっこう移民した人が多かったんです」といった、移民にまつわる岡田家の歴史を聞いた。


こうした取材の結果を踏まえ『ノーノー・ボーイ』と作者についてノンフィクションとしてまとめることはできないかと考えてきた。しかし、まずなにより日本語版が復刊されることが先決だと思うに至った。そこで新たな翻訳に挑もうと出版元に連絡をとったところ、日本での翻訳、出版は望むところだったという。また、ジョンの家族も新たな日本語版を歓迎してくれることがわかった。ならば善は急げと旬報社の木内洋育さんに新訳での出版を相談したところとんとん拍子に話は進んだ。

改めてこの小説とじっくり向き合ってみると、国家・民族と個人、親と子、そしてアイデンティティーといったテーマが迫って来る。日本は近代になって産業化が進み農村から都市部へと人口の大移動がはじまった。その多くが経済的な理由だ。同じような理由だが地方から国内の都市へではなく、海を渡ってアメリカや南米に渡った日本人がいた。アメリカへの移民は、イチローの両親のようにほとんどが出稼ぎ的な感覚だった。しかし、仕事を得て生活になじみ、かつ子どもが産まれ育ってくると状況は変わる。子どもたちは日本とはまったく違う社会の中で育ちアメリカ人になっていく。

オカダ家もそうだった。ジョンに幸三という日本名があったように兄弟姉妹にも日本名があった。だが、それを名乗るものは誰もなく、反対に父善登はフレッドになった。戦争前に一度父は子どもたちに日本に帰ろうと提案したことがあったが、子どもたちは反対し実現しなかったようだ。

日本にあってでさえこの時代の急速な社会の変化のなかで親子は世代の断絶を感じ合う。ましてアメリカにあっては日系の親子は国籍が異なり、依拠する文化もまったく異なり、言葉もあまり通じなくなる。そのうえ自分たちの中にある二つの〝祖国〟が戦争をすることになったらどうなるのか。

こうしたテーマを扱った映画や小説には、「ヒマラヤ杉に降る雪」と題し映画化されたデビッド・グターソンの『Snow Falling on Cedars』や日系カナダ人のジョイ・コガワの『OBASAN』（日本では『失われた祖国』として出版）などがある。日本の作家、山崎豊子の『二つの祖国』はよく知られている。二〇一〇年一一月にTBSが開局六〇周年を記念しての五夜連続のドラマ「99年の愛～JAPANESE AMERICANS～」は、戦争を挟んで日米に別れながら生き抜いた日系アメリカ人の家族の物語だ。二〇一四年の映画「バンクーバーの朝日」は、戦前のカナダ・バンクーバーに実在した日系人野球チーム「バンクーバー朝日」と日系人の姿を追っている。

これらに比べて『ノーノー・ボーイ』は物語性という点では強くはない。しかし、イチローを中心に、自分ではどうにもならない一種の不条理への苦悩や哀しみをもっともストレートにぶつけている。これでもかというほどイチローの心の言葉がほとばしる。

「アメリカで学生でいるということは素晴らしいことであり、アメリカでエンジニアリングを学ぶ学生でいることは美しい人生を意味した」（本文より）。が、日米開戦で日本人の血を引く自分の将来は見えなくなる。

母は日本の勝利を疑わない狂信的な日本信者だ。だが母には違いない。一方アメリカはアメリカ市民である自分の自由を奪い、屈辱を与えたうえで忠誠を誓い戦争に行けという。

「おれは心から自分が日本人か、でなければアメリカ人ならよかったのにと思う。でもどちらでもない。おれはあなたを責め、自分自身も責める。そして、世界を責める。互いに戦い、殺し、憎み、破壊しながらもまだやり足りないので、殺し、憎み、破壊することを何度も何度も繰り返している多くの国々からなる世界をだ。」


母を責めるイチローだが、ほんとうは母親のことをもっと知りたかったという気持ちもあった。母としばし二人だけになったとき、言いかけて胸にしまった言葉は切ない。

「母さん、話してくれないか、あなたは誰なんだ。日本人であることとはなんなんだ。母さんにも少女時代があったんだろう。いままでこういうことをなにも話してくれなかったよな。さあ、いまこそおれが少しでもわかるように話してくれ。暮らしてた家や母さんの父親や母親、つまりおれの祖父母のことを教えてくれ。会ったこともなければ、知りもしない。だってずいぶん昔に死んだって聞かされた以外は覚えていないよ。全部話してくれないか。ほんの少し、もう少しでいい、おじいさんおばあさんの人生と母さんの人生とそれにおれの人生が一緒になるまでのことを。きっとあるにちがいないんだから。いまなら時間がある、お客はいないし母さんとおれだけだ。さあ、最初から話してくれよ。母さんの髪がまっすぐで黒かったころのことを。まわりにいるみんなが日本人だったころのことを。母さんは日本で生まれたんだし、アメリカはまだ金儲けをするための海の向こうの国でも、憎い敵国でもなかったんだろう。早く、さあ早く母さん、学校で一番好きだった先生はなんていう名前なんだい。」

戦争で傷ついた友人ケンジの言葉は、イチローとは反対に低いトーンで淋し気に響く。志願して従軍したケンジは、家族に対しても誰に対しても恨みがましいことは言わない。ただ、彼もまた差別や偏見が渦巻くこの世は憎しみに満ちていると悟る。戦地で若いドイツ兵を撃ち殺したことのあるケンジが、病院のベッドで死を覚悟したとき、見舞いに来たイチローに別れ際にそっと言う。

「酒を飲みながらおれのことを思い出してくれ。おれがどこへ行こうと旅立ちに乾杯してくれ。そこにはジャップとかチンクとかユダ公とかポー公とか黒んぼとかフランス野郎とかの区別がなきゃいいな。みんなただの人間っていうのがいいな。」

「なぜって、もしおれがまだひとりのジャップで、そいつがドイツ人のままだったら、おれはまたあいつを撃たなければならない。そんなことをしなけりゃならないなんてまっぴらなんだ。」

読むたびに胸が熱くなる言葉だ。描かれた一つひとつの出来事や言葉や状況の中に、著者の考えがにじみ出ていると感じるところがいくつかある。それはさりげない表現なのだが、ときにぞっとするほど哀しみを帯びている。これがまたこの作品の魅力だ。

地球上で、人間はこれまでさまざまな理由で移動し続けてきた。経済がグローバル化してからますます人は国境を越えて激しく行き来している。だが、一方で世の中は移民をはじめ異質なもの（他者）に対して決して寛容とは言えなくなっている。移民国家であるアメリカでは、いま新たな大統領の登場と前後して〝国益〟という絶対的な価値のように思えて実はそれを掲げる人間の恣意的な概念でもある基準からして、人間をその人間が属する人種や民族や国家によって判断しようという傾向がある。テロの脅威からヒステリックに「イスラム」を警戒し、不法移民への不満から「ヒスパニック」を忌避するような姿勢はその表れだろう。またアメリカだけでなく、同じ国の中でも社会が階層化し、格差は進み、徐々に自分のまわり以外を理解しようとしなくなっているのもその例だろう。その意味で、今もいたるところに〝異邦人〟として苦悩するイチローがいる。

自分が何者であり、どう生きていくのかという苦悩と問いは、極端な状況の下に限らない。会社、学校、そしてコミュニティーの中で、さらには家族との関係において、いつでも誰もが抱えうるものだ。だが、そこからの出口がないわけではない。もがき苦しみ必死になって、自分がほかの誰でもない何者かであることを感得しようとすることで、最後、イチローの心の中にぼんやりと姿を表わしつつあったように、希望という出口を見つけられるのだろう。

『ノーノー・ボーイ』に出合ってから長い年月を経て、ここに新たな翻訳として世に送り出すことができたのは、多くの方々の力添えと励ましがあったからである。そのうえで、翻訳上で問題があるとすれば、すべて私の責任である。

一から新たに翻訳したが、中山容さんの訳もところどころ参考にさせていただいた。そのうえでなにより翻訳作業では、英米文学の翻訳を専門とする黒原敏行さんに、翻訳のなんたるかをはじめ要所要所の訳について指導を賜った。『ノーノー・ボーイ』についての論考もあり、本書と同じ戦争を挟んでのシアトルを舞台にした小説『あの日、パナマホテルで』の翻訳も手掛けられた鳴門教育大学教授の前田一平さんのご教示と励ましの言葉には何度も力づけられた。英文解釈上の疑問点については、最後までおつき合いいただいた翻訳家の大谷直美さん、東京大学の今井祥子さんの力なくしては解決できなかった。

シアトル在住で、『ノーノー・ボーイ』の映像作品を制作するなど長年研究している日系アメリカ人三世のフランク・アベさん（Mr. Frank Abe）は、作品に関わる私の質問にいつも興味を持って答えてくれた。小説の舞台に詳しいアベさんがいなければ、翻訳上の多くの点も不明なままだったろうし、いくつもの表現において著者の意図を理解できなかっただろう。アジア系アメリカ文化に詳しい神田稔さん、須藤達也さんとは、長年この小説の意義や背景について意見を交わしてきたが、お二人が提供してくださった資料は全体の解釈に大いに役立った。日系のジャズ・ピアニスト、グレン・ホリウチがジョン・オカダに敬意を表した「ブルース・フォー・ジョン・オカダ」というエッジのきいた曲があることもこうした長年のやりとりから知ったことだ。日経ビジネス編集委員の石黒千賀子さん、愛知県立大の袖川裕美さん、ジャーナリストの高山和久さんからも大変貴重なアドバイスをいただいた。日米教育交流振興財団の理事長、飯野正子さんは、フロリダ移民をテーマにした拙著の執筆以来、励ましの言葉をかけてくださった。

シアトルでの取材の際には、北米報知編集長の佐々木志峰さん、同紙のオーナーであり全米で最も成功した日系スーパー「Uwajimaya」の会長でもあるトミオ・モリグチさん（Mr. Tomio Moriguchi）から便宜を図っていただいた。取材の同行など、現地に詳しいランドグレン夫妻（Mr. Allen Landgren & Mrs. Emi Landgren）のご協力は忘れられない。このほか、アメリカのオカダ家のみなさんや七〇年代に復刊に携わった方々から話をうかがうことができたおかげで著者をより理解することができた。全米日系人博物館の関連事業である〝ニッケイ〟をテーマにしたコミュニティー・サイト「ディスカバー・ニッケイ」で、『ノーノー・ボーイ』について、翻訳中に連載を開始できたことも有益だった。

最後に、新訳での出版に共感してくださった旬報社の木内さんをはじめ、いまここにお名前をあげた方々、そして長い過程で協力してくださったすべての方々にこの場をお借りし心よりお礼申し上げたい。

〝パールハーバー〟から七五年、あの戦争と戦後は、記憶から記録に変わりつつあるが、イチロー・ヤマダの苦悩と希望は、今のわれわれの苦悩と希望としてありつづける。日本でも、そしてアメリカでも。だからこうして、再び日本の読者に届けることができたのだと確信している。天国にいるジョンに伝えよう。

「オカダさん、あなたの小説はずっと読まれていますよ。あなたのルーツのこの日本でも」

（敬称一部略）

二〇一六年一一月

川井　龍介

あとがき・主な参考資料

『バンブー・ピープル〈上〉〈下〉─日系アメリカ人試練の100年』フランク・F・チューマン著、小川洋訳（サイマル出版会、一九七八年）

『真珠湾と日系人─日米・友好と平等への道』西山千著（サイマル出版会、一九九一年）

『祖国のために死ぬ自由─徴兵拒否の日系アメリカ人たち』E・L・ミューラー著、飯野正子監訳（刀水書房、二〇〇四年）

『二世兵士 激戦の記録：日系アメリカ人の第二次大戦』柳田由紀子著（新潮新書、二〇一二年）

『日本の兵隊を撃つことはできない─日系人強制収容の裏面史』デイ多佳子著（芙蓉書房出版、二〇〇〇年）

『アメリカのなかの日本人─一世から三世までの生活と文化』H・H・L・キタノ著、内崎以佐味訳（東洋経済新報社、一九七四年）

「Art, Literature, and the Japanese American Internment: On John Okada's No-No Boy」Thomas Girst（Peter Lang Pub Inc. 2015）

著者紹介

ジョン・オカダ（John Okada）

広島県にルーツを持つ日系アメリカ人二世。1923年9月23日シアトル生まれ。日米開戦後の42年アイダホ州ミニドカの収容所に入る。志願後、陸軍情報機関に所属、太平洋戦線へ。ワシントン大学、コロンビア大学ティーチャーズ・カレッジで学ぶ。57年に小説『ノーノー・ボーイ』を発表。71年に急死するが、その後小説の文学的価値が見直され76年に復刊、以後日系のみならずアジア系アメリカ人文学を代表する作品として読み継がれている。

訳者紹介

川井　龍介（かわい・りゅうすけ）

ジャーナリスト、ノンフィクション・ライター。1956年神奈川県生まれ。慶応大学法学部卒業。毎日新聞記者などを経て独立。フロリダ州にあった日本人村の秘史を追った『大和コロニー〜フロリダに「日本」を残した男たち』（旬報社）をはじめ作者不詳の歌「十九の春」のルーツを探る『「十九の春」を探して』、『122対0の青春』（講談社）、『伝えるための教科書』、『社会を生きるための教科書』（岩波ジュニア新書）などの著書がある。

ノーノー・ボーイ

2016年12月20日　初版第1刷発行

著　者　ジョン・オカダ
訳　者　川井龍介
装　丁　河田　純
挿　画　横山　明
発行者　木内洋育
発行所　株式会社 旬報社
〒112-0015 東京都文京区目白台2-14-13
TEL 03-3943-9911　FAX 03-3943-8396
ホームページ http://www.junposha.com/
印刷製本　シナノ印刷株式会社

　ISBN978-4-8451-1492-4